KEITAI
SHOUSETSU
BUNKO
野いちご SINCE 2009

悪魔くんと
ナイショで同居しています
＊ 菜乃花 ＊

●STARTS
スターツ出版株式会社

カバーイラスト/あおいみつ

いたって普通の女子高生が、ある日……
　悪魔に出会った。
　平凡な女子高生は様々なアクシデントに見まわれることに……
『知ってたか？　召喚術を行った人間と悪魔が契約を交わす儀式を見た者は……死ななくちゃいけねぇってこと』
　命を狙われたり!?
『どうせヒマだろ？　俺がお前を楽しませてやるよ』
　高所恐怖症なのに無理やり夜空に連れさられたり!?
『お前に悪魔の力を授けよう』
　なんでも壊せる力を与えられたり!?
『僕が守るから』
　唯一の味方は、イジメられっ子の頼りない幼馴染。
　悪魔の撃退法を一緒に模索してくれるものの!?
『なんで私がこんな目にあわなきゃいけないの？』
　クラスメートたちからのイジメ。
『ひゃぁぁあっ！　ダメっ……ダメだよ！』
　悪魔からの突然のキス。
　度重なるハプニングが続き、主人公の奏の運命は……??
　なのに、最後にこう思うんだ。
『大好きだよ』
　貴方に出会えてよかったって。

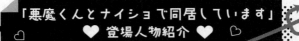

「悪魔くんとナイショで同居しています」
♥ 登場人物紹介 ♥

二十日奏(はつかかなで)

友達思いな優しい性格の、いたって普通の17歳。次咲くんがアーラを召喚する現場を目撃してしまって…。

監視 ←

= 恐怖

親友

幼なじみ

召

紗千(さち)

明るくてしっかり者の奏の親友。翼への恋を止められたことで、奏との仲がぎくしゃくしてしまう

次咲将太(つぎさきしょうた)

奏と紗千の幼なじみ。いじめられっ子に復讐するため、アーラを召喚する。

contents

01

悪魔召喚術	10
悪魔と同居!?	30
始められた復讐	50
悪魔の楽しませ方	65
奏のちっぽけな勇気	86
悪魔の彼女!?	109

02

授けられた悪魔の力	138
発動! 悪魔の力!	159
悪魔とデート!?	181
触れる唇	205
ドキドキが止まらない!?	229
悪魔でも信じたい	250

03

変わりゆく感情	272
芽生えはじめた恋心	294
さようなら、人間界	310
イジメの代償	329
悪魔が流した涙	347
悪魔が奏でる狂詩曲	368
書き下ろし番外編	377
著者あとがき	396

01

悪魔召喚術

「奏ーっ！　起きなさい、目覚まし時計が鳴ってるわよ」
　アラームよりもさらに大きな母の声で目を覚ました。
　せっかく……爽やかイケメンとビーチバレーを楽しみながらキャピキャピ言ってる夢を見ていたのに。
　うちは母と私のふたり暮らし。父は私が幼い頃に病気で亡くなったらしい。
「あの人の分も、私が立派な大人に育てなきゃ」が口ぐせの母は、うんざりさせられることがあるほど口うるさい。
　せっかく幸福感に満たされた夢だったのにいいぃ！
「うぅん……今起きるからぁ」
　二度寝したいのは山々。
　もう一度夢の世界にトリップして、爽やかイケメンとはしゃぎたい。
「こら！　布団に潜らない！」
　なーんて思ったけど、いつの間にか２階の私の部屋に上がってきて鬼と化した母の前でそれはムリか。
　仕方ない……爽やかイケメンは諦めるとするかぁぁ。
「朝ごはん、できてるわよ。早く降りてきなさい！」
「もう、わかったからっ。起きるよ、起きる！」
　布団を勢いよく剥ぎとられ、渋々ながらに体を起こした。
　ぼんやりとする視界の中で、壁掛け時計を見あげると、時刻は８時10分。

「……やっばい！　遅刻する！」
　重たかった瞼も一気に上がり、慌ててベッドから飛びおりた。
「アンタ、毎晩毎晩遅くまで電話なんかするから起きられないんでしょう!?」
「だってそれは友だちが悩んでるって言うからさぁ……」
「言いわけは聞きません！　とにかく、また遅刻するようなら携帯電話は没収するから！」
　……そんなこと言ったって、泣いてる友だちを放っておけないんだから仕方ないじゃん。
　奏にしか相談できない、なんて泣きつかれたら眠たくても目をつむれないじゃない。
　鬼の形相で仁王立ちをする母を目前に、喉まで出かかった言葉をのみこみ洗面所へ走った。
「急がなきゃ……急がなきゃ……」
　とりあえず朝ごはんはスルーだ。
　手早く栗色のショートボブをとかし、雑に顔を洗って歯磨きを済ませる。
「奏！　朝ごはんは!?」
「ごめん！　間に合わないからもう行くね！」
「ちょっと、奏!!」
　猛スピードで着替えを終わらせ、立ちあがった襟を直しもせず、カバンをつかんで家を飛びだした。
　高校までは歩いて15分ぐらいの距離だから、走れば間に合うはず。

二十日 奏

 高校3年生になったばかりの17歳。平凡な女子高生だ。身長は母親譲りで低く、どちらかといえば痩せているほうだと思う。特別かわいくもないせいか、彼氏いない歴はイコール年齢。オシャレ心なんて皆無。
 というか、さほど興味もなかったり。
 甘々恋愛マンガを片手に、爽やかな好青年との恋愛を夢見ているっていう。現実世界では巡りあえないような、二次元ならではのイケメンに憧れている。
 まぁ、恋愛の文字なんてない非リア充な毎日……もしくは妄想にふける毎日を送っているわけだけど。
 それでも友だちはそこそこいるから、それなりに高校生活をエンジョイしているほうかな?
 なんて自己満足している。
 古びた住宅が並ぶ団地を抜けると、川が流れる土手に沿って道がある。そこは毎日歩いている道で、同じ高校の生徒だけじゃなく、他校の生徒や通勤途中のサラリーマン、ジョギングをするおじさんもいたり、早朝からたくさんの人で賑わっていた。
「おっはよ――、奏!」
「聞いて聞いて! 今日さぁ……」
 だって笑顔で駆けよってきてくれるクラスメートがいるんだから。
 まさに順風満帆。
 なんの不満もない学校生活。

「うわ……男子たち。またやってる」
　隣を歩く紗千がぼそりとつぶやいた。
　紗千は幼稚園からの幼馴染。明るくてはつらつとしていて、しっかり者でもある彼女は、お姉さんのような存在。肩まである茶髪はゆるいクセがあってかわいい。
　彼女の視線の先には、両手にスクールバッグを６つも持たされている男子生徒がいた。
「ね……かわいそうだよね」
　それは誰の目から見てもわかるイジメ。
　しかもイジメられている男子生徒は、私と紗千の幼稚園からの幼馴染であり、クラスメートでもある。
　小学校の頃はよく遊んでいたけど、今は目があうとあいさつをするくらいの関係だ。
「ちょっと……これはさすがに重たいよ」
　黒縁メガネがしっくりくる、華奢な体型の彼は次咲将太だ。
　牛乳瓶の底のような厚いレンズのメガネのせいか、ヒョロガリな体型のせいか、はたまた個性的なキノコのようなヘアスタイルのせいかはわからないけれど……。最近ではよくイジメられているのを目にするようになった。
　だからこの光景は、今や日常のものになっている。
　その度に止めようとしているのだけど、「不良たちにかかわったらダメだよ」と決まっていつも紗千に遮られる。
「でも……」
　かわいそうだと思いながらもやっぱりこわくて……。

紗千の言葉にうなずいてしまっていた。
「ぎゃはははは！　テメェひょろひょろ歩いてんじゃねーよっ」
「このモヤシ野郎が！」
「さっさと歩けよ、バーカ！」
　次咲くんを罵る声に、まるで聞こえていないようなふりをした。
　かわいそうだとは思う。
　次咲くんを助けてあげたいとも思う。
　でも、校内でも有名な不良たちにたて突く勇気なんて私にはない。
　だからごめん……なにもできない。
　だって矛先が私に向けられるかもしれないんだもん。
　こわい。
　想像しただけで身震いしてしまうくらい。
　今の幸せな毎日を、絶対に壊したくない。
　卒業まであと１年。
　平凡にスクールライフを送りたいんだもん。
　それに彼を助けないのは私だけじゃないはず。
　隣にいる紗千だってきっとそうだよね？
　クラスメートたちだって、同じはず。
　みんな自分がイジメられたくないから次咲くんを救おうとはしないんだ。
「そんな……僕には持てないよ」
　今にも泣きそうな次咲くんの蚊の鳴くような声にも顔を

背(そむ)けた。

「はい、では64ページを開いて――」
　授業中も次咲くんはイジメられていた。
「くっくっく。おい、次はコレ投げてみっか?」
「おいおい、国語辞典なんか頭に当たったら死ぬんじゃね?」
　次咲くんの足もとには、消しゴムやらお菓子のゴミやらが落ちている。
　次咲くんは、それらをちらりとも見ずに黒板のほうを向いていた。
　というか、見ないようにしているんだと思う。
　ここで私が、
「イジメなんてやめなさいよっ」
　って、一喝(いっかつ)する勇気があれば、次咲くんを助けることができるのに。
「ねぇねぇ、奏。今日の放課後さぁ……」
「えっ? なになに?」
　そんなことを思いながら、教室でもまた私は見てみぬふりをしてしまっていた。
　本当にダメ人間だ……私。
　誰かが次咲くんを助けてあげなきゃ、彼はずっとイジメられるだろう。
　とは思っていても、やっぱり勇気が湧かなくて……。
　嫌がらせが1週間ほど続き、次咲くんはとうとう学校に

来なくなってしまった。

「そりゃあ……そうなるよねぇ」
　ぽつんと空いた次咲くんの席を見て、紗千がため息混じりにつぶやいた。
　でも、その横顔は次咲くんを心配している、というわけではなさそうだった。
　かわいそー、なんて漏らす様子から同情はしているんだろうけど。
「そう、だね……」
　次咲くん……。
　大丈夫なのかな……？
　紗千は次咲くんの席から視線を外し、
「あっ、そんなことよりもさぁっ。今日の放課後空いてる？ カラオケ行かない？」
　と、すぐに話題を変え、ポケットからカラオケの割引券を取り出した。
「カラオケ？　行きたーいっ！　でも、ごめん。今日はお母さんに買い物を頼まれちゃって……」
　行きたいのは山々なんだけど、タイムサービスの時間に買いに行かなきゃいけないの。
　残念だけど、学校が終わったら、急いでスーパーに行かなきゃいけないんだよね。
「そっかぁ、残念。じゃあまた誘うね！」
「うん、ホントごめんね」

紗千は全然いいよ、と笑いながら、すぐに別の子を誘いにいってしまった。

「タマゴ……タマゴはどこかな？」
　放課後、私は母に言われたとおり、近所のスーパーに来ていた。
　はぁ。
　私も紗千とカラオケしたかったなぁ。
　買い物なんてさっさと終わらせて、急いでカラオケボックスまで行けば間に合うかな？
　早歩きで探していると、精肉コーナーで見覚えのある人物が目に入った。
「ん？　もしかして……次咲くん？」
　もしかして、ってかまちがいなく次咲くんだ。
　あんな風変わりなマッシュルームヘアーなんて、あまり見かけないもんな。
　まじまじとパックの肉を見ているけど、次咲くんもお母さんに買い物を頼まれたのかな？
　そんなことより、数日ぶりに見る次咲くんの横顔がなんだか少しやつれたように思えた。
　話しかけてみようかな。
　なんて、話題もないし、今は世間話をする仲でもないし。
　それよりもタマゴだ、タマゴ。
　カラオケボックスだ、カラオケボックス。
　急いでその場を離れようと背を向けた時だった。

「あっ!　奏ちゃん」
　次咲くんの声が聞こえてきた。
　か、奏ちゃん?
「……えっ!　あぁ、久しぶりだね」
　びっくりした。
　あいさつを交わすくらいの関係だったのに、いきなり奏ちゃんなんて。呼ばれたの……いつぶりだっけ?　小学校の時以来かなあ?
　次咲くんは、普段の暗い表情からは想像がつかないほどニコニコしている。
　えっ、なんか不気味だよぉ。
「奏ちゃんも買い物?」
「え、あ、うん……」
　学校の陰キャラの次咲くんと、同一人物とは思えないほどの変貌ぶりだ。
「僕もね、買い物」
「しばらく休んでいたから心配だったんだけど、元気そうだね」
　次咲くんはまあね、と明るく笑いながら、鶏肉やら豚肉やらのパックを次々とカートに入れはじめた。
「その……今日は機嫌がよさそうだね」
　思わず、そう聞かずにはいられないくらい次咲くんの様子は不自然だった。
「くふふ。そりゃあそうだよ。だって今夜は記念すべき日になるだろうからね」

くふふって……やっぱり不気味すぎるよ次咲くん。
「そっかぁ、そのお肉……パーティかなにか？　よかったね、じゃあ私はこれで……」
　無理やり笑顔を作りつつ、手をひらひら振りつつ……それとなく立ちさろうとした時。
「違うよ。パーティじゃなくて、この肉は儀式に使うんだ。いわゆる、生け贄の代わりさ」
　次咲くんのおかしな発言に足が止まった。
「いけ……生け贄？」
　なに言ってんだこの人？
　生け贄だなんて……意味がわからないんだけど？
　思わず聞き返すと、次咲くんはまた不気味な笑い声を上げた。
「くふふ。そうさ、悪魔に捧げるディナーだよ」
「悪魔ぁ？」
　いやいや、どんだけおかしいのこの人？
　悪魔に捧げる生け贄って……冗談でしょ？
「よかったら奏ちゃんにも見せてあげるよ。今夜、校庭に忍びこんで悪魔を召喚するつもりなんだ」
「はぁぁぁあ？」
　正気ですか？
　いや、聞くまでもなく正気じゃないよね？
「ねぇ……大丈夫？　悪魔なんてそんなもの」
　現実の世界にいるわけないじゃない。
　そう言いたかったのに、次咲くんの声でかきけされてし

まった。
「悪魔は実在する。そして僕の力になってくれるって信じてるんだ」
　次咲くんの瞳(ひとみ)は真剣そのものだった。
　ウソぉ。
　たいしておもしろくもない冗談だと思ってたのに。
　次咲くん……マジメに言っているんだ。
「よかったらこれ、貸してあげるから読んでみたら」
　そう言って10センチぐらいの分厚い本を差しだされ、つい受けとってしまった。
　『悪魔の本』というタイトルが目に入った。全体的に色(いろ)褪(あ)せて黄ばんでいる。かなり古い書物のようだ。
「いや……次咲くん。これはさすがにいらないんだけど」
　そもそも私は悪魔がいると思わないし、興味もない。
　だからこんな本を読みたいとも思わない。
「じゃあ今夜、日付けが変わる直前に校庭でその本を返してくれる？」
「え？　困るよ……」
　すぐに本を突き返そうと思ったのに、次咲くんに手で遮られてしまった。
「じゃあね、奏ちゃん。君は幼馴染だから特別だよ」
　なんて不気味な笑顔とともに、次咲くんは鳥肌の立つような言葉を残して去っていった。

「悪魔の……召喚術ぅ？」

家に帰ってから、なんとなく本のページをめくってみた。
　けして次咲くんが言っていたことに興味をもったからじゃない。
　あまりにもヒマを持てあましていたからだ。
　中には小さな文字がビッシリと並んでいて、ちょっとだけ読んでみたら、魔法陣がどうとか、生け贄がどうとか、書いてある。
　魔法陣の中で向きあう、人と悪魔の絵まで描かれていた。
「呼びだした悪魔は貴方の願いを叶えてくれます、かぁ」
　ってことは、次咲くんは願いがあるから悪魔を召喚しようとしてるんだね。
「そんなことできるわけ、ないのになぁ」
　この本に書いてある手順どおりにやったところで、願いを叶えてくれる悪魔が現れるはずないのに。
　なのに本気で信じこんでいるなんて。
「バカみたい……」
　っていうか、どうでもいいやこんな本。
　古めかしい本をベッドの上に放りなげると、落ちたその衝撃でページが開いてしまった。
　そのページには、美しい容姿の男女が描かれていて、その姿に目を奪われた。男女の横顔は、艶めかしく白く透きとおった肌で、端正な目鼻立ちは彫刻のようにはっきりとしている。特に美女の、流れるような長い茶髪は、イラストといえどうっとりしてしまうほどキレイだった。
「悪魔は……人前に姿を見せる時には、この世の者とは思

えない美しい風貌で現れる？」
　ふぅん……この世の者とは思えない美しい風貌、ね。
　たしかに本に描かれているイラストは美男美女だけどね。
「その甘いマスクで人間を引きよせ、言葉巧(たく)みに魔界へと誘う……かぁ」
　本当にそんなものが現れるのかな？
「まさか、ね」
　絶対にない。
　悪魔なんてそんなもの、いるはずがないんだから。
　そう思いながらも、悪魔を召喚すると笑った次咲くんの顔が頭から離れなかった。
　思い出せば出すほど気になる。もう考えないようにしようと、ベッドに入り眠ることにした。
「うーっ……やっぱり気になるなぁ」
　眠れない。
　暗がりの中、時計を見ると、時刻は23時40分をさしていた。
　眠れない。
　次咲くんが言っていたことが気になって眠れない。
　本当に悪魔の召喚術を試しているのかな？
　ちょっとだけ……ちょっとだけのぞいてみようかな。
　走れば10分もかからない距離だし……ほんの少し見て帰るだけ。
　枕もとの分厚い本をつかみ、お母さんを起こさないよう

に、抜き足さし足忍び足で家を出た。
　深夜の人けのない道をひとりで歩くのは恐ろしい。
　幽霊やら不審者やら、いろんなものに恐怖を感じながら夜道を走った。
「あ……」
　施錠してある校門をよじ登り、校庭へと向かうと、そこにはやっぱり次咲くんがいた。
　まさか本当にいるとは思わなかったよ。
「奏ちゃん。本当に来るとは思わなかったよ」
　次咲くんは私の足音だけでわかったみたいで、振り返りもせず、声をかけてきた。
　長い木の棒を持ち、校庭にぐるぐるなにかを描いている彼は……言ったとおり悪魔の召喚術を行うみたいだ。
「それ、なにを描いてるの？」
　描かれたものが大きいからか、それがなんなのかまったくわからなかった。
「これはね、魔法陣だよ。五芒星を描いて、それをぐるっと円で囲むんだ」
「……へぇ」
　やっぱり次咲くんはおかしいよ。
　無気味に笑う横顔を見ていたら、寒気を感じた。
「用意するものは鶏肉がいいんだ。それで、魔法陣のまん中に置くんだ。」
　次咲くんはスーパーの袋から鶏肉を取りだすと、魔法陣の中心に丁寧に並べはじめた。

これが本に書かれていた、悪魔の召喚術ってやつか。
　うん……くだらない。
　単なる遊びにしか思えないんだけど。
「これで準備はオッケー。じゃあ奏ちゃん、あそこの木に隠れて見ていて。僕は魔法陣に守られているけど、君は悪魔に殺されるかもしれないからね」
「ならいいよ……もう帰るから」
　次咲くんが言っていたことがちょっと気になってつい見にきてしまったものの、冷静に考えてみたら……なにやってんだろう、私。
　上機嫌で魔法陣の端に立つ次咲くんを見ていたら、とたんにバカバカしくなってきた。
　とは言え、お母さんに見つかったら叱られるというリスクを犯してまで来たんだし……。
　もう少しこのバカバカしい光景を見学しようかな。
「奏ちゃん。なにか起こっても絶対に声をださないようにね。今から召喚するのは力の弱い低級悪魔だけど、悪魔は悪魔だからね」
「はぁ……うん、大丈夫」
「盗み見たなんてことがバレたら殺されるからね。なんなら逃げたってかまわないんだよ」
　そんな注意事項なんかいらない。
　どうせなにも起こりはしないんだから。
　逃げるまでもないってば。
　次咲くんはニコリとぎこちなく微笑んだあと、くるりと

背を向けた。
　絶対になにも起こらない。
　はずなのに……なんだろう。
　さっきから震えが止まらない。
　静寂（せいじゃく）に包まれた空気の中に、ビリビリとしたなにかを感じる。
　次咲くんもなにかを感じとったのか、その表情からいつの間にか笑みが消えていた。
　なんだか嫌な予感がする。
　やっぱり今すぐ帰ろう！
　その言いようのない恐怖に耐えられなくなり、腰を上げた時だった。
　一瞬、ほんの一瞬、夜空が光ったような気がした。
　雷？
　やだなぁ……雲ひとつない星空だったのに。もしかしたら激しい雷雨になるかも？
　そうなる前にやっぱり帰ろう。
「うっ、うわぁ……あわ……あわわわ」
　えっ、なに？
　なんなの？
　次咲くんの言葉にならない悲鳴に、慌てて木の陰から顔をのぞかせた。
「えっ？　なに……なんなのあれ？」
　視界に飛びこんできたのは……。
　魔法陣の中で腰を抜かした次咲くん。

そしていつの間に現れたのか、黒いロングコートを羽織った人影が3メートルほど上空に浮かんでいた。
　誰？　もしかしてアレが悪魔……？
　ウソでしょ？　ウソだよね？
　よく見れば、背中に翼が生えているし、空を飛んでいる。
　でも、そんなもの、実在するわけないじゃん？
　もしかしてこれは次咲くんの演出？
　私を驚かせようと、誰かに悪魔役を頼んだとか？
　でなきゃありえない。
　翼を持つ人間なんていないもん……。
　彼がふわりと地に足をつけた直後、翼が瞬時に消えた。
　その姿はもう、ふつうの高校生くらいに見える少年だった。
　なに？
　さっきの翼は幻だったとか？
　そんなわけないか……この目ではっきりと見たんだもん。
　そういえば、次咲くんに渡された『悪魔の本』に書いてあった。
　悪魔が人前に姿を見せる時は、この世の者とは思えない美しい風貌で現れるって。
「信じられない……」
　うわぁ……まさにそのとおりだ。
　次咲くんの前に立っている人間は、息をのむほどの美少年だった。

背が高くしなやかな体型。まるで作り物のように、通った鼻に、抜けるような白い肌。海のように深い青色の瞳は吸いこまれそうな魅力があるけれど、どこか冷たさもあってこわそうだ。
　まさに、この世の者とは思えないような……美しい生き物って感じ。
　容姿端麗（ようしたんれい）って言葉がこれほどしっくりくる人、初めて見た。
　もしかして……もしかして、本当に悪魔なの？
　って、やっぱり悪魔だなんて信じられるはずがないよ！
　とつじょ現れた美少年は不敵な笑みを浮かべると、腰を抜かしたままの次咲くんにゆっくりと近づいていった。
「俺は上級悪魔のアーラだ。お前か？　俺を呼んだのは」
　上級悪魔の……アーラ？
　やっぱり次咲くんの演出じゃなくて、本当に悪魔だってこと？
　ウソだ、ウソだぁ。
「じょ、じょじょじょ上級悪魔……？　あわ、あわわわ……」
　私のほうからは次咲くんの背中しか見えないから表情はわからないけれど、かなり焦っていることが伝わってくる。
　次咲くんの身体（からだ）が小刻みに震えている。
　悪魔は実在する。
　なんて断言した本人でさえも、まさか本当に悪魔が現れるとは、思っていなかったのかな。

「お前の願いを叶えてやろう」
　逃げなきゃ……とは思っても、思うように身体が動かない。
　こわい。
　足がガクガク震える。
　ヤバイ……これはヤバイよ次咲くん。
　絶対に逃げなきゃヤバイよ！
「どうした。さぁ、言えよ」
　しーんと静まりかえった校庭に悪魔の低い声が響く。
「ひっ……あっ、は、はいっ。その……」
　次咲くんは変な声を上げ、びくりと肩を揺らして顔を上げた。
　そしてぶるぶる身体を震わせながら、
「僕をイジメているやつらを……不幸にしてください！」
　はっきりとした口調で、強く、そう言った。
　次咲くんの願いって……イジメっ子たちに復讐(ふくしゅう)することだったのか。
「僕は弱いから……嫌なことも嫌だって強く言えないし、やり返すこともできない。もうこんな毎日は嫌なんだ」
　僕だって普通の学校生活が送りたい。
　次咲くんの悲痛な叫びに、胸がちくりと痛んだ。
「ふむ……いいだろう。お前に代わって、俺がそいつらを不幸にしてやる」
　悪魔はニヤリと不敵な笑みを浮かべ、まだ腰を抜かしたままの次咲くんを見おろしている。

「願いが叶ったあかつきには、その報酬としてお前の大切なものをもらう」
「はい、わかりました。大切なものか……。かならず用意します」
　これが……悪魔と交わす契約？
　本に書いてあった、悪魔に願いを叶えてもらうための契約って。
　じゃあ契約を結んだ今日から、イジメっ子たちは不幸になるの？
　次咲くんの願いを叶えるために、悪魔が力を発揮するってこと？
　ウソだ、そんなのウソに決まってる。
　これは夢。
　悪い夢だ、夢に違いない！
「夢だ、夢だ夢だ夢だ……」
　夢なら覚めて、今すぐ覚めてっ！

悪魔と同居!?

　……ハッ!!
　目を覚ますと、なぜか自分の部屋のベッドにいた。
　いつの間に、寝ちゃったんだろう……。
　たしか校庭で、次咲くんが悪魔の召喚術をやっているのを見ていて……。
　それで、本当に悪魔が現れて……。
　それで、どうなったんだっけ？
　どうやって帰ってきたのかもわからない。
　そもそも……あれは全部夢？
　それにしてはすごくリアルだったけれど……。
「奏ーっ！　起きなさい……って、起きてたのね。早く朝ごはん食べなさい」
「え？　あ……うん」
「どうしたの？　今日はやけに口数が少ないわねぇ」
「そんなことないよ！」
　そうだ。
　校庭に行けば、昨日の夜に見たことが現実だったのかわかるかもしれない。
　急いでテーブルの上に用意されていた目玉焼きを頬張り、慌てて家を出た。
　夢じゃなかったら、魔法陣が残っているはず。
「あっ、奏ーっ！　おはよー！」

「ごめん、紗千！　また後でね」
　いつもなら、紗千と一緒におしゃべりしながら学校に向かうけど、今日はその時間も惜しんで校庭まで走った。
「あれ……なにもない？」
　昨晩、校庭に描かれていたはずの魔法陣らしきものは、すっかり消えていた。
　視界に入ったのは、わいわいと楽しそうに話している生徒たちの姿だけ。
　あっ、そうだ。
　次咲くんから借りた本がどこかに落ちているかもしれない。
　昨夜はずっと木の陰にいたんだから、落としたとすればきっとあの木のそばにあるはず。
「なにもない……」
　大木のあたりをぐるりと１周してみても、本は落ちていなかった。
　やっぱり……夢だった？
　魔法陣も本も残っていないのだから。
「奏？　そんなところでなにやってんの？」
「あっ、紗千！」
　びっくりした。
　もう急に声をかけないでよ、と笑いながら紗千の肩をパシンとたたいた。
「ちょっと探し物！　でももう大丈夫。一緒に教室行こう」
「そう？　ならいいんだけど……」

うん、アレは絶対に夢だ。
　もうすべて忘れよう。
「あっ、そういえばさぁ。昨日彼氏がね……」
　そして、紗千がまたいつものように頬を赤らめながら、のろけ話を始めた。
　ほら、いつもと変わらない平凡な朝だ。
　教室に入ると、男子たちの騒がしい声が耳を突いた。
「お前、なんで休んでたんだよ」
「もしかして俺たちから逃げたつもりか？」
　窓際の席に群がる不良たちは、声を荒げていた。
　その中心には、無表情で黒板を見つめる次咲くんがいる。
　次咲くん、今日は学校に来たんだ。不良たちに囲まれて大丈夫かなぁ。
　彼に聞けば、昨夜の出来事が夢だったのかどうかわかるかも。
「うわ……次咲、学校来てんじゃん。よく来れたよねぇ」
「心配だなぁ……」
　話しかけたいけど、あの不良たちの前でそれはできそうにもない。
「テメェなんか言えよ、コノヤロー」
「シカトぶっこいてんじゃねぇよ」
　不良のひとりが次咲くんの机を蹴りとばした。
　ガシャーンと、激しい音を立てて机が倒れた。
　……絶対にムリだよ。
　こわすぎる。

私まで蹴りとばされかねない。
「お前らなにをやってるんだ。チャイムはとっくに鳴ってるぞ」
　担任のひと言で、緊迫していた教室の空気がガラッと変わった。
「はいはーい、座りまーす」
　不良たちは何事もなかったかのように、倒れていた机を戻しはじめる。
「じゃあまた、あとで遊ぼうや。次咲くん？」
「そうそう。今度は屋上で、ね？」
　不良たちは次咲くんの耳もとで囁くと、笑いながらそれぞれの席に戻っていった。
　次咲くんはそれでも、姿勢を変えずに無表情のまま、まっすぐに黒板を見続けていた。
　……あぁ、よかった。
　ナイスタイミングだよ、先生。
　そして何事もなかったかのように、ホームルームが始まった。
「えー……今日は、突然だが転校生を紹介します」
　担任の先生の口から飛びでた予想外の言葉に、教室内がいっきにざわつく。
　えっ、転校生??
　本当に突然だなぁ……そんなこと聞いてないよ。
　ドアが勢いよくスライドしたかと思うと、堂々とした態度で男子生徒が入ってきた。

男子生徒はなんの躊躇もなく、微笑を浮かべながら教壇の前に立った。
「うわぁ……キレイな人」
　思わずつぶやいてしまう。
　教室内がどよめきはじめる。
「ねぇ……カッコよくない？」
「わぁ、あの人イケメンすぎるんだけど！」
　あちこちで、女子たちのはしゃぐ声が飛びかう。
　転校生は先生に促され自己紹介を始めた。
「黒羽翼です。父親の転勤で引っ越してきました。よろしくお願いします」
　柔らかな笑みを浮かべると、丁寧に一礼した。
　黒羽翼くんは、一瞬にして人気者になった。
　まず、そのルックスのよさ。
　すらりとした体型はモデルみたいだし、透きとおるような肌や、通った高い鼻。
　猫のような大きな瞳はキレイなヘーゼル色で、漆黒の髪を無造作にセットしていて、紺色のブレザーによく似合っている。
　本当に同じ人間なのかって疑いたくなるほど、完璧な容姿。
「ヤバッ！　翼くん、超ド級にタイプなんだけどぉ！」
　って、休み時間に入るとすぐに紗千が興奮した様子でやってきた。
「そうだねぇ」

って、紗千は隣のクラスに彼氏がいるでしょ。
　去年、私と同じクラスだった、野球部のエースである良くん。とってもおもしろくて、紗千と私の３人でよくおしゃべりしていた。紗千と良くんが付き合いはじめてもうすぐ１年。校内でも有名な仲良しカップルなんだ。
「あぁ、いーのいーの。良ちゃんなんて、いーの」
　とか言って、彼氏そっちのけで転校生に熱視線を送りはじめた。
　紗千には言わなかったけど、私も黒羽くんはカッコいいと思う。そう、まるでこの世の者とは思えないほどに。
　あっという間に人気者になった黒羽くんだけど、不良たちはもちろん、男子生徒からは敬遠されているみたいだった。
「なんだよアイツ」
「なんか、いけ好かなくね？」
　そう、教室のすみで話している声が聞こえてきたからだ。
　うぅん……なんだか波乱の予感。
　もしかして……イジメのターゲットが次咲くんから黒羽くんに変わっちゃったりして？
「あっ、そうだ！」
　次咲くん、で思い出した。
　彼に聞きたいことがあるんだった。
「ん？　どうしたの、奏？」
「ごめん。今日も一緒に帰れないや」
　昨夜、校庭で見たこと。

夢だったのか、それとも現実だったのか。その真相を次咲くんに確かめなきゃ。
　紗千に手を振ると、次咲くんを追いかけて教室を出た。
　次咲くん……意外に歩くの速いんだなぁ。
　だってまだ、放課後のチャイムが鳴ってすぐなのに。
　走って校門まで来たけど、次咲くんの姿はどこにも見あたらなかった。
　いつもだったら……。
　不良たちのカバン持ちをさせられて、ゆっくり歩いているのになぁ。
　速く歩けよって、怒鳴られながら、よろよろと歩く姿を、毎日のように見てたから。
　もしかして……。
　そういえば、不良たちが、次咲くんに言っていたっけ。
　今度は屋上で、って。
　まさか、まさかだよね？
　なんだか嫌な予感がする。
　次咲くんだけならまだしも、不良たちの姿もない。
　校門の前でたむろするのが日課なくせに、今日に限って誰もいない。
「次咲くん……」
　胸騒ぎを覚え、くるりと身を翻して校舎に戻り、屋上まで階段をかけあがった。
「……いない？」
　おそるおそる屋上の扉を開けると、そこには誰もいな

かった。
「なんだぁ……よかった」
　これでもドアノブを回すのに、かなり覚悟したんだから。
　緊張して損したよ、まったく。
　やっぱり今日はもう家に帰ったのかな。
「まぁ、いいや……もうなにも聞かないでおこう」
　次咲くんを探すのはやめよう。
　昨夜の出来事は夢。
　真相がどうであれ、そう思うことにしよう。
　もう帰ろうと振り返った時、
「ぎゃあっ！」
　いつの間にかドアの前にいた人影に飛びあがった。
「くっ、くくくく黒羽くん!?」
　いつの間にうしろにいたの？
　なんの音もしなかったし、気配もまったく感じなかったんだけど!?
「ごめんね、びっくりさせちゃった？」
「あぁ……はぁ、いえ」
　わぁ……。
　その天使を連想させるふんわりとしたスマイル。
　カッコいい……カッコよすぎてついみとれちゃう。
　さすが、転校初日にして女子に騒がれるだけある。
「いや、校内探索してたらここに行きついちゃってさぁ」
「あ……そうなんですか？」
　校内探索って……誰も黒羽くんを案内してあげなかった

のか……。
　美少年の案内人なんてポジション、取りあいになりそうなのに。
「二十日奏……ちゃん、だっけ？」
「えっ、あっ、はいっっ！」
　まだひと言も会話していないのに、私の名前を覚えてくれてるなんて。
　そのうれしさもあり、恥ずかしさもあり、顔が赤くなっているような気が……。
　やだ……なにこのシチュエーション。
　今まで異性にときめいたことなんてなかったのに……。これがイケメン効果ってやつなのかしら？
　いやぁ、ヤバイっすよ。
「これは君の落し物かな？」
　黒羽くんはニヤリと微笑み、カバンから見覚えのある分厚い本を取りだした。
「それは……」
　紛れもなく、次咲くんに無理やり渡された『悪魔の本』そのものだった。
　どうして黒羽くんが持っているの？
　だってアレは夢だったはず。
「そうか……やっぱりアンタだったのかぁ」
「えっ……？」
　あれ、黒羽くん？
　キャラが変わった……？

ついさっきまでの天使のようなふんわりスマイルは消え、別人のように恐ろしい表情に変わっていた。
「黒羽……くん？」
　やだ、なんかこわいよ……。
　黒羽くんは不敵に笑みを浮かべながら、1歩1歩近づいてくる。
　そして柵に背をつけている私の目の前まで来ると、
「見つけたぞ。お前が昨晩の儀式をのぞき見ていた女だな」
　氷のような冷たい視線を向けて、低い声ではっきりとそう言った。
　背筋が凍るような感覚が走った。
　とたんに体が震えだす。
「あっ……貴方はもしかして……」
　そういえばこの美しい容姿。
　どこかで見たことがあると思ったら……。
「そうだよ。上級悪魔のアーラだ」
　彼はニヤリと口角を上げると、背中に翼を出現させた。
　そんな……。
　黒羽くんが、悪魔？
　ウソだ。
　だってアレは夢だったはず。
「どうした？　腰が抜けたか？」
　私の目線に合わせてしゃがみこんだ彼の、右手の長い爪に頬をなでられた。
　ちくりと刺すような鋭い痛みにすら、恐怖で声を上げる

ことができなかった。
　ウソだ。
　悪魔なんているはずがない。
　ねぇ、これも夢だよね？
　私……長い夢を見ているだけだよね？
「かわいいなぁ、お前。ぶるぶる震えて……そんなに俺がこわいか？　あっはっはっ！」
　頬をはっていた長い爪が、あごの位置で止まった。
　なんとか視線を合わせないようにしていたのに、無理やりあごを上げられてしまった。
　黒羽くんのヘーゼル色の瞳は、いつの間にか青く冷たい色に変わっていて、ひしひしと伝わる危険な雰囲気に唾を飲みこむ。
「知ってたか？　召喚術を行った人間と悪魔が契約を交わす儀式を見た者は……死ななくちゃいけねぇってこと」
　吐息がかかるほどの距離感でイケメンと見つめ合ってるっていうのに、体の震えが止まらない。
　恥ずかしさもドキドキもしないくらい、それ以上の恐怖に支配されていた。
　私……死ぬの？
　まだまだやりたいことがたくさんあるのに？
「い、命だけは助けてください。黒羽さん……いや、黒羽様。いや、アーラ様」
　まだ17歳なのに？　彼氏どころか、初恋すらしていないのに？

「へぇ。この俺に命乞いすんの？　悪魔はなんの情ももたない。お前の言うことなんて聞くわけねーだろ」
　これだから人間は嫌いなんだよ。非力で見ているとイライラする。
　ため息混じりにつぶやいたアーラは、バカにしたような目で私を見た。
　あぁ……私、本当に死ぬの？
　そもそも、次咲くんに誘われたから行ってみただけなのに。
　どうしてこんな目にあわなくちゃいけないの？
　そう思うととたんに泣けてきた。
　みるみる視界がにじんでくる。
　にじんだ視界の中で、アーラはよからぬことを思いついたのか、あやしげな表情を浮かべていた。
「やっぱりやめだ。今すぐ殺すことはしない」
「えっ？」
「気が変わったんだよ」
　気が……変わった？
　死ななくちゃいけないのに……なんで？
　理由がなんにせよ、つまり助かったってこと？
　生きのびられるってこと？
「ほ……本当に？」
「あぁ。ただ、俺の正体を他言したら、即、殺す」
　アーラの言葉に深く、深く頷いた。
「絶対に……誰にも言いません」

「ふっ。お前は俺のオモチャとして、しばらくの間生かしておいてやるよ」
　黒羽くん……じゃない。
　アーラは、恐ろしい言葉を残し、その場から忽然と姿を消した。
「……はぁ」
　それってさぁ、結局は殺されるってことじゃんか。
　助かってないじゃん!!
　あのあと……。
　彼が消えた瞬間、落ちた本を拾いあげて、命からがら屋上から逃げてきた。
　無事に自宅に戻ることができたものの、まっ直ぐに私を見下ろすアーラの冷めた瞳が頭から離れない。
　思い出すたびにため息が漏れ、また涙がこみあげてくる。

「どうしたの？　全然食べてないじゃない」
　夕飯は朝から楽しみにしていた大好きなシチューなのに。いつ殺されるだろうと思ったら、不安でまったく食欲がわかない。
「……ごめん。今日はもう寝るよ」
「えっ？　なによ、体調でも悪いの？」
　心配をする母に言葉を返すことなく、２階にある自分の部屋に逃げこんだ。
「はぁ」
　昨夜、次咲くんが悪魔の召喚術を行ったのは、やっぱり

夢じゃなかったんだ。こんな古めかしい本で、まさか本当に悪魔を呼んでしまうなんて……。
　枕もとに投げたままだった本を手に取ると、なんとなくパラパラめくってみた。
「悪魔に魂を売った者は、強制的に魔界へ送りこまれる。魔界へ送られた人間は悪魔と化し、彼らの手となり足となり働かされる……」
　って、そんなの絶対に嫌だ！
　魔界に落とされたあげく、悪魔にこき使われるなんて……。
「もうどうしたらいいのよぉ……」
　紗千に相談したいなぁ。しっかり者の彼女なら、なにかいいアドバイスをくれるかもしれない……。
　でも、下手に動いてアーラを怒らせないほうがいいのかも。
　だってそれって、彼の正体を誰かに話したことになるよね？
『俺の正体を他言したら即、殺す』
　彼の言葉を思い出し、身震いした。
「ニャーオ……」
　ん？
　どこからか、猫の声が聞こえる。
　窓の外に顔を出してみると、屋根の上に座る１匹の猫を見つけた。
「わぁ……かわいい」

まっ黒でふわふわの毛をした猫は、なんのためらいもなく近よってくる。
　軽々と窓枠へ飛びのり、警戒することなく部屋の中に入ってきた。
「君、どこのお家の子？　野良にしてはキレイだから、飼い猫かな？」
　近所には野良猫は何匹も住みついているけど。
　黒光りするほどキレイな毛並みのこの猫は見なれない顔だった。
　見るからに飼い猫だね。
　まちがいない。
　黒猫は尾をゆらゆらさせながら、いっそう低くニャーオと鳴いた。
　そのまま窓枠へちょこんと座ると、青く光る瞳から強い視線を向けてきた。
　なんだか不気味な感じがした。
「そろそろお家に帰りなよ」
　そう、抱きあげようと手を伸ばした時だった。
　猫の青い瞳から眩い光が放たれた。
「うわっ……なにっ！」
　思わず目を閉じる。
「……ふーん。ここがお前の住処かぁ」
　ここがお前の住処かぁ、って言った？
　今……たしかにそう猫がしゃべったよね!?
　目を開けると、そこにさっきまでいた黒猫の姿は忽然と

消えていた。
「へぇ。人間のくせに、なかなかいいところに住んでんじゃん」
「へっ!?」
　背後から聞こえる声に振り返ると、そこには……。
「よぉ」
　ベッドに横たわったアーラがこちらを見ていた。
「えっ！　ななっ……ななぁっ！」
　なんでそこにいるの？
　そう言いたかったのに、驚きのあまり声が出ない。
「さっきそこから入ってきたじゃん」
「さ……ささ？」
　さっき入ってきた？
　アーラが指差す方向へ目を向けると、開けはなたれた窓があった。
　いや、猫なら入ってきたけど。
　アーラなんか入ってきていないはず。
　………ハッ！
　もしかして……さっきのかわいい黒猫ちゃん。
　あの猫が、アーラだったっていうの？
　まさか。
　でも、そういえば、次咲くんの本にも書いてあったっけ。
　悪魔は、自在に姿を変えることができるって。
　えぇぇぇ……ウソだぁ。
　そんなことってあり？

「人間の女の部屋に入ったのは初めてだなぁ」
「私も……悪魔を部屋に入れたのは初めてです……」

　悪魔を、って言うより、男の子を入れたことすらなかったのに。

　なんか……こわいし緊張もするし、頭がおかしくなりそう。

「……あれ？　もしかしてビビッてる？」

　アーラはスッとベッドから立ちあがり、部屋のすみに立つ私のほうに近づいてきた。

「はい……こわいです」

　あぁぁ……お願いだからこれ以上、近よらないで。

　じろじろ見ないで。

　もう帰ってよぉぉ。

　アーラの右手が頬に触れた。虎のように鋭く尖った爪は、ほんのすこし触れられただけで、皮膚に痛みが走る。

「……ひっ！」

　嫌だ。

　こわい！

　なにをされるかわからない恐怖から目をそむけようと、とっさに瞼を閉じる。

「大丈夫だって。なにもしない」

「……ほ、ほほ、本当に？」

　おそるおそる目を開けてみると、アーラは優しい笑みを浮かべていた。

　殺気立った目をしていた彼が見せた、温かい表情に思わ

ず安堵(あんど)のため息が漏れた。
　わぁ……。
　悪魔もこんな表情を見せることがあるんだ……。
　こうやって笑っている顔を見ると、本当に悪魔なのか？と疑いたくなる。
　そう、きっと今はアーラじゃなくて黒羽くんなんだ。
　爽やかで優しい黒羽くん、って感じがするもん。
「えーっと、奏ちゃん……だっけ？」
「うんっ、そう。奏……二十日奏」
　だけど、やっぱり彼は悪魔のアーラ。
　黒羽くん、っていう天使の仮面をかぶった悪魔なんだ。
　いやぁ、でもカッコいいなぁ。
　そのふんわりスマイルなんて……もう、悩殺レベルだよぉ。
　ハッ！
　相手は悪魔なのに、思わず胸キュンしてしまった……なにやってんだーっ！
　私のバカ！
「お願いなんだけどさぁ、俺……しばらくここにいてもいいか？」
「……はい？」
　しばらくここにいてもいいか？
　って……それって、黒羽くんと私が同じ屋根の下で生活するってこと？
「えぇえぇえぇ!?」

なにそれ!?
　なんなのこの展開!?
「だって、契約を果たすまで魔界には帰れないし。ほかに行くところないじゃん」
「それはっ……契約者の次咲くんの家に行けばいいでしょ！」
「男の部屋なんかむさくるしいだろ」
　だからって……なんで私なの？
　って、ほかに彼の正体を知っている人はいないのか。
「俺だって早く魔界に帰りたいさ。でも、アイツが、やつらのことを一気に不幸のどん底に落とすんじゃなくて……ゆっくりと時間をかけて不幸にしろって言うんだよ。めんどくさいだろ？」
　アーラが言うアイツとは、次咲くんのことだろう。
　そしてやつらっていうのは、次咲くんをイジメている不良たちのことだ。
　魔界へ早く帰りたいのに帰ることができないアーラは、かわいそうかも……。
　だけど……。
「ごめん。やっぱりそれは……ちょっと……」
　ムリだ。
　悪魔と同居なんて……私まで不幸になりそうだ。
　それに外見はどこからどう見てもふつうの少年。
　異性に免疫がない私にとって、それはちょっと……いや、かなり刺激的すぎるだろう。

想像しただけで顔が火照ってくる。
「とりあえず、しばらくの間は人間界にとどまらなくちゃいけないんだよ」
「そんなこと言われても……」
　人間ならともかく、悪魔なら野宿だって平気なんじゃないの？
　自在に変身できるなら、鳥になって、木の枝で眠ればいいんじゃない？
　っていうか、そもそも悪魔って眠るの？
　いっきにいろんな疑問が湧いてきたけど、それをアーラにぶつけることはしなかった。
　だってこわいし……。
　根拠はないけど、悪魔に興味をもってはいけない気がする。
「ここを俺の住処にしてくれるなら、お前の待遇を考えてやってもいいけど？」
「……と、言いますと？」
「しばらくは殺さないでやるよ」
　彼の気が変わらないうちに、瞬速で首を縦に振った。

始められた復讐

　アーラ、または黒羽くんが私の部屋を住処にすることを許してしまったものの……。
「あの……」
　やっぱり落ち着かない。
「なんだよ？　眠れないのか？」
　時刻はとっくに日付けをまたいでいるというのに、ちっとも眠くならない。
　いつもなら電気を消して目をつむれば、すぐに深い眠りに落ちていたのに。
「……うん」
　だって、隣にいるんだもん。
　手を伸ばせば触れられる距離に、アーラが寝てるんだもん。
「あのぅ……悪魔って、眠るん……ですか？」
　ちらりと隣に目をやると、目が合った。
「基本的には眠らないけど、ヒマだったら眠ることもある。お前ら人間みたいに睡眠をとらなくても生きていけるから、その必要がないだけだ」
「そう……なんだぁ」
　じゃあ私が寝てる間に、彼は隣で起きてることもあるってことかぁ。
　うう……それは嫌だなぁ。

しばらくは殺さない、って言われてもやっぱりこわいし。不安もぬぐえない……。
　はぁ。
　なんで私は言われるがままにアーラの隣で寝てるんだろう。
　断ればよかっただけの話なのに。
　意気地のなさに泣けてくるよ、ったく。
「はぁ。悪魔はすごいねぇ」
「人間は非力な生き物だな。睡眠をとらなくちゃ生きていけないなんて」
「それは……人間だけじゃないよ」
　命あるものはみんなそう。
　それが自然の摂理なんだよと教えてあげると、アーラは不満げに眉を寄せた。
「へぇ、つまんねぇ生き物。悪魔のほうがよっぽど楽しいと思うけどなぁ」
「そうなんだ……」
　悪魔が楽しい、ねぇ。
　たしかにそうかもしれない。
　その翼で空も飛べるし、自由に変身できる。
　人間にはできないことだもんね。
「どうだ？　お前も悪魔にならないか？　そうすればもう、死の恐怖におびえる必要はないぞ」
「いや……遠慮しておくね」
　冗談じゃない。

次咲くんの『悪魔の本』に書いてあったもんね。
　悪魔の誘いには絶対のったらいけないって。
「そうか？　魔界にはなんでもあるぞ？　金も、宝石も、食べ物も。お前が魔界に来るなら、あるものすべて与えてやるよ。もちろん城なんかでもな」
「それはすごいね。でも、私にはもったいないよ。せっかくだけど、遠慮しておくね」
　魔界がどれだけパラダイスでも、悪魔がどれだけ万能でも。人間を恐怖に陥れ、大切なものを奪うようなことなんか絶対にしたくない。
　丁重に断ると、アーラはそれ以上誘ってこなくなった。
　舌打ちが聞こえたような気がしたけれど……気のせい、だよね？
　それにしても……ようやく眠くなってきたなぁ。
　でも悪魔が隣に寝ている状態で眠るなんて、そんな……なんて躊躇していたのに……。

　あれからすぐに深い眠りに落ちたようだった。
　気がつけば、カーテンの隙間から光が漏れている。
　うん、やっぱり疲れていたんだなぁ。
「ん……？」
　ぼんやりとした視界の中で横を向くと……目を閉じて眠るアーラの顔がアップで現れた。
「うぎゃあっ……！」
　ち、ちちち近すぎ！

慌てて飛びおきたせいで、ベッドから派手に落下してしまった。
「ちょっと奏一っ！　朝っぱらからうるさいわねぇ！　なにやってるのよ？」
　階段の下からお母さんの声が聞こえる。
「や、やばいっ！　アーラ……じゃなくて黒羽くん？」
「家ではアーラでいいよ」
「アーラ！　お母さんが上がってくるから隠れて！」
　だんだん近づいてくる足音に焦りながら、無我夢中でアーラを布団の中に押しこんだ。
　無断で男の子を部屋に入れてひと晩過ごしたなんてバレたら……なにを言われるか！
「奏一？　入るわよ」
「あっ、うっ……うんっ！」
　アーラを懸命に布団の中に隠している途中で、母が勢いよくドアを開けた。
「アンタ……なにやってんの？」
　やばい……もしかしてなにか見えてる？
　母の視線をたどると、手もとにあるくしゃくしゃの布団が。
「あ……あれ？」
　もっこりとアーラをかたどっていた布団のふくらみは、いつの間にかぺちゃんこになっていた。
　アーラが……いなくなってる？
「布団なんか抱えこんじゃって……寝ぼけてるの？　なん

でもいいけど、早く学校に行く準備しなさい」
「……はーい」
　ふぅ、危ない危ない。
　なんとかアーラの存在がバレずに済んだぞ。
「……アーラ？」
　布団を剥ぎとると、中から出てきたのはふわふわの黒猫だった。
「わっ、びっくりしたぁ！　いきなり消えちゃったから驚いたよ……」
　なるほど。
　だから布団がぺちゃんこになったってわけね。
　それはそれでナイスだよ。
「ニャァーオ」
　猫に変身したアーラは低い鳴き声を上げた。
　そして、軽やかに窓枠に飛びのると、あっという間に姿を消してしまった。
　アーラ……どこに行くんだろう？
「奏ーっ？　早く降りてきなさい！」
「あぁ、うん！　今行くーっ！」
　そうだった、そうだった。
　早く支度しなきゃ。
　今日は朝からテストがあるんだから遅刻は厳禁だっ！
　今日こそは……次咲くんに本を返さなきゃ。
　『悪魔の本』をカバンに入れて家を出た。
「あっ！　次咲……くん」

登校しているうしろ姿を見つけた。

走っていって肩をたたこうと思ったけど、その隣を歩く男子生徒の存在に足が止まった。

「はい、これ。今日も荷物持ちヨロシク」

あの眩い金髪は、クラスの問題児……佐々原浩太くんだ。

背が高くて筋肉質で、見るからに体格のいい彼は、喧嘩番長としてみんなから恐れられている。

次咲くんをイジメているメンバーのリーダーでもある。

「……うん、わかった」

次咲くんは抵抗する様子もなく、佐々原くんのカバンを受けとった。

話しかけ……られない。

佐々原くんとその仲間たち、不良グループとはかかわりたくない。

その思いが邪魔をして、荷物持ちをさせられている次咲くんをこっそりと見守ることしかできなかった。

「浩太ーっ！ おはよーっ」

うしろから、並んで歩く次咲くんと佐々原くんを眺めていると……。

金髪の巻き髪を揺らしながら、派手派手しいギャルが駆けよっていった。

「よう、麻里子」

佐々原くんが麻里子と呼ぶあの子もまた、クラスの問題児。

悪いことでもなんでも、思ったことはなんでもハキハキ

と言う性格。彼女に泣かされた子もいたりして、周りからはこわがられている。アイラインを強調した濃いメイクの効果なのか、大きな瞳がかわいい麻里子ちゃんは、佐々原くんと付き合っている。
「あっ、次咲じゃん。私のカバンも持ってくんない？」
「まさか嫌……とか言わねぇよな？　次咲？」
　佐々原くんは麻里子ちゃんからカバンを受けとると、次咲くんに差しだした。
「うん……もちろん持つよ」
　次咲くんはわかりやすい作り笑いをすると、麻里子ちゃんのカバンを手に取った。
　あぁぁ、ごめんね次咲くん。
　助けてあげられなくて……本当にごめん……。
「あーぁ。今日は黒羽くん来ないのかなぁ」
「さぁ……？」
　教室に入るなり、紗千が寄ってきた。
　もうすぐ1限目が始まる時間だっていうのに、アーラの姿が見あたらない。
　そういえば……猫に変身したままどこに行ってしまったのだろう？
「少しでもお近づきになりたかったのにぃ」
「あはは……」
　悪魔と親睦(しんぼく)を深めるだなんて……絶対にやめたほうがいいよ。
　とは言えず、笑うことしかできなかった。

結局、１限目が始まってもアーラが教室に入ってくることはなかった。
「あっ……教室に忘れ物しちゃったぁ」
　２限目の授業は、コンピューター室でパソコンを使うことになっている。
「なにやってんのよ、奏。早く取りにいっておいでよ」
　コンピューター室の前まで来て、教科書を忘れていることに気がついた。
「ダッシュで取りにいってくる！」
　あぁ、もう最悪だ。
　早くしなきゃ授業に遅れちゃうよ。
　急いで教室に戻ると、
「あ……次咲くん」
　なにやら必死な様子で、机の中を漁る彼がいた。
「あぁ……奏ちゃん」
　次咲くんはハッと顔を上げ、力ない笑みを返してきた。
「なにか……探してるの？」
「うん。教科書が見当たらないんだ」
　ちゃんと持ってきたはずなのになぁ。
　そうつぶやきながら机の中を探しつづける次咲くんの目には、うっすら涙が溜まっていた。
「私も探すの手伝うよ」
　そんなことをしていたら、まちがいなく授業に遅れるだろうけれど。
　このまま次咲くんをひとりで放っておくことはできな

かった。
「ありがとう。奏ちゃんだけだよ、そんなことを言ってくれるのは」
「あぁ……うん。そう？」
　優しいね、だなんて言われたけど……。
　そんなことないのにな。
　だって私はいつも、イジメられている次咲くんを見ても、見えてないふりをしているのだから。
　優しくなんてないよ。
「ほかの教科書もなくなっているから……たぶん、佐々原たちかな」
「あー、そっかぁ……」
　とは言っても、佐々原くん本人に直接どこに隠したの？なんて、聞く勇気はないし、それはきっと次咲くんも同じだと思う。
「前にも……上履きを捨てられたことがあったんだ。その時は、焼却炉（しょうきゃくろ）で見つかったんだけどなぁ」
「じゃあ……見にいってみる？」
　もしかしたら、また、焼却炉に捨てられたのかもしれない。
　そう言うと、次咲くんは悲しそうにうなずいた。
　授業はとっくに始まっている時間なのに、次咲くんと一緒に校舎裏にある焼却炉へ向かった。
「次咲くん……。昨日見た悪魔……やっぱり夢じゃなかったんだね。まさか黒羽くんがアーラだったなんて……知っ

てたの？」
「もちろん、黒羽くんの正体が大悪魔様だって知ってたよ。彼は佐々原たちを不幸にするために、クラスに潜入しているんだから」
　次咲くんはやっぱり本気で佐々原くんたちを不幸にしてもらうつもりなんだ……。
　あっ、そういえば借りていた本のことだけど、と言いかけたところで……。
「あぁ、アレはまだ持っていてよ」
　次咲くんに遮られてしまった。
　持っていてよ、って。
　いらないんだけどなぁ。
「それよりも、ごめんね……、奏ちゃん。巻きこんでしまって……。ずっと謝りたかったんだ」
「それは……興味本位で校庭に行ってしまった私が悪いから」
　それにもう、済んでしまったことだし、いまさら次咲くんを責めても意味がないと思った。
　アーラに殺すって言われた時は、次咲くんを恨んだりしたけど……。
「謝らなくていいよ」
　今のところ危害は加えてこないだろうし。
「そう言ってもらえて……少し楽になったよ。ありがとう」
　次咲くんの本当の笑顔……久しぶりに見た気がする。
　いつも暗い表情でうつむいていたもんね。

「それよりさ……ひとつ聞いていい？　次咲くんは、低級悪魔を召喚するつもりだったんだよね？　なんで上級悪魔のアーラが現れたの？」

　実は、ずっと疑問に思っていたことだ。

　召喚術を行う間際に次咲くんは、

『今から召喚するのは力の弱い低級悪魔だけど、悪魔は悪魔だからね』

　と言っていたのだから。

「それがまちがえて……上級悪魔を呼ぶための生け贄を置いてしまったみたいなんだよね」

　でも、結果オーライだよ。

　そう言いながらまたあの怪しい笑い方をする次咲くんに、すかさず聞き返した。

「結果オーライって？」

「くふふ。だって力の強い悪魔のほうが、よりいっそうやつらを不幸にできるだろう？」

　なんかこわいよ……次咲くん。

　そりゃあ、たしかにそうかもしれないけど。

「でも私は……やっぱりそういうの、よくないと思う」

　イジメられているからとは言え、そんな形で復讐するのはどうなのかな？

　因果応報と言えばそうかもしれないけど、仕返しを誰かに頼むことは違うと思うんだ。

「じゃあ奏ちゃんが僕の立場だったら、アイツらに立ちむかえるの？　相手はひとりじゃないんだよ？」

「それは……」
　なにも言い返せなかった。
　ムリだと思ったから。
「あ……あったよ！」
　焼却炉の前に、数冊の教科書が落ちていた。
　拾いあげて名前を確認してみると『次咲将太』と書かれていた。
「そこでなにやってんの？」
　教科書を次咲くんに手渡したタイミングで、背後からアーラが現れた。
　アーラ……というか、ふわふわの黒猫が。
　なるほど……猫に姿を変えていても、人間の言葉がしゃべれるんだぁ。
　なんて吞気《のんき》なことを考えていると、一瞬にして黒猫から人へと姿を変えた。
「あれっ!?　いつの間にいらっしゃったのですか？　大悪魔様、じゃなかった。黒羽さん」
　って、次咲くん。
　決定的瞬間を見てなかったんかい！
　大悪魔様って……どれだけ崇拝《すうはい》してんだよ。呼び方が仰々《ぎょうぎょう》しいんだよ。
「あぁ、なるほど。将太もかわいそうなやつだなぁ」
　アーラは次咲くんの教科書をちらりと見ると、やれやれとため息をついた。
「アーラ……じゃなかった。黒羽くん、それは？　なにを

持っているの？」
　アーラの右手に、ゴールドのネックレスのチェーンのようなものがぶら下がっていることに気がついた。
　アーラはニンマリと笑いながら、手中のものを見せてくれた。
「これは紛れもなくネックレスですね」
　次咲くんがそう言ったとたん、アーラは躊躇なく焼却炉へ投げすてた。
「えっ、なにしてるの？」
「今は言えない。まぁ後々わかるだろう」
　アーラは高らかな笑い声を上げた。
　そして詳しいこと教えてはくれないまま、校舎へ戻っていった。
　なぜあんなことをしたのかわからないけれど……。
　たぶん、次咲くんとの契約、イジメっ子たちへの復讐が始まったんだろうな。
「くっふっふ……。これはこれは、おもしろいことになりそうだなぁ」
　次咲くんが怪しく笑っていたから、きっとそうに違いない。

「うわぁ、びっくりしたっ！」
　家に帰って自分の部屋のドアを開けると、ベッドでくつろぐアーラがいた。
「なんだよ、うるせぇな。いきなり入ってきてんじゃねぇよ」

「あ……はい、すみません」
　って、なんで謝ってんだろう。
　だってここは私の部屋じゃないの。
　それにしても……学校では、
『おはよう、二十日さん。今日もいい天気だね』
　とか言って、口もとから白い歯をキランとのぞかせたり、それはそれは爽やかにしていらっしゃるのに……。
「……なにじろじろ見てんだよ？」
「いいえ、なにも……」
　なに……？　このオラオラキャラは？
　学校でどんだけ猫かぶってんだろう。
　百匹どころの騒ぎじゃないよねぇ。
　っていうか、マンガなんて読んでるけれど、悪魔って文字を読めるのかな??
「……だから、なに見てんだよ？　バカにしたような目つきで見てんじゃねーよ！」
「な、なんでもありませんっ！」
　黒羽くんの姿の時は、氷のように冷たい青い瞳じゃなくて、ヘーゼル色のとても穏やかな目をしている。それに笑顔だってやわらかくて天使みたいなのにぃ。
　アーラは読みかけのマンガを放りなげると、ううんと伸びをしながら立ちあがった。
「人間界ってほんっとつまんねーのな」
「……はぁ。そうですか？」
　あぁ、そのマンガ……買ったばかりで私はまだ読んでな

いんだけどなぁ。
　そんな不満を声に出すことはできず、無言で本を拾いあげた。
　人間界がつまらないって……。じゃあ、魔界はどれだけ楽しいところなの？
　そういえば前に、魔界にはなんでもあるって言っていたっけ。
「ここには付き人もいねぇし、退屈しのぎに低級悪魔をいたぶることもできねぇし……」
　付き人って……魔界ではかなりいい身分なんだね。
　さすが『上級』悪魔っていうだけはある。
　っていうか、弱い者いじめはダメでしょう。
「よし、お前でいいや。今から俺を楽しませてみろ」
「たの……楽しませてみろ??」
　………なんですと？

悪魔の楽しませ方

　なんなのその無茶振りは?
　いきなりそんなことを言われても、アーラが楽しいと感じることなんて見当もつかない。
「ヒマつぶしにお前と遊んでやるっつってんの」
「……はぁ」
　そんなこと言われても……。
　悪魔ってなにをして遊ぶんだろう?
　遊ぶって言ったら、私はもっぱらネットカフェに行って、何時間も好きなマンガを読みつづけることが楽しいんだけど。
　アーラはきっと、それじゃあ楽しめないだろうな。
「どうした?　さっさと行動に移せ。俺はトロいやつが一番嫌いなんだよ」
「はいっ!　直ちに!」
　とりあえずなにかしなきゃ。時計を見ると、ちょうど18時だ。いつもは勉強する時間だけど、恐怖のあまり外へ飛びだした。
　どうしよう、今からなにをしよう?
「まぁ、お前のようなつまらない人間が、ない頭で捻りだすプランなんてたかが知れてるだろうけどな」
「……精一杯頑張ります!」
　こわいなぁ……アーラのその氷のような冷えきった瞳。

ほんの少しでも粗相(そそう)があったら、すぐに息の根を止められてしまいそうだ。
　すでに外はうっすらと暗くなっている。
「あのぅ……やっぱり、部屋に戻らない?」
　今から遊びに行こうものなら、お母さんの反感を買うことはまちがいなしだ。
　そろそろ仕事から帰ってくる時間だし、どこかで鉢合(はち)わせしたら面倒だ……。
「あら、奏? なにをしているの?」
「えっ?」
　って、まさかの鉢合わせちゃったパターン?
　アーラと一緒にいるこのタイミングで?
「そちらの方は……?」
　お母さんの視線が、私からアーラへとスライドした。
「初めまして、お母さん。奏さんのクラスメートの黒羽翼です。奏さんとはお付き合いさせていただいています」
　………ん?
　今、なんて言ったの?
「おっ、お付き合い!?」
　驚いた声がお母さんと完全にかぶった。
「はい。心配には及びませんよ、お母さん。彼女を泣かせるようなことはいたしませんし、清く正しいお付き合いをさせていただいておりますので。ご安心を……」
　そう言ってニヤリと笑ったアーラの横顔を見て身震いがした。

私とアーラが付き合ってる？
　どういうつもりでそんなことを言ってるの!?
「ね、奏ちゃん？」
　なんて、優しい笑みで顔をのぞきこまれ、不覚にもキュンとしてしまった。
　お母さんはしばらくアーラを見つめた後……。
「はっ？　えっ？　本当にこのイケメンが奏の彼氏なの？　ねぇっ、アンタいつの間にこんなイケメンな彼氏ができたの!?」
　本人を前にやたらとイケメンを連呼しはじめた母は、驚きよりも喜びのほうが大きいみたいだ。目をきらきらと輝かせながら、はしゃいでいる。
「いや……その。さ、最近……かな？」
　お母さん、見た目に騙されたらダメだよ。
　彼は悪魔なんだから。
　なんて忠告したらきっと私は即死だろう。
　言えない、絶対に言えない。
「そうだ！　ねぇっ、翼くん！　よかったらウチで夕飯食べていかない？」
　なんてことを言いだすの、母よ。
「いいんですか？　じゃあ、お言葉に甘えさせてもらおうかなぁ」
「あは……、はははは」

　まさかこんなことになってしまうなんて……。

自らの手で、悪魔を自宅に招きいれてしまったとは露知らず……。
　お母さんは呑気に鼻歌を歌いながら、いつもよりも張り切って、料理を作りはじめた。
「ふぅん……なかなか楽しませてくれるじゃん」
　小声でつぶやいたアーラの横顔がこわい。
　なにかよからぬことを考えているような……。
「お、お母さんにはなにもしないで……」
「しねぇよ。俺のターゲットはべつにいるからな」
　あぁ……よかった。
　お母さんまで巻きこんでしまうことにならなくて。
　お母さんはニコニコしながら、唐揚げやグラタン、キレイに盛りつけられたサラダ、湯気をたてるスープなど、ところ狭しとテーブルに並べた。
「どう？　翼くん、おいしい？」
「ええ、とっても。お母さん、料理上手ですね。毎日でも食べたいくらいですよ」
「あらぁ、もう翼くんったらぁ♪　毎日でも食べにきていいのよぉ」
　お母さんったら、目がハートになっちゃってんじゃん。
　そりゃあアーラは並外れたイケメンだけど。
　でも、悪魔だから。
　とは言えず……。
「あはは、よかった。お母さんと黒羽くんが仲良くなってくれてうれしいなぁー……」

本当はそんなわけないけれど。
　アーラのご機嫌を損ねたら、私の生命が危うくなるから。
　とりあえず話は合わせておかなくちゃ、ね。
「ありがとう、翼くん。いつでも遊びにいらっしゃいね」
「ごちそうさまでした。そう言っていただけるとうれしいです。ではお言葉に甘えさせていただいて……またおうかがいさせてください」
　長い長い……ハラハラの晩餐会（ばんさんかい）が、ようやく終わった。

「……奏ちゃん。奏ちゃん」
「うわぁ、びっくりした！　なに、なに？」
　昨夜はお母さんがアーラの話ばかりで、なかなか寝かせてもらえなくて……。
　アーラがいないベッドで、ゆっくり身体を休めたかったのに。
　寝不足のままぼんやり登校していると、うしろから次咲くんに声をかけられた。
　うわぁ……なんかニンマリ笑ってるけど。
　相変わらず不気味だなぁ。
「ご、ご機嫌そうだね……」
「そりゃあそうさ。昨夜、いいものを目にしてしまったからね」
　あ、そう……。
　それがなんなのか私は興味ないけど、聞き返したほうが

よさそうな雰囲気だ。
「えーっと、どうしたの？」
　次咲くんは待ってましたと言わんばかりに目を輝かせた。
「見たんだよ！　昨夜、コンビニの前でやつとやつが大喧嘩をしていたんだ！」
　やつとやつ……？
　ごめん、まったくわからないんだけど。
　次咲くんはキョロキョロと辺りに目を配らせ、周りに聞こえないよう小声で耳打ちしてきた。
「佐々原とその彼女だよ」
　佐々原くんとその彼女？
　あぁ、彼女って、麻里子ちゃんことか。同じクラスの問題児でありながら名物カップルのふたりね。
「大喧嘩かぁ……」
　あの仲良しカップルが？
　席が隣同士なのをいいことに、授業中でも好きとか言い合ったりしているふたりが？
「そう。それもかなり激しくやりあっててさ……」
「ふぅん？　そうなんだぁ」
　まぁ、いくら仲がいいといっても、付き合ってるなら喧嘩くらいするでしょう。
　それがどうかしたの？
　そう聞き返すと、
「なんか、佐々原がネックレスを失くしたとかって言って

たんだよ」
　次咲くんは、さらに小さな声で教えてくれた。
「ネックレス……？」
　それが大喧嘩の原因なの？
　ってことは、ふたりにとってはきっと大切な思い出の品だったってことだよね。
「きっと大悪魔様だよ。あのお方に違いない」
「ん……？　アーラ？」
　だからその大悪魔様って呼び方、どうにかならないのかなぁ。
　次咲くんはすっかり悪魔を崇拝してしまっているんだね。
　そんなことよりも、佐々原くんのネックレスとアーラがどうして結びつくんだろう？
「奏ちゃん、わからない？　ほら、焼却炉だよ」
　記憶を遡り、次咲くんと焼却炉に行ったことを思い出した。
　教科書を見つけた後、アーラがやってきて……。
「あっ！　あの時のっ……」
　はっきりと思い出した。
　アーラが手にしていたのはゴールドのネックレスだった。
　それをアーラはためらうことなく焼却炉へ投げ捨てたんだ。
「やぁ、おはよう。次咲くん、二十日さん」

ん?　背後から聞こえてきた爽やかなこの声は……。
「あっ、アー……じゃなくて黒羽くん……」
　アーラならぬ黒羽くんが、白い歯をきらりと光らせ、眩しい笑顔で現れた。
　いつの間にいたんだろう?
　さっきは誰もいなかったはずだったんだけどなぁ。
「大悪魔様……じゃなくて黒羽さん!　おはようございます!」
　次咲くんは目を輝かせながら、アーラに駆けよりふかぶかと頭を下げた。
「いつからそこにいたの……?」
「ずっと前から」
　アーラは不敵に微笑むと、道脇の桜の木に視線を移した。
　あぁ……なるほど。
　また猫に変身して、木の枝に座ってこちらを観察していたってことかぁ。
「あの……昨晩、見たんですよっ。佐々原が彼女と激しく喧嘩しているところを!　あれ、貴方のお陰ですよね?」
　次咲くんは鼻息を荒くしながら、興奮気味に話しはじめた。これからやつらを不幸にしてくれるんですよね!?　と、期待に目を輝かせながら。
「ああ、そうだ。もうアイツらは放っておいても勝手に不幸になるから大丈夫だ。ほかのやつらも全員、じょじょに不幸のどん底にたたきおとしてやるから安心しろ」
　ニヤリと口角を上げるアーラの禍々しい横顔に恐怖を感

じた。
　やっぱり悪魔は、お、恐ろしい……。
「ありがとうございます。アイツらがもう二度と立ちなおれないほどの不幸を与えてください。契約どおり、ちゃんと対価は払いますから」
　次咲くんがふたたび頭を下げると、
「もちろんだ。対価はお前の大切なもの。それを俺がもらう。忘れるなよ」
　アーラはケラケラと笑い声を上げ、私たちの元から離れていった。
　次咲くんはそのうしろ姿を見送りながらつぶやいた。
「もちろん忘れてはいませんよ。願いを叶えてもらえるのなら……僕はなんだってします」
　……はぁ。
　嫌だなぁ、これから先もしばらくこんなふたりにかかわっていかなくちゃならないなんて。
　アーラは、たしか契約が完了するまで人間界にとどまらなきゃいけないって言ってたけれど。じゃあ……いつかまた、魔界に帰るってことかな？
　早く帰ってくれたらいいのに。
　教室に入ると、紗千がすぐに駆けよってきた。
「ちょっと奏!?　なんで次咲なんかと一緒に登校してんの？」
「え？　あぁ……」
　やだ、通学路で会ってちょっと会話をしただけなのに。

誰かが見ていたのかな？
「ちょっとあいさつしただけだよ」
「はぁ？　あいさつぅ？　あんなやつに？」
「う……うん」
　紗千は次咲にかかわるのはやめな、と強い口調で言ってきた。
　その理由はわかってる。
　佐々原くんやその仲間の不良たちに、私まで目をつけられてしまうからだろう。
「もうウワサになってんだから。奏と次咲が付き合ってるって！」
「えぇ？　……それは困るなぁ」
　ほんと、ウワサってこわい。
　少し会話をしただけなのに、そんなふうに解釈されてしまうんだから。
　まぁ事実じゃないんだし、放っておけばいいか。
　そう思っていた私は……甘かったみたいだ。

「おいお前！　次咲と付き合っているんだってなぁ？」
　和やかな朝の教室の空気をかき消すように、そう大声で言ったのは垣内(かきうち)くんだった。
　垣内正樹(まさき)くんは佐々原くんといつも一緒にいる不良メンバーのひとりだ。
「ち、違うよ！」
　すぐに否定したけれど、垣内くんや不良たちはゲラゲラ

と笑っている。
「まぁ、でもお似合いなんじゃね？」
「そうそう！　暗い者同士？　つーか、お前って名前なんだっけ？」
　誰かが発した、名前なんだっけ？発言にあちこちから笑い声が上がった。
　なんなのよ……これ。
　次咲くんも知らんぷりしてないで、一緒に否定くらいしてよ！
「お前にもついに春が来たのかぁ。そうか、そうか」
「よかったなぁ。もやし野郎を好むやつがいたなんてなぁ！　感動したわ、俺」
　次咲くんは不良たちに背中や肩をたたかれているけれど、それでもなにも言い返さなかった。
　なにも言い返さないことが、さらなる誤解を生んだようで、
「なにも言わないってことは事実なわけね、なるほど！」
　垣内くんが拍手なんてするもんだから、笑い声はさらに大きくなった。
「……大丈夫？　奏」
　1限目が始まる頃に担任が来て、ようやく笑い声は収まったものの。
「あぁ……うん」
　本当は大丈夫じゃない。
　気にしすぎる性格に加えて、傷つきやすい私にとって、

さっきの騒ぎは相当のダメージだった。
　みんなの前であんなふうに言われるなんて。
「本当に付き合ってないのに……」
　みんなが、私と次咲くんの関係を疑っている。
　だって私のことを見るクラスメートたちの目が、なんだか冷たく感じたから。
「私は奏を信じてるから」
「紗千いぃ。ありがとう……」
「さっ、２限目は体育だよ！　早く体育館に行こう」
　その後も、何度か不良たちから、
「よっ！　もやし野郎の彼女♪」
　って、馴れ馴れしく肩をたたかれたりしたけれど……。
「大丈夫だよ、奏」
　その度に励ましてくれる紗千のお陰で、なんとか下校まで泣くことなく過ごせた。

「ごめんね、今日は行けないんだぁ」
　こんな日はカラオケで思いっきりストレスを発散したかったけれど。
　タイミングが悪いことに、お母さんにお遣いを頼まれていたことを思い出した。
「そっかぁ。じゃあ、また誘うね！」
「ごめんね、紗千」
　また明日、と手を振る紗千と校門の前で別れた。
　ったく、お母さんったら。

こう頻繁にお遣いを頼むの、そろそろやめてほしいんだけどなぁ。
　何度もため息をつきながらスーパーを目指していると、広場がある大きな公園に目がとまった。花時計や噴水もあるこの場所は、いこいの場として愛されている。
　賑やかに走りまわる子どもたちのほかに、どこかで見たことがあるような姿を見つけた。
「あれは……垣内くん？」
　ベンチに座っているあのうしろ姿。
　もしかして……垣内くん？
　そして驚いたことに、垣内くんの隣に寄りそっているのは、なんと佐々原くんの彼女、麻里子ちゃんだった。
　えっ、どうして？　垣内くんとあんなにラブラブってことは……。
　佐々原くんとは別れたのかなぁ？
　次咲くんも言ってたし。激しく喧嘩してたってくらいだから、きっと、別れたんだね。
　って、切り替え早すぎない？
　ハッ！　ダメだダメだダメだっ……。
　垣根に隠れてのぞいている場合じゃなかった。
　ふたりに見つかりでもしたら、
『アイツ、なんかのぞいてるんだけど。キモーイ』
『お前なにやってんの？　うぜぇんだよ』
　とか、言われかねない！
　そそくさと退散しようと振り返った時に、たまたま通り

かかったクラスのムードメーカー的な存在の男子生徒と目が合った。
　うわぁ、タイミング悪っ。
『垣内ーっ！　ここにのぞき女がいるぞ！』
　と叫ばれると思ったら、なにも言われなかった。
　と、いうより……公園でイチャつくふたりの様子に驚いたのか、言葉を失っているようだった。
「うわぁ……。あれは絶対に修羅場になるよぉ」
　佐々原くんと麻里子ちゃんが、キレイさっぱり別れていたとしても……。
　垣内くんは佐々原くんの友だちだし。
　いつも一緒にいるほど仲がいいのに。

「修羅場って？」
　ドライヤーで髪を乾かしている最中にもかかわらず、アーラが話しかけてきた。
　スイッチを切り、振り返ると、ベッドに横たわるアーラがいた。
　わっ、いつの間に……。
　窓がわずかに開いていたから、また窓から入ってきたに違いない。
「いや、その……。恋人と別れたばかりで、すぐに元カレの友だちと付き合うってどうなのかなぁって思ってね」
　いや、まだ垣内くんと麻里子ちゃんが付き合っているって決まったわけではないんだけど。

「お前ら人間って、ホント、めんどくせぇ生き物だな」
「え？　めんどくさい？」
　アーラは手にしていたマンガを放りなげ、むくりと起きあがった。
「付き合うとかってゆーの。なんでいちいち、彼氏とか彼女とかっていう関係を作りあげるんだ？」
「それは……、だって恋愛は１対１でするものだし」
「お互いを縛りつけあってなんのメリットがある？　好きなら好き、だけでよくないか？」
　好きなら好き、だけでねぇ。
　うん……。たしかにアーラの言うとおりかも。
「でもさぁ……。その好きな人が、ほかの異性と仲良くしていたら嫌じゃない？」
「さぁ？　そういうの俺にはよくわからねぇな。そんな感情抱いたこともない」
　悪魔には恋愛感情とかってないのかな？
　誰かを愛しく思う気持ちとか。
「そう……なんだ」
「だからお前の悩みはくだらない。電気を消してさっさと寝ろ」
「あ、はい……」
　あぁ、もうどっちが部屋の主かわかんないよ。
　うぅ……今日はアーラが隣にいるせいか眠れない。
　っていうか、また……言われるがまま隣に寝ころんでしまった。

断ることができないまま、ひとつのベッドで一緒に眠るっていうスタイルが定着しそうで嫌だ。
　妙にドキドキしてしまうのは、アーラがこわいから？
　寝相が悪くてアーラを殴っちゃうかもしれないし、蹴とばしちゃうかも。
　そんなことをしたら……、目覚めた時にはあの世にいたりして。
　ダメだ！
　ぜんっぜん眠れない！
「あっ……アーラ！」
「ん？　なに？」
　すっかりハマってしまったのか、彼の手にはまたマンガ本があった。
　……あのー、それ逆さまですが……。
　やっぱり、字が読めないんじゃないの？
「やっぱり私、床で寝るからっ！　アーラがベッドを使っていいよっ」
　枕を抱えてベッドを降りようとすると、アーラに腕をつかまれた。
　や、やだ……。
　こわい、こわいよ……。
　なにをされるかわからない恐怖に震えていると、アーラがプッと吹きだして、笑った。
「あのさぁ、ビビりすぎじゃねぇ？　なにもしないって言っただろう？」

「あ……はい。そう、ですけど」
　もはやそういう問題じゃない。
　悪魔という存在そのものがこわいんだから。
「俺が、どうしてお前の家を住処に選んだと思う？」
「え……、それは……、次咲くんと一緒だとむさくるしいからって……」
　つまりそれってただの消去法だよね？
　そもそも、住処っていったって２択だったじゃない。
「つーか、俺は悪魔だから。人間のように住む家がなくたって平気なんだよ」
「そう……なの？」
　そういえば、食事もしないし睡眠もとらないし……。
　悪魔ってどうやって生命を維持しているのかな？
「悪魔は人間みたいにヤワじゃないからな。寿命なんてものもない」
「え？……そうなんだ」
　簡単に言えば、不老不死ってことか？
　だから食事や睡眠も必要ないわけね。
「それなのにここを住処に選んだのは、お前がいるからだ」
「……へ？」
　つまりそれって、どういうこと……？
　そんな真剣な目で見つめないでょ。
　どうしよう……目の前のアーラがあまりにもカッコよくて直視できないんだけど。
「……お前って本当におもしろいなぁ。顔がまっ赤になっ

てるけど？　俺がこわいんじゃないのかよ？」
「だっ……だって」
　アーラがあまりにもカッコいいんだもん。
　見つめられると、恐怖すら忘れてしまうほど。
　恋愛経験のない私には、刺激がありすぎて……。
「お前……寝れないんだろ？」
「え……うん」
　ここを住処に選んだのは、お前がいるからって。
　それ……どういう意味なんだろう？
　まだ熱が冷めない。
　さっきからドキドキが止まらない。
　だって男の子にそんなことを言われたの……初めてなんだもん。
「眠れないなら、ちょっとヒマつぶしに外に出てみるか？」
「う、うん……。って、えぇ!?」
　アーラがニヤリとなにかを企(たくら)んでいるような顔で微笑んだ直後、考えごとをしながら適当な返事をしたことに後悔した。
「いやっ……！」
　足がふわりと宙に浮いた。
　かと思ったら、下からアーラを見上げる形になった。
　お、お姫様抱っこされている!?
「前に俺を楽しませてくれた礼だ」
「ちょっ……」
　なにを考えているの!?

窓に足なんかかけてるけど？
　アーラはまたニヤリと口角を上げると、背中に翼を出現させた。
「しっかりつかまってろよ。じゃないと死ぬぞ」
「なっ！」
　もしかして……ここから飛びおりる気？
「ぎっ……ぎゃあぁぁあっ！」
　空っ……！
　もしかして空を飛んでる!?
　固くつむっていた目をハッと開くと、うんと近くに星空が広がっていた。そして、恐る恐る下を向けば、自宅の赤い屋根はどこにあるのかさえ、すぐにはわからないくらい小さくなっていた。
「ひっ……」
　アーラの首もとに必死でしがみついた。
　落ちたらまちがいなく死んじゃう！
「どうだ？　楽しいだろう？　お前ら人間にはできないことだろう？」
「やっ……」
　楽しいか？って、そんなはずないでしょおぉっ。
　そう思っているのに、声が出ないほどこわいんだから。
「そんなに力を入れるなよ。大丈夫だって、万が一落ちたら拾ってやるから」
「はっ……はうぅ」
　拾ってやるとかそういう問題じゃないっ！

今すぐ……、今すぐ私を降ろしてぇぇえ！
「はいはい、わかったよ。じゃあ、あそこに降ろしてやるよ」
　心の中の叫び声が聞こえたのか、高層ビルの屋上に降ろしてくれた。
　あぁ……助かった。
　地に足がついているだけで、こうも安心感があるとは。
　普段の生活では絶対に味わうことのない経験だね……。
　とは言え……、
「ひょっ……ひょぉぉ……」
　超高層ビルの端（はし）に降ろすことはないでしょおぉ！
　あまりの高さに目眩（めまい）がする。
　足がすくんで動けず、膝（ひざ）から崩れるように座りこんだ。
「あっはっはっは！　ビビりすぎて腰が抜けたか？　そりゃあそうだろうなぁ。１歩でも前に出れば、まっ逆さまだからな」
　アーラはこわがっている私を見て楽しんでいるみたいだ。
　さすが……と言うべきか。
　その悪魔らしいイジワルなふるまいを、妙に冷静に納得してしまった。
　もしかして……ここから私を突きおとすつもり？
　落ちたら拾ってやる、とか言っていたけれど、アーラは悪魔だ。
　助けてくれるなんて思えない。

「なんだよその顔。楽しくなかったのか？」
「たの……しくなかった」
　ここはウソでも楽しいって言うべきだと思ったけれど、とっさに本音が出てしまった。
　アーラは不満気な表情で、
「この俺が……人間なんてつまらない生き物の相手をしてやったのに」
　と、私の手を強く引いた。

奏のちっぽけな勇気

　二十日奏。
　17歳にして初めて……異性と見つめあっております。
　憧れていた爽やか好青年ではあるけれど、
「あれ？　まさかもう帰りたいとか思ってる？」
　正真正銘(しょうしんしょうめい)の……悪魔なんです。
　帰りたい！
　そりゃあ帰りたいですとも！
「いやぁ……はは。せっかく連れてきてくれたんだし……ねぇ？」
　だってココ、超高層ビルの屋上だよ？
　帰りたいに決まってんじゃん！
　でも、こわくてそんなこと言えないじゃん！
「そう？　まっ青な顔してるから、帰りたいのかと思った」
「えへへ……そ、そんなことは思ってないよ」
　とりあえず今は転落しないように、中央で体育座りをしています。
　そして、爽やか好青年の仮面をかぶった悪魔は、私の向かいでニヤニヤしています……。
「言っとくけど、お前は特別待遇(たいぐう)だからな？　契約を交わした人間以外のやつに尽くすなんて、そんなことありえねぇから」
「あ、ありがとう……」

うーん。
でも、あんまりうれしくないかも。
「次はお前の番な」
「えっ？」
「お前が俺を楽しませる番だよ」
　えぇっ？
　そんなこと言われたって……どうしたらいいのかわからないよぉ。
「アーラは……なにをしている時が楽しいの？」
　まったく想像ができないから、こりゃあもう聞くしかないか。
「そうだなぁ。人間が嘆き悲しみ、絶望に暮れる姿を見る時かな」
「あは……あははは」
　うん、聞くべきじゃなかったかな。
「あとは、人間を魔界に引きずりこむ瞬間もゾクゾクするなぁ」
「うん……もういいです」
　魔界に引きずりこむって……。
　なんとまぁ恐ろしいことをさらりと。
　でも、魔界ってどんなところなんだろう？
「あの……魔界ってなにがあるの？」
　いけないとわかっていながらも、好奇心に負けてしまった。
　魔界に興味を持ったらいけない。

そんな素振りを見せたら、私も引きずりこまれてしまうかもしれない。そうわかってはいたけれど、つい聞いてしまった。
　アーラはニヤリとほくそ笑むと、
「それはその目で確かめるといい」
　思っていたとおりの、イジワルな答えをくれた。
「まぁ、お前らが想像しているようなところとはちょっと違うかな」
　私が想像する魔界は……。
　空には分厚く黒い雲がかかっていて、昼間でもまるで夜のように薄暗くて。3つの頭がある巨大な犬が歩いていたり、不気味な声で笑う老婆が住んでいたり。おどろおどろしくて、ひと筋の光もない場所とか。とにかくジメジメしてて、暗いイメージだけど……。
「詳しくは言えないが、暗いばかりの世界じゃない。人間界のように街もあれば、森や湖だってある。そして、なんでも手に入る。ほしいと望めば、なんだって。だから嫌な場所じゃない」
「そう……なんだぁ」
　たしか、魔界でのアーラの立場って偉いんだよね。上級悪魔だもんね。
　それをすっかり忘れてたよ。
「そろそろ帰るか」
「うっ、うん！」
　その言葉を待ってましたとばかりに立ちあがると、

正面に立ったアーラに抱きしめられた。
「はっ……！　えっ？　……ちょっ!?」
「離すなよ」
　アーラはふたたび翼を開くと、なんのためらいもなく超高層ビルから飛びおりた。
「……はぁっ！」
　気がつくと、私はなぜかベッドの上にいた。
　いつの間にか窓の外は明るくなっていて、アーラの姿も消えていた。
「え？　なんでベッドに……？　アーラと超高層ビルから飛びおりたはずだけど……。もしかして、夢？」
　そうだったらよかったのに。
　全開になっている窓と、手もとに落ちていた１枚の黒い羽根。
　それらが夢ではなかったと、証明してくれているようだった。
　そういえば……。
　次は私がアーラを楽しませる番なのか。
　なにか考えておかなくちゃ。

「奏ーっ？　起きてるの？」
「うんーっ！　今降りるーっ！」
　アーラが放りなげたままのマンガを本棚に戻し、階段を駆けおりた。
　ぼんやりと昨夜のことを思い出しながら、いつもより

ゆっくり通学路を歩いた。
「ちょっ！　奏！」
　靴箱で上履きに履きかえていると、いきなり紗千に肩をたたかれた。
「わっ、びっくりした！　なにっ？」
　もう、毎度毎度……背後からいきなり声をかけてくるのはやめてって言ってるのにぃ！
　手から滑り落ちたローファーを拾いあげ、振り返ると紗千が興奮気味に目を光らせていた。
「大変なのよっ！」
「えっ？　なにが？」
「とにかく来て！」
　だからなにが？
　紗千は答えもせず、早く早くとせかすばかりだ。
「わかったよ、行くよ」
「急いで！」
　なにが起こっているのかわからないまま、紗千の後を追いかけた。
　向かった先は教室だった。
　人だかりができていて、なんだかすごい騒ぎになっている。
「テメェしらばっくれてんじゃねーよ！」
「はぁ？　だから、そんなこと知るかって言ってんだよ！」
　なに？　どうしたの？
　誰かが喧嘩してるの？

人だかりをかきわけて教室に入ると……倒された机や椅子が散乱し、胸ぐらをつかみあい、にらみあう佐々原くんと垣内くんがいた。
「なんかね……垣内くんが、佐々原くんの麻里子ちゃんと密会していたらしいの」
「密会……？」
　あ、それってもしかして。
　公園のベンチで寄りそっていた垣内くんと麻里子ちゃんを見かけた……あの時のこと？
　うわぁ、さっそく喧嘩になってるよ。
「人の女に手ぇ出しやがって！　お前がそんなやつだったとはな！」
「知らねぇよ！　言いがかりつけてくんな！」
　激しく罵りあうふたりを、麻里子ちゃんが涙ながらに止めようとしているけれど……。
　ふたりはにらみあったまま、手を放そうとしない。
「佐々原くんと麻里子、最近うまくいってなかったっぽくてさ。でその隙に、垣内くんが手を出したらしいよ」
「そうなんだ……」
　佐々原くんとうまくいってなかったっていうのは……。
　アーラがネックレスを捨てたことが発端(ほったん)だったよね。
「言いわけばっかりしやがって！」
　佐々原くんが重い拳でおもいきり殴った。
　あちこちから上がる悲鳴の中、机をなぎ倒しながら垣内くんが吹っとぶ。

「ってぇなぁ！　だから俺はお前の女に手なんか出してねぇっつってんだろうが！」

　ボタボタ垂れる鼻血をぬぐいながら、今度は垣内くんが蹴りかかった。

　あぁ……先生。

　先生、早く来てふたりを止めてーっ！

「あーらら……。激しくやりあってんねぇ」

「はっ!?　アー……じゃなくて黒羽くんっ!?」

　すぐうしろから聞こえた低い声に振りむくと、いつの間にやらアーラが立っていた。

「黒羽くぅん！　おはよう！　見てぇ、あのふたり！　こわいっ！」

　紗千……一瞬にしてキャラが変わっている。

　その甘ったるい声はどこから出てるの。

「こわいね、なにがあったんだろうね？」

　アーラはそう言うけれど……。絶対になにがあったのかわかっている、そんな笑い方をしていた。

　もしかして……。佐々原くんと垣内くんが喧嘩になった原因を作ったのはアーラだったりして。

　だって垣内くんは、麻里子ちゃんと密会していたことを全否定している。まさかだけど……。

　公園で見た垣内くんは実は垣内くんに変身したアーラ……だったりして。

　っていうか、傍観してないでふたりを止めてくれないかなぁ。

悪魔なんだし、どうにかできるでしょう？
「コラーッ！　お前ら！　なにをやっている！」
　結局、彼らを止めるような勇者は現れず……。
　ふたりがボロボロになった頃に先生がようやくやってきた。

　その後、ふたりは自宅謹慎処分になったと、担任の先生から話があった。
「びっくりしたね……。仲のいい佐々原くんと垣内くんが喧嘩なんて……」
「くっふふふ！　アイツら謹慎処分とか、ざまあみろだね。今日からアイツらがしばらくの間いなくなるなんてうれしいよ」
　お昼休みになり、食堂で次咲くんに声をかけてみた。
　それとなく、佐々原くんたちのことを話してみると……また、あの不気味な笑い声が返ってきた。
　その笑い声で、急に思い出した。
「それでね、次咲くん。前に借りていた『悪魔の本』のことだけど……」
　まだ返せずに、部屋に置いたままだったんだよね。
「あー、『悪魔の本』？　いいよいいよ。アレ読んで勉強しなよ。くふふ……」
　勉強って悪魔についての？
　いや……これ以上なにも知りたくないと思っているんだけど……。

「そういえば、大悪魔様は人間界での住処を奏ちゃんの部屋に決めたんだって？　大悪魔様からお聞きしたよ！」
「あぁ、うん。そうなんだよねぇ」
　とは言っても、どこでなにをしているのか、部屋に戻ってこない日も多いけど。
「仲良くやってるんだって？」
「仲良く……はないかなぁ」
　次咲くんは、いったいアーラからなにを聞いているの？
　気になったけれど、あえて聞かないでおこうかな。
「じゃあ、お腹もすいたし、紗千も待ってるから早くメニューを決めなきゃ」
　そう言って、さり気なく去ろうとすると、次咲くんに呼び止められた。
「そうだ、奏ちゃん。あまり大悪魔様と親しくしたらいけないよ」
「えっ？」
　次咲くんは声を潜めると、周りを気にしながら耳打ちしてきた。
「たぶん、奏ちゃんは狙われてる。大悪魔様はきっと、奏ちゃんを魔界へ誘うつもりだよ。だから彼の誘いにのったら絶対ダメだよ」
「それは……わかってるよ」
　そのあたりのことは、次咲くんに借りた『悪魔の本』でちらっと読んだからね。
　悪魔の誘いにのり、魂を売ったらいけないって。

魔界で一生、彼らの奴隷のように扱われるんだって。
「好きだとか言われても、真に受けないようにね。彼に翻弄されたらお終いだよ」
　好きだ、かぁ。
　そんなこと……あのアーラが言うわけないよ。
　でも……、お前がいるからだ、って言葉。
　結局、あれはどういう意味だったんだろう。
「奏っ！」
　本日のランチメニューのサバの味噌煮定食をのせたトレーを手に、テーブルにつくと、正面に座る紗千ににらまれた。
　えっ？　なんか怒ってる？
　私、紗千を怒らせるようなことしたかな？
「さっき、次咲と話してたでしょ！」
「ん？　あー、そうだね……」
　紗千はカレースプーンを力任せに置くと、強い口調で言ってきた。
「だから次咲と付き合ってるとか言われるんでしょ！」
　それは……たしかにそうだけど。
「でも、あからさまに無視はできないし……」
　だって、かわいそうだもん。
　それに周りが思っているほど、次咲くんは悪いやつじゃないと思うんだよなぁ。
　ほら、さっきだって。
　私を心配して忠告してくれたんだし。

「奏は優しすぎるんだよ！　私が次咲に言ってくる！　迷惑だから奏に話しかけてくんなって」
「えっ、ちょっと紗千！」
　紗千は興奮気味にそう言うと、食べかけのカレーを置いて席を立った。
「紗千！　待ってよ！」
　食堂のすみっこの目立たない席に座っている次咲くんの元へ、紗千が歩いていく。
「ねえ、紗千！」
　突きすすむ彼女の肩をつかみながら声をかけると、ようやく足を止めてくれた。
「なによ！」
　紗千のイラ立ちがひしひしと伝わってくる。
「なにも言わなくていいってば……」
「なんでよ？　男子にからかわれるよ!?」
「うん……そうだけど」
　また次咲くんの彼女、とか言われるかもしれない。
　もしかしたら私も……イジメのターゲットにされるかも。
　だけど……、
　だけど、やっぱり私は……。
「偏見は嫌なんだ。そりゃあ、次咲くんはちょっと不気味だし、変わってるけど……悪い人じゃないから」
「そんなんじゃ奏までイジメられちゃうよ！」
　私は奏のことを心配してるだけなの！

紗千のその言葉はうれしかったけど……。
「ありがとう、紗千。でも、次咲くんにはなにも言わないであげてよ」
　普通に会話をする。それが次咲くんがイジメられているのに見て見ぬふりをしている、せめてもの罪滅ぼしだと思ったんだ。

「紗千……、まだ怒ってるのかなぁ」
　食堂で怒られて以来、紗千は私と目も合わせてくれなくなった。
　紗千は私を心配してくれている。
　私が巻きこまれないように、次咲くんを遠ざけようとしてくれていたのもわかってる。
　明日は謝ろう。
　そしてもう一度、ちゃんと私の気持ちを話して理解してもらおう。
「……ん？」
　とぼとぼと河川敷を歩いていると、高架下に複数の人影を見つけた。
　遠目だから誰なのかはわからないけど……ウチのクラスの男子生徒かな？
　最近、あの高架下を溜まり場にしている不良がいるから近づきたくないけれど、通学路だから毎日その横を通らなきゃいけないんだから。こわいのなんのって。
「あ……あれ？」

高架下に近づくにつれて、誰がいるのか見えてきた。制服を着た不良と一緒に次咲くんがいる！
　ふたりで談笑する不良少年たちはクラスメートの田村有志くんと園山力くんだ。田村くんは不良グループの中でも一番小柄で、とくにお調子者のイメージがある。対して園山くんは、身長が180センチくらいあって大きいから〝力士〟と呼ばれてイジられキャラ的なポジションにいる。彼らもまた、佐々原くんとよく一緒にいるメンバーだ。
　そしてその脇に、次咲くんがぽつんと立っている。
　どうしたんだろう……？
　よく見ると、次咲くんはまた、ふたりのカバンを持たされていた。
　また次咲くんを荷物持ちにしてるんだ……。
　近づいていくと、ところどころ聞こえていた会話が、はっきりとわかってきた。
「おい、次咲。タバコ買ってきてくんねー？」
「あっ、俺のも。ついでにジュースも」
　ひどいなぁ。
　荷物を持たせておいて、買い物まで頼むのか。
「タバコは……ちょっと」
　次咲くんは苦笑いを浮かべながら、田村くんと園山くんに小さな抵抗を見せた。
「はぁ？　なんだよお前。まさか断る気か？」
「生意気言ってんじゃねーよ」
　抵抗した次咲くんに腹を立てた田村くんと園山くんは、

スッと立ちあがって次咲くんの両脇に立った。
「あっ……！」
　田村くんが、次咲くんの腹部を殴った。
　あれは……、さすがにヤバイよね。
　なんとかしなきゃ。
　でも、どうやって？
　私があのふたりを止めるっていうの？
「なにやってんの？　草むらになんかしゃがみこんでるけど、もしかして誰かに見つからないようにかくれてんの？」
　次咲くん救助に二の足を踏んでいると、突然アーラが現れた。
「あっ、アー……じゃなくて黒羽くん！」
「やぁ、二十日奏さん」
　私にはふたりを止められる力はないけれど……、アーラだったらできるかもしれない。
　藁にもすがる思いで、次咲くんを助けてくださいとお願いしてみた。
「へぇ？　この俺に、人間を助けろと？」
　爽やかな笑みが瞬時に曇った。
「お、お願いします……。このままじゃああまりにかわいそうだから」
　うっ……こ、こわい。
　悪魔が人を助けるなんて、やっぱりムリがあったか。
「お断りだな。それにアイツは俺にイジメっ子たちを不幸にしろって言ったんだ。助けてくれとは言われてない」

「そんなぁ……」
　じゃあやっぱり、私が行くしかないの？
　周りを見渡してもほかに誰もいないもんな。
　ここは腹をくくるしかないのか。
「どうした？　アイツ……また殴られてるぞ」
　ええい！
　もう、どうにでもなれっ！
　いてもたってもいられなくなって、田村くんと園山くんに向かって走った。
「やっ、やめてくださいっ！」
　よぉし言った！
　ついに言ってやったぞっ！
「はぁ？　なんつったよ？」
　園山くんの鷹のような鋭い視線に、すぐさま顔をうつむけた。こわい……やっぱり逃げたい。
「あれっ？　お前……誰かと思えば、もやし野郎の彼女じゃん」
　その横にいた田村くんも、攻撃的な視線を向けてくる。
「あらららら？　もしかして、彼氏を助けにきたのかな？ん？」
　どうしよう……。足の震えが止まらない。
　イジメはダメだよ、そう言いたいのに言葉が出てこない。
「か、奏ちゃん……」
　心配そうな次咲くんの声が聞こえる。
「で、今なんて言ったの？」

「まさか、俺たちに文句でもあるのかな？」
　左肩に手をのせられたかと思ったら、右肩にも手が。
「いやぁ……、そのぉ」
　ひぃっ……どうしたらいいの？
　やっぱり、こんなでしゃばった真似をするんじゃなかった。
「かな……奏ちゃんは逃げて……」
「なんだよお前！　気持ち悪い手で触ってくんなよ！」
　次咲くんは私を守ろうと、いきなり田村くんにつかみかかっていった。
「テメェ調子に乗るなや」
　必死で押さえようとしている次咲くんの背中に、園山くんが殴りかかった。
「あぎゃあっ！」
「次咲くん！」
　次咲くんは変な声を上げながら倒れこんだ。
　慌てて駆けよると、田村くんと園山くんは腹を抱えて笑いだした。
「ぎゃっはっはっは！　お前らマジで気持ち悪すぎ！」
「あははっ！　もう行こうぜ、そろそろ飽きてきたし。タバコ買いにいこう」
　うぅ……悔しい。
　助けにいったつもりなのに、事態を悪化させるようなことになってしまった。
「……大丈夫？」

田村くんと園山くんの姿が見えなくなると、次咲くんがむくりと起きあがった。
「ありがとう、奏ちゃん……」
　次咲くんのブレザーは砂でまっ白だ。
　それに、メガネにもヒビが入ってしまっている。
　そんなボロボロな姿を見ていると、罪悪感がいっそう増してきた。
「うんうん、今回もなかなか楽しませてもらったよ」
　橋の横で静観していたアーラが、拍手をしながら近づいてくる。
　ずっと見てたなら、少しくらい手を貸してくれたっていいのに。
　どういう神経してんのよ、って突っこみたくなったけど黙っておいた。
　彼は悪魔だもん……。
　とにかく人間の不幸を喜ぶ、それが悪魔だもんね。
「……次咲くん、ごめんね。私全然役に立てなかった」
　アーラなんて放っておけばいいや。
　今心配なのは次咲くんのことだ。
「そんなことないよ。本当に……、そんなことない」
　あぁ……、前歯まで欠けちゃってるじゃん。
　メガネのヒビといい、そのマヌケ面に思わず笑ってしまった。
「あははははっ！　はっ……ごめん」
　って、笑える状況じゃなかったね。

何発も殴られたり、蹴られたり。
　痛いなんてひと言も言わなかったけど、痛いに決まってるよね。
「いや、いいよ。くふふっ……ははは！」
　そんな状況でも、私に心配かけないように明るい笑顔を見せてくれた次咲くん。
　やっぱり優しい人だなぁ。

「アーラ、お帰り」
　次咲くんと話していた間に、いつの間にか姿を消していたアーラが、夜になって部屋に戻ってきた。
　ふわふわの黒猫の姿で、窓から出入りするのがすっかり定番となっていた。
　黒猫のままベッドに軽々飛びのったと思ったら、瞬時に美少年のアーラへと姿を変えた。
「いつも、どこに行ってるの？」
「仕事だよ」
　仕事って……、次咲くんと交わしてる契約のことかな？
「早くアイツらを不幸にしなきゃ、いつまでたっても魔界に帰れないだろ？」
「あぁ……なるほど……」
　やっぱり佐々原くんたちを不幸にするために出かけていたのか。
　そうだよね。アーラだって早く帰りたいんだもんね。
　うん、私も早く魔界に帰ってほしい。

「ねぇ、不幸にするって、最終的にどうするつもりなの？」
　まさか殺す……とかはないよね？
　読みかけの少女マンガを閉じて、恐る恐る聞いてみた。
　アーラはまたベッドの上でマンガを逆さまのまま眺めながら、
「そうだなぁ」
　と、悩ましげに言い、なにかを思いついたのか急に起きあがった。
「とりあえず絶望に追いやればいいかなー」
　なんてニコッとするもんだから、あまりの恐怖に鳥肌が立つ。
「そうか……そうだね」
　あぁ……でもよかったぁ。
　命を奪わないだけまだマシか。
「それはそうと、次は俺の番だな」
「えっ？　なにが？」
　とつぜんなにを言いだすんだろう。
　って、なにか思いつくたびにマンガを放りなげるクセはなんとかならないのかな……。
「今日、俺を楽しませてくれただろ？」
「え？　あー……そうだった？」
　それって、次咲くんを助けに向かったことを言ってるの？
　べつに……アーラを楽しませるためじゃなかったんだけど。

「身を挺して誰かを守るっつーの？　ほんっとくだらねぇ人形劇を見ているようだったよ」
「私は必死だったんだけどなぁ」
　悪魔の目から見た私は、笑いをこらえきれないほど滑稽だったらしい。
「人間って、つくづくバカバカしい生き物だな。俺は愛情だとか友情だとかってもんは大ッキライだ」
　悪魔には思いやりってものはないもんね。
　バカバカしい生き物、かぁ。
　そう見えてしまうのは仕方がないのかも。
　とは言ってもやっぱりムッとする。
　だけど言い返すことなんてできるはずないし。
　はぁ……、やっぱり悪魔と同居なんてヤダ。
　絶対に仲良くやっていけそうにないよ。
　なんとかアーラに早く魔界へ帰ってもらう方法はないのかなぁ。
　次咲くんとの契約が完了するまで待つなんて……私にはムリそう。
「明日の放課後」
「んっ……？」
「河川敷に来いよ。おもしろいものを見せてやる」
　おもしろいもの……？
　いったいなんだろう？
　おもしろいものってなんなのか聞こうとしたけれど、
「将太も連れてこい。いいか？　河川敷でなにが起こって

も声を出したりするなよ。姿も見せるな。陰にかくれて見とけよ」
　その不敵な笑みがこわくて、聞くに聞けなくなった。
　河川敷で起こることをかくれて見ておけって……。

「えっ？　河川敷に来いだって？」
　放課後になり、さっそく例の話を次咲くんに耳打ちした。
「シーッ！　次咲くん、声が大きいってば！」
　教室には、まだクラスメートが数人残っているんだから。
　すかさず注意すると、次咲くんはごめんごめんと謝りながら声量を下げた。
「おもしろいことが起こるから、物陰にかくれててほしいって……、アーラが……」
　次咲くんはあまり乗り気じゃなさそうだったけれど、アーラの名を口にしたとたんに顔色を変えた。
「それなら……断るわけにはいかないね」
「そうだね……。たぶんアーラと次咲くんの契約のことだと思うし。イジメていた不良が制裁を加えられるんだろうから」
　私だって行きたくないよ。
　悪い予感しかしないんだもん。
　でも断ったりしたら、その悪い予感よりもさらに恐ろしい結末になりそうだし。
　行くしかないか……。
　先に行ってるね、と次咲くんを残して教室を出た。

河川敷に着くと、そこにはまだ誰もいなかった。
　どこかにかくれる場所はあるかな、っと。
　身をひそめられそうな場所を探していると、幹の太い大木を見つけた。
　あそこなら……かくれられそう。
「なにが起こるんだろう……」
　やだなぁ、こわいなぁ。
　ドキドキしてきた。
　大木から顔を出し、ちらちらと様子をうかがっていると、息を切らせながら次咲くんがやってきた。
　キョロキョロ辺りを見わたしているから、きっと身を潜められる場所を探しているんだろう。
「こっち！　こっちだよっ」
　顔をのぞかせて手招きすると、次咲くんと目が合った。
　次咲くんはほっとした様子で頬を緩め、小走りで寄ってきた。
「あぁ……そこにかくれていたんだね。全然わからなかったよ」
「ここなら次咲くんもかくれられるよ」
「うん、ありがとう。奏ちゃん」
　とりあえずアーラに言われたとおりにかくれてはみたけれど……。
　本当になにか起こるのかな。
　木の陰でしばらく息をひそめていると、今度はアーラが現れた。

「あっ！　大悪魔様がいらっしゃったよ」
「アーラって、声をかけたほうがいいのかなぁ？」
「でも、なにがあっても声を出すなって言われたんでしょ？」
　あぁ……そうだった。
『なにが起こっても声を出したりするなよ。姿も見せるな。陰にかくれて見とけよ』
　って言われたんだった。
　じゃあ、声はかけない、という決断にいたったけれど、どういうわけかアーラのほうから声をかけてきた。
　って、なんでここにかくれてることがソッコーバレてんの？
「よぉ。逃げださずにちゃんと来たんだな」
「それは……大悪魔様のお申しつけとあれば！」
　次咲くん……。
　だからアーラを崇拝しすぎだってば。
　彼にとってのアーラは、悪魔じゃなくて、自分を救ってくれる神のような存在なんだろうなぁ。
「そこから動かずに、よーく見てろよ」
　アーラは私と次咲くんの間にしゃがみこむと、川辺の方向を指さした。
　すると、そこに釣り竿を持った佐々原くんがやってきた。

悪魔の彼女!?

　場所は学校から近い河川敷。
　大木の陰に、私とアーラと次咲くんが並んで身をひそめているという状況。
　太い幹からこそっと顔をだすと見えるのは、釣り竿を片手にひとりで河川敷にきた佐々原くんの姿。
　あれ？　たしか佐々原くんは自宅謹慎中だったはず。
　外出なんかしたらダメだよね？
　なんで佐々原くんがこんなところに？
「佐々原だ……。謹慎中に釣りって、アイツもヒマを持てあましてるんだね」
　隣で次咲くんがぽつりとつぶやいた。
　佐々原くんは私たちの存在には気づいていないようで、川べりに立つと釣り竿を振った。
　アーラはそんな佐々原くんの背中を見つめながら、
「さぁ、おもしろいのはここからだ」
　不敵な笑みを浮かべていた。
　かと思うとスッと立ちあがり、その猫のように大きな瞳を光らせた。
「なっ……！」
「えっ……！」
　次咲くんと声が重なった。
　声を出すなと言われていたのに、おもわず声を上げてし

まった。
　だって……だって、さっきまで目の前にアーラがいたはずなのに。
　私と次咲くんを見おろしていたのは、田村くんだ。
　なぜ？　どうして？
　アーラはどこに行ったの？
　声すら出せないでいると、
「なにを挙動不審になってる。俺だよ、アーラだ。アイツの仲間の田村に変身してるだけだ」
　私と次咲くんの目線に合わせてしゃがみこむと、ニヤリと笑った。
「え？　へ、へ、へへ変身？」
　次咲くんは完全に混乱している。
　そういえば次咲くんは、アーラが自在に姿を変えられるってことを知らないんだっけ？
「びっくりした……。アーラでよかったよ」
　田村くんがテレポーテーションしてきたのかと思ったよ。
　でも……よりによってなんで田村くんに変身したんだろう？
「見てろ」
　それだけ告げると、田村くんの姿に変身したアーラは釣りに夢中になっている佐々原くんのほうへと歩きだした。
　アーラ……なにをする気なの？
「おぉ、田村。やっと来たか。あんまり待たせんなよ」

佐々原くんは足音で気づいたのか、振り返るとそう言った。
　目の前にいる田村くんが偽物とは微塵(みじん)も疑ってないみたい。
「で？　なんだよ話って。俺、まだ謹慎中なんだけど？」
　佐々原くんは川に向かって釣り竿を振った。
　話って？
　それはつまり……アーラが田村くんに変身して、佐々原くんを呼びだしたってことか。
　いったいなんのために？
「田村はね……、佐々原にいつもビビってるんだよ」
「ビビってる？　なんで？」
　次咲くんはさらに声をひそめて、なぜかはわからないと耳打ちしてきた。
　佐々原くんは垣内くん、田村くん、園山くんたち不良グループのリーダー格。田村くんは、グループの中では立場が低いってことはなんとなくわかった。
　でも、佐々原くんにビビっているのは本物の田村くんで、そこにいる田村くんの仮面をかぶったアーラじゃない。
「あ？　黙ってないでなんか言えよコラ。呼びだしておいてすみませんくらい言えねぇのかよ」
　あわ……。
　あわわわわ、アーラに向かって攻撃的なその態度はマズイよ、佐々原くん。
　田村くんの仮面をかぶったアーラは、イラつく佐々原く

んを見てうっすら笑みを浮かべている。
「次咲くん。ヤバイよ、佐々原くんを止めなきゃ……」
　最悪の最悪、アーラに殺されちゃうかも。
「くふふふっ……。今いいところなんだから話しかけないでよ、奏ちゃん」
「いいところって……」
　今にも喧嘩になりそうなのに、どこが!!
　ああぁ、でもアーラになにがあっても声を出すなって言われてるんだった。
「なに笑ってんだよ!　テメェなめてんのか?」
「ん?　あぁ、すまんすまん」
　アーラの挑発的な態度に激昂した佐々原くんは、釣り竿を地面に投げつけた。
　そしてよくわからないことを叫びながら、田村くん、いやアーラに近づいていった。
「テメェなんだよその態度?　喧嘩売ってんの?」
　佐々原くんが田村くんのシャツの襟をねじりあげる。
「つつつつつつ次咲くん!　アレ、アレ、アレぇええ!　ヤバイヤバイヤバイ!」
「シーッ!　奏ちゃん、だんだん声が大きくなってるよ」
　ハッ、そうだったそうだった。
　って……そんなこと言ってる場合じゃないじゃん!
「死人っ!　死人が出るっ!」
「佐々原のこと?　いいよ、死ねば」
　次咲くん……。いくらなんでもそれはひどいんじゃあ。

でも……そう思う気持ちはわからなくもない。
　佐々原くんにずっとイジメられてきた次咲くんにとって、これほどまでに憎らしい人はいないだろうから。
　そうなれば……、私が！　私が止めるしかない！
　意を決して、飛びだそうとした時だった。
　佐々原くんが拳を振りあげた。
「はっ……！」
　アーラが殴られる！
　……かと思いきや、佐々原くんの鉄拳がぴたりと止まった。
　アーラの鼻先で静止した拳は、けっして佐々原くんの意思で止まったんじゃなくて……。
　アーラがとっさに手首をつかんで止めたみたいだった。
「なっ……お前。離せよっ」
　佐々原くんが手を引こうとしても、アーラは手首をつかんで離さない。
　もしかして……佐々原くんに危害を加える気じゃ。
「奏ちゃん……大悪魔様はお怒りだ。なにがあっても絶対、絶対に邪魔をしたらダメだよ」
　次咲くんが不気味な笑顔でつぶやいた瞬間、
「……ぅあっ」
　アーラの拳が佐々原くんの腹部にめりこんだ。
「ひっ……！」
　思わず……声が出ちゃったけど、聞こえなかったみたいだ。

よかった……。
　佐々原くんは痛みのあまりにうずくまろうとするけど、アーラがそれを許さなかった。
　腕を引いて無理やり立たせ、今度はあごに突きあげるようなパンチを入れた。
「ねぇっ、次咲くん！　やっぱりこんなのダメだよ。早くアーラを止めてよ！」
　黙って見ているだなんてそんなこと、やっぱりできるわけがないよ。
　たとえそれがイジメっ子の佐々原くんであったとしても。
　それが復讐だとしても、これほど殴られてダメージを受けている人を見過ごすなんて私にはできない。次咲くんがいじめられているのに、なにもできなかった弱い自分はもう嫌なんだ！
　次咲くんはまっ直ぐふたりを見つめながら、
「どうして？　これは制裁なんだよ。奏ちゃんにはわからないよね？　イジメられ続けた僕の気持ちなんて」
　感情のこもっていない冷めた声だった。
「それは……」
「母が作ってくれた弁当は捨てられ、教科書は破かれ……メガネは何度も割られた。アザだって数えきれないほどできた。お金も財布に入っているだけ取られた」
　次咲くんがこれまでに受けてきた仕打ちに言葉が出ない。

それはきっと想像以上の苦痛で、私だったら絶対に耐えられないと思ったからだ。
　かわいそう、なんてひと言で片づけられない。
「アイツらにとって、僕へのイジメはただのお遊びなんだよ。僕は苦しくて辛くて、毎日泣いて過ごしてきたっていうのに」
　だから許さない。
　僕をイジメたやつらが不幸のどん底に落ちるまで許さない。
「次咲くん……」
　そんなにひどく辛い日々を送っていたなんて。
　私……今までなにやってたんだろう。
　次咲くんを助ける勇気がもてなかったことに、罪悪感が増す。
　こんな私が憎悪にまみれた次咲くんの心を鎮めることなんて、できるわけがなかった。
　佐々原くんはすでに抵抗することもできず、アーラに殴られ続けていた。
「もう降参か？」
　倒れこんだ佐々原くんの前髪をつかみあげるという、極悪っぷりに思わず目を覆った。
　やめて、誰か止めて！
　手を止めたアーラが離れると、佐々原くんはぴくりとも動かなくなっていた。
　まさか、死ん……でないよね？

「じゃあな、哀れな人間」
　アーラはもう用は済んだ、とでも言うように満足そうに笑った。そして、瞬時にして黒猫に変身すると、草むらの中に走りさっていった。
「佐々原くん……！」
　急いで駆けよろうとすると、次咲くんに腕をつかまれた。
「待って……」
「でも佐々原くんが！」
　血だらけになっている彼をこのまま放っておけないよ。
　そう反論しようとしたけれど、次咲くんの手で口もとをふさがれた。
「見て。本物の田村だ」
　次咲くんの視線の先を追うと、佐々原くんの元へ血相を変えて走りよる田村くんがいた。
「佐々原!?　なにがあったんだよ、大丈夫か？」
　田村くんは慌てた様子で、佐々原くんを何度も揺すっている。
　佐々原、佐々原……そう名前を呼び続ける彼はひどく動揺しているようだった。
「お前に呼びだされたから来たのに……、いったいなにがあったんだよ!?」
　もしかしてこれが狙いだったの？
　田村くんに変身して、佐々原くんをボコボコにして。
　本物の田村くんが来るよう仕向けて、殴られた佐々原くんと、なにも知らない田村くんを会わせるという。

「うぅ……」
　佐々原くんの指先がぴくりと動いた。
　よかった。もしかして死んだんじゃないかって気が気じゃなかったから。
「佐々原！」
　よろよろと立ちあがる佐々原くんを、田村くんがすぐに支えた。
　でも佐々原くんはそんな田村くんの手を振りはらった。
　きっと……。
　格下の相手にボコボコにされた上、介抱 (かいほう) までされている屈辱 (くつじょく) に耐えられなかったんだろう。
　ふたりをわざわざ会わせたのは、そのためだったんだね。
　佐々原くんのプライドを、ズタズタに引きさくために。
　結局、佐々原くんは田村くんの手を借りることなく、ふらふらしながら河川敷を離れた。
　なんでこんなことになっているのか？
　なんで佐々原くんに拒否されるのか？
　状況を理解できずに呆然と立ちつくしていた田村くんの姿が、しばらく頭から消えなかった。

「あっ……アーラ」
　お風呂から上がり、自分の部屋のドアを開けると、マンガを手にベッドで寝ころぶアーラの姿が目に飛びこんできた。
「よぅ」

「………」
　またマンガが逆さまになっちゃってるし。
　理解できないのになんで眺めているんだろう。
　なんて疑問を胸に残したまま、それをぶつけることはせず濡れた髪を乾かす作業に徹することにした。
「今日は楽しいものが見れただろう？　次はお前の番だからな」
「楽しいものって……」
　今日の佐々原くんと田村くんのこと？
　楽しいわけないじゃないの。
　とはアーラを前にして言えるわけもなく……。
　座椅子に腰かけてテレビを眺めていると、
「なんだよ。不服そうなツラしてんな」
　心に溜めこんでいた不満を、見ぬかれてしまった。
　普段ならここで、
「滅相もございません！」
　なんてすかさず否定をするのだけれど。
　今回はやっぱり言っておこう。
「人が傷つけられているのを見て楽しいわけ……ないよ」
　佐々原くんが動かなくなるまで殴り続けるなんて。河川敷でのアーラの行動を否定せずにはいられなかった。
「へぇ～……そうかぁ」
　ヤバイ……。アーラの顔が明らかに曇った。
　怒らせちゃったかなぁ。
　人間の分際で俺様に意見をするな、ってところだろうか。

恐ろしい……。
「だ……だって。あそこまでする必要はないんじゃないかなぁ？　なんて……あはは……」
　いまさら笑ってごまかそうとしたけれど……もしかしてそういう雰囲気じゃなかった？
「ふぅん。それはつまり、もうあんなことはするなって言いてぇのか？　ん？」
　あぁぁ……、やっぱり怒っていらっしゃるよぉ。
　私のバカ。
　なんであんなこと言っちゃったのよぉぉっ！
「いえ……とんでもございません。失礼いたしました」
「今回は許してやるよ」
　ひぃーっ……。
　やっぱりこわすぎるよぉ、この人。
「つーか、他人のこと気にしてる場合か？」
「え？」
「友だちと喧嘩中なんだろ？」
　友だちと喧嘩中、かぁ。
　そうだった。怒られて以来……、紗千とは会話をしてないんだよね。
「あぁ……うん。そうだね」
　次咲くんとかかわるなって紗千は言ってたけど。
　私は自分の意思を貫いて、次咲くんとは教室でもたまに会話をしている。
　そのせいか、紗千はまったくといっていいほど話しかけ

てくれなくなってしまっていた。
「儚(はかな)い友情だな。今まで築きあげてきたものはなんだったんだろうなぁ」
「あはははは……。今はこんな感じだけど、絶対にまた仲直りできるから」

　大丈夫。
　だって紗千とは幼稚園からの幼馴染なんだし、親友だ。
　アーラは紗千との友情を儚いと言ったけど、私はそうは思わない。
　きっと時間が解決してくれる。
　紗千はかならず、私の気持ちを理解してくれる。
「ふん。それはどうかな？　人間という生き物は浅ましいからなぁ」
「……そんなことない。きっと大丈夫だよ」
　うん、絶対絶対大丈夫。

「おはよう〜、紗千！」
　教室に入ってすぐ、ドアのそばでおしゃべりしていた紗千の肩をたたいた。
　紗千はちらりと目を向けると、
「……ねぇ、あっちで話そうよ」
　私のことは見て見ぬふりであいさつを返すこともなく、一緒にいた女子たちを引きつれて離れてしまった。
　また、無視されちゃったか。
　最初は戸惑ったし傷ついたけど、数日続けばもう慣れた

もんだ。
　とは言ったものの……。
　やっぱりひとりぼっちは嫌だなぁ。
「はぁ……」
　教室に居づらくなって、思わず屋上まで逃げてきたけど。
　これからどうしたらいいんだろう？
　紗千に無視されたままの学校生活なんて……全然楽しくないよ。
「どうした？　仲直りするんじゃなかったのか？」
「はえっ……!?」
　びっくりした！
　いきなり声をかけてくるから……、驚いて心臓が口から飛びでるかと思ったよ。
「アーラか……」
　いくらなんでも神出鬼没すぎるでしょう……。
「学校でその名を口にするな。たとえ近くに人がいなくてもだ」
　ヘーゼル色の、鋭い視線でにらまれた。
「あっ……ごめんなさい……」
　アーラ……、じゃない。
　黒羽くんは、なにをしに屋上へ来たんだろう？
　無言で隣に座りこんだ彼の横顔を眺めていたら、不意に顔を向けてきた。
「どうしたの？」
「あっ……いや。ごめん、なんでもない」

「そう？　ならいいけど」
　あぁぁ……そのふんわりスマイル。
　カッコいい、カッコよすぎて失神しそう。
　なんで……。
　なんで黒羽モードに切りかわったとたん、こんなにキュンキュンするんだろう。
「いいね。こうやって風を感じながら、景色を眺めたりするのも」
「そっ……そそそうだね！」
　ねぇ、本当に、つねに見くだすような冷笑を浮かべているアーラと同一人物なの？
　おもわず疑いの眼差しを向けてしまいそうになる。
　まさに天使。
　その美しすぎる顔とスタイル抜群のルックスはもちろん、爽やかで、物腰やわらかくて、性格も優しくて。
「あ、そうだった。今度はお前が俺を楽しませる番だからな？　忘れんなよ？」
　……って、ウットリしてるタイミングでアーラの冷たくて横暴なキャラに戻るのはやめてもらえません？
「あぁ……はい。わかりました」
　やっぱり天使なんかじゃない。
　正真正銘、悪魔です。
「あの……」
　背後から聞こえる声に振り返ると、いつの間にやら柏崎(かしわざき)さんが立っていた。

「あ、柏崎さん」
　同じクラスの、アイドル的ポジションをキープし続けている彼女は、男子にはもちろんのこと人気だけど、女子にとっても憧れの存在でもある。
　なんでこう……みんないきなり現れるかなぁ？
　それとも私が気づかなすぎるだけ？
「やぁ、柏崎さん」
　柏崎さんは、爽やかにあいさつを返す黒羽くんに視線を移した。
　それからふたたび、私に視線を戻した。
「……二十日さん。次咲くんと付き合ってるんだよね？」
　え、えっ？
　ちょっと待って……。柏崎さんまでそんなこと言う？
　つねにほんわかした雰囲気を醸しだしていて、嫌味なんて言いそうもない柏崎さんが？
「えっと……、違うかな」
「そうなの……？」
　いや、この反応は単なる嫌味なんかじゃないな。
　柏崎さんは、本気で私と次咲くんが付き合ってるって思ってたんだ。
　それってつまり、私と次咲くんが恋人同士っていうウワサがすっかり浸透してしまったってことだよねぇ……。
　なるほど、だから紗千だけじゃなくてほかのクラスメートたちもよそよそしかったんだね。
「それはそうと柏崎さん。僕に話ってなに？」

黒羽くんはまた悩殺スマイルを発動させた。
「あっ、……それはぁ……」
　頬をトマトのように赤らめた柏崎さんと目が合った。
　なに、なになにその反応？
　っていうか、柏崎さんが黒羽くんを屋上に呼びだしたってこと？
「ちょっと……黒羽くんとふたりで話したいなぁ、なんて」
　うわぁ？　ちょっとちょっとなんなのその笑顔！
　ほんのり頬を赤く染めちゃって、上目遣いまで駆使して……。
　かわいい、かわいすぎるよ柏崎さん。
　ん？
　待てよ……頬を赤くって、柏崎さんってば、もしかして黒羽くんのことが好きなの？
　いやいやその人、悪魔だよぉ!?
　ふたりっきりになるだなんて、そんなこと。……危ないに決まってんじゃん！
　柏崎さんが魔界に引きずりこまれちゃうかも!?
「あっ、実は私も黒羽くんに話があってさぁ……」
　ごめん、柏崎さん。
　告白しようとしてるところを邪魔して悪いけど……、
　これも貴女の身の安全のためなの。
　ね、黒羽くん。
　なんて言いながら、同意を求める視線を送った。
　黒羽くん……いや、アーラはニヤリと不気味な笑みを浮

かべると、
「あぁ、そうだったそうだった。俺も二十日さんに言いたいことがあったんだよね」
　なにを思ってかはわからないけれど、なんとか話を合わせてくれた。
「そう……？　じゃあ、また放課後でいいや」
　シュンとうつむいた柏崎さんの姿に胸が痛む。
　あぁぁ……本当にごめんね。
　でも、よかった。
　なんとか柏崎さんをアーラから遠ざけることができたみたい。
　問題の放課後は……どんな手を使おうか？
　柏崎さんを守る方法を思案していると、アーラが突然声を上げた。
「柏崎さん、悪いけど放課後も話はできないんだ」
　おっ……？
　なにを言いだすかと思えば……願ったり叶ったりじゃん！
　ナイスだよ、ナイスすぎる展開だよぉお！
「……えっ？」
　足を止めて振り返った柏崎さんは、目に涙を浮かべているように見えた。
　ごめん、ごめん柏崎さん！
　こんなことを思うのは心が痛いけど……いっそのことこっぴどくフラれて！　辛いかもしれないけれど、そのほ

うが未練も残らないだろうし。そう、もう二度とアーラに近寄れなくなるほどに。
「ごめんね。俺、彼女いるんだよね」
　おぉぉぉぉぉ!?
　なんか……、恐ろしいくらい私の思惑(おもわく)どおりにことが運んでいる？
　こうなれば……、柏崎さんはアーラとは距離をとるようになるはず。
　前に紗千に聞いたことがあるんだ。
『柏崎さんってさ、隣のクラスの男子に告白してフラれたんだって。でもすぐ別の男子に告白したらしいよ』
　そう、顔に似合わず切り替え早いよねって言ってた。
　そのウワサが本当なら、アーラのことはあきらめて、新たな恋を探すはず。
　そもそもアーラに彼女がいるというのなら、アプローチしようがない。
　って、待てよ。
　アーラに彼女!?
「えっ？　それ、本当に!?」
　柏崎さんが口を開くより、私のほうが先に聞き返した。
　するとアーラはニヤリと口角を上げ、
「なに言ってんだよ白々しいなぁ、二十日さん。君のことだよ」
　とんでもない発言をした。
「えっ!?」

聞き返した声が柏崎さんの高い声と重なってしまった。
　えぇええ!?
　なになに……なんなのその話いぃ!?　覚えもないし、聞いたこともないんだけど!?
「あぁ、ごめんね。はっきり言わなきゃわからないか。さっきの言いたいことっていうのは、そろそろ付き合おうってことだよ」
「……はい？」
　そろそろ……付き合おう？
　私とアーラが？
　そんなの……嫌に決まってんじゃんかぁぁぁ！
　いくら美形でも悪魔と付き合うなんて嫌に決まってる。
　そろそろってなに!?
　私たち、そんな関係じゃないんだけどぉ!?
「二十日さん……。そろそろ、ってどういうこと？」
　柏崎さんもやっぱりソコを突っこんでくるよねぇ。
　だってこれじゃあまるで、私とアーラが前から親密な関係だったみたいじゃん。
「しっ……知らないっ。付き合うなんてないからっ！　絶対にないないっ」
　これは全力で否定しなきゃ。
　次咲くんとのウワサよりも、黒羽くんと付き合ってるっていうほうが厄介なことになりそうだから。
　いや……、確実になるね……。
　だってアーラの周りにはいつも女子がいるんだもん。

「二十日さんもさっき俺に話があるって言ってたけど……、このことだよね?」
「はい?」
　あわわわ、柏崎さんの表情がみるみる暗くなっていくよ。
「だって俺たち、両想いじゃん」
「はいぃぃ!?」
　ちょっとアーラ……、さっきからなんでそんなこと言ってるの?
　これは絶対に柏崎さんに誤解されちゃうよ。
　っていうか、恨まれちゃう、私が。
「な?　付き合おうよ?」
「いやぁ……だってそもそも……」
　私たちはそんな関係じゃないし、これからもそうならない。
　こわがっている場合じゃなくて……、これははっきりと否定しなきゃ。
　意を決して口を開こうとした瞬間、アーラが私の耳もとで囁いた。
「断ったら殺す」
　低く冷たい声で。
　もちろん、柏崎さんには届かないぐらいの小声で。
　それはつまり……。
　柏崎さんの目の前で、黒羽くんの告白を受けなきゃいけないってことだよね。
　そんなことしたら柏崎さんに嫌われる。

柏崎さんに嫌われたら、彼女を慕う女子たちからも嫌われる。紗千とも仲直りできていない状況でそんなことになれば……。
　私は完全に、クラスで孤立してしまう。
　柏崎さんだけじゃなく、黒羽ファンの多数の女子にも、嫌われることはまちがいない。
　それは……嫌だ。
　そんなの絶対に嫌だよ。
「ねぇ、返事は？」
　アーラが私を見おろしている。
　柏崎さんも私を見ている。
　早く答えろと言わんばかりに。
　その潤んだ瞳からは告白を断ってほしい、そんな祈りが感じとれる。
「わ、私は……」
　やっぱりまだ死にたくない。
　たとえ友だちを失っても、今死ぬのは絶対に嫌だ。
「う……ん。付き……合う」
　ごめんなさい、柏崎さん。
　胸の中で何度も謝りながら、アーラの誘いにのってしまった。
　私が首を縦に振った瞬間、柏崎さんが泣きながら屋上から去っていってしまった。
「かっ、柏崎さん！」
　とっさに呼び止めたけど、もちろん振り返ってはくれな

かった。
「どうして……? ねぇ、どうしてこんなことするの?」
　もう私の幸せなスクールライフは台無しだよ。
　明日からどんな顔をして教室に入ればいいの?
「どうしてって? だって人間は、男女が一緒にいることにいちいち契約を交わすんだろ?」
「いや……まぁそれは、うん……」
「だから俺もそのルールに沿ってやったんだよ。お前とはこれから長い付き合いになるだろうからな」
　たしかにアーラとは長い付き合いになりそうだけど……。
　次咲くんとの契約は、じっくりゆっくり佐々原くんたちイジメっ子を……不幸にすることだから。
「でも……。付き合うっていうのはただ一緒にいるだけじゃないんだよ?」
　そこに恋愛感情があるから成りたつ関係であって、情を持たない悪魔とは成りたたないよ。
　そもそも、私もアーラも互いに好意なんてないのに。
「アーラは、好きっていう感情がわからないんでしょ?」
「そうだな。まったくわからないし理解したくもない」
「だったら、あんなこと言わないでよぉっ」
　やだ……、だんだん視界がぼやけてきた。
　なんで私がこんな目にあわなきゃいけないの?
　私はただ、平和に過ごしたいだけ。
　それだけなのに。

「なんで泣くんだよ。俺が悪いのか？」
「そうだよっ。だってアーラがあんなこと言うからっ。私、もうひとりぼっちだよ！」
　泣いてもなにも変わらないことはわかってる。
　アーラに抗議したって聞いてもらえないこともわかってる。
　でも、そう言わずにはいられなかった。
　アーラのせいで友だちを失ったかと思うと、悔しくて悲しくて……たまらなかったから……。
「悪いのはお前だろ？　あの日、契約を交わす瞬間を盗み見たりするからだ」
「あの日……？」
　校庭で次咲くんが魔法陣を描いて悪魔召喚をした日のこと？
「俺は正体を他言されないように、お前を監視しなきゃいけねぇんだよ。だからお前の近くにいるんだ」
　そっか……。
　だから、アーラは私の部屋を住処に選んだってことなんだね。
　次咲くんの部屋がむさくるしいからじゃなくて、すべては私を監視するために。
　そしてこれからも監視を続けられるように、付き合う形をとったってことか。
　お前がいるからだよ。
　あの時アーラが言った言葉の意味がようやく理解でき

た。
「言わないよ。絶対に言わない」
「さぁ……、どうだかな」
　アーラは鋭い瞳でそう吐きすてると、じゃあなと言いのこして姿を消してしまった。
　私がアーラの正体を他言しないように監視している。
　アーラはそう言っていたけど……本来私は死ななきゃいけない立場だったんだよね？
『知ってたか？　召喚術を行った人間と悪魔が契約を交わす儀式を見た者は……死ななくちゃいけねぇってこと』
　そう、アーラ自身が言っていた。
　それなのに……。
　正体を他言されるリスクがあるのに、なぜ私を生かしていてくれているの？
　アーラと付き合うようになってしまったことも含めて、次咲くんに相談してみよう。

「大悪魔様と付き合いはじめただって!?」
　さっそく教室に戻り、次咲くんを人気の少ない階段まで連れだした。
「しっ！　声が大きいよぉ」
　誰かに聞かれちゃったら大事だ。
　次咲くんは申し訳なさそうに眉を下げると、ボソボソと聞き返してきた。
「それって……。奏ちゃんは大悪魔様に気に入られちゃっ

たってことだよね？」
「うぅん……。気に入られてはないんだけど、私を監視するためだって」
　次咲くんに丁寧に説明した。
　アーラにしばらく命は奪わないと言われたこと、その代わりに監視されていること。
　そしてなぜ、アーラは私を殺すことよりしばらく生かしておくことを選んだのかという疑問。
　次咲くんは、私よりもずっとずっと悪魔について知っているはず。
「だから、奏ちゃんは気に入られちゃったんだよ。すぐ殺されないことがその証拠だよ」
「えぇ？　本当に？」
「そうだよ。悪魔にとって、契約者以外に素性を明かすことは重罪なんだよ。そう……、大悪魔様自身が罰を受ける可能性もある」
　そうならないためには、アーラの正体を知ってしまった私をかならず殺さなきゃいけない。
　次咲くんはそんな……身の毛のよだつような恐ろしいことも教えてくれた。
「ならどうして……、しばらくは殺さないって……」
「それは奏ちゃんを油断させるためだよ。なんの情も持たない悪魔が、奏ちゃんをこのままずっと生かしておくわけないでしょ？　奏ちゃんを殺さなかったら自分の身が危うくなるんだから」

「そんなぁ……」
　じゃあもしかしたら私はすぐに殺されるかもしれないってこと？
　そりゃあないよ……。
　どうにかアーラを魔界に帰らせる方法はないの？
「僕との契約が果たされれば魔界へ帰るよ。それ以外では……、残念ながらムリかな」
　絶望的な答えが返ってきた。
「奏ちゃんを巻きこんでしまったのは僕のせいだ。まさか本当に召喚術が成功すると思わなくて……。ごめん、奏ちゃんが助かる方法を探してみるよ」
「私も……調べてみる」
　タイムリミットは、アーラが次咲くんとの契約を果たすまで。
　それまでの間は、私はきっと殺されない。
　なぜなら、悪魔は人間の嘆きかなしむ姿が好きだから。それを見たいがために奏ちゃんは生かされているんだよ。
　次咲くんは、真剣な顔でそう言った。
「大悪魔様が君を生かしているのは、君が嘆き悲しんでいる姿を見て楽しむためだよ。だからこれからもきっと……いや、かならずなにか仕掛けてくる」
　そういえば……。
『お前は俺のオモチャとして、しばらくの間生かしておいてやるよ』
　アーラは、出会ってすぐにそんなことを言っていた。

「そんな……私はどうすればいいの？」
　悪魔と戦うなんてことはできないし……かといってされるがままにはなりたくない。
　このままアーラに殺されるのを、ただ待っているの？
　そんなの絶対にやだ。
「ごめんね、奏ちゃん。僕がかならずなんとかするから。ちょっと時間をちょうだい」
「……うん。わかった」
　なんとかって……。
　本当に大丈夫なのかな？
　私、どうなっちゃうんだろう？

02

授けられた悪魔の力

　アーラと付き合うようになってから、早くも数日が経過した。
「ねぇねぇっ、あの子だって！　黒羽くんと付き合ってるらしいよ！」
「え？　マジ？　ブスじゃん」
　話したこともない女子に、すれちがいざまにそんな暴言を吐かれることが多くなった。
　わざわざ教室までやってきて、耳をふさぎたくなるようなひどい悪口を言われることだってある。
「アンタなんか黒羽くんと釣りあわないから！」
「さっさと別れろ！　ブス！」
　そんなことを面と向かって言ってくる女子が後をたたない。
　それだけならまだよかった。
「靴がなくなってる……」
　嫌がらせまでされるようになった。
　なんとなくこうなることはわかってはいたけれど……。
「どうしよう……。これから外で体育の授業なのに」
　涙がこみあげてくる。
　紗千はいまだに目も合わせてくれないし……。
　クラスの女子たちはみんな柏崎さんの味方。
「奏ちゃん……大丈夫？」

そんな優しい言葉をかけてくれるのは、たったひとり。
　次咲くんだけだ。
「あ、うんっ。大丈夫。全然平気だよ！」
　涙がこぼれおちそうになるのを必死でこらえた。
「そう？　泣きそうな顔してるように見えたから」
「あはは！　そんなはずないってばぁ」
「ならよかったよ。じゃあ、先に校庭に行くね」
　次咲くんは靴箱から、ゴミに埋もれた靴を平然と取りだしている。
　もう慣れたとでも言うように。
　気に止めることもせず、取りだした靴に履きかえると小走りで駆けていった。
　何事もなかったようにふるまえる次咲くんはすごいよ。
　辛いはずなのに……、悲しいはずなのに……、それを表情には出さないのだから。
　私にはそんな強さはない。
　次咲くんのようにはなれないよ。
「うっ……」
　泣いたらダメだ。
　泣くな、泣くな、泣くな私！
　負けたらダメだ！
　そう思うのに……自分の意思ではもう止められなくなっていた。
「……二十日さん？　どうしたの？」
　頭上から降ってきた声に顔を上げると、そこにはアーラ

が立っていた。
「……アーラ」
「だからその名を口にするなっつってんだろ」
「ごめんなさい……」
　周りに誰もいないからって油断してた……。
　もう同じ過ちは繰り返さないようにしなきゃ、本当に殺されちゃうよ。
　アーラは不機嫌に眉を寄せ、
「で……？　お前はそこで座ってなにをしている？」
　さっさと答えろと言わんばかりの態度だ。
「いや……その。靴がなくなっちゃったから」
　次咲くんと同様になにもないなんてウソをつこうと思ったけど、正直に話すことにした。
　なんとなくだけど、彼にウソは通用しないような気がしたから。
　体育の授業に出られなくて困ってる。
　そう答えると、
「ひゃっ……！」
　なにを思ったのか、アーラにとつぜん腕を引かれた。
　無理やり立たされたかと思うと、そのままかるがる担ぎあげられてしまった。
「ちょっ……！」
　ひゃあぁあっ！
　こ、こここわいっ！
「人間は靴がなきゃ外を歩けない生き物なんだろ？　だか

らこうしてやったんだ」
「くっ……靴がなくても歩けますからっ！　裸定(はだし)で歩きますっ！」
　それよりもなにより恥ずかしいからっっ！
「ギャーギャーうるせぇんだよお前は。黙れないなら力ずくで黙らせるぞ」
「はっ……はいぃ」
　やだっ……。
　誰に見られてるかもわからないのに……。
　って……そもそもこのままどこに行くの？
　もしかして、マラソンまっ最中の校庭に行くとかないよねぇ!?
　恥ずかしいやら恐怖やらでドキドキしていると、焼却炉の前でアーラが止まった。
「この中にあるから探せば」
「えっ？　焼却炉の中に？」
「早くしなきゃ灰になるぞ」
　わざわざ私の靴がある場所を教えてくれたの？
　アーラにそんな優しい一面があったなんて。
　驚いたと同時に、なんで靴がここにあることを知っているんだろう。
　そんな疑問が湧きあがってきた。
　アーラが……ここに隠したとか？
　まさかね。
「聞いてんのか？　早くしなきゃ灰になるぞって」

「あっ！　そうだった！」
　誰が犯人とかそんなことはこの際どうでもいいや。
　とは言え……、
　火の粉を散らしながら燃えさかる炎の中に手を入れるのはどう考えてもムリそうだ。
「もうこの中から靴を探しだすことはできないかな。あはは……」
　また涙がこみあげてくる。
「あぁ、そうかそうか。人間は火を触れないんだったな」
「……火傷しちゃうから」
　ん……？
　その口ぶりだと、悪魔は火を触れるっていうの？　まさか？
「えぇぇえぇっ!?」
　アーラが平然とした表情で、焼却炉の中に手を入れていた。
　悪魔はやっぱり火に触れても平気みたいだ。熱さも感じないんだ。
「ほら、やっぱりあった」
「はは……、ありがと」
　炎に包まれた物体を差しだされたけど、もはやそれが靴なのかさえわからなかった。
　燃え続ける炎を前に、手を出すことを躊躇していると
「なんだよ、この俺がせっかく人間を助けてやったっていうのに。さっさと受けとれよ」

アーラが不機嫌そうに眉をひそめた。
「あ……うん。本当にありがとう。火が消えたら受けとるよ」
　その時はもう灰になってるだろうな……。
「それよりもその手！　大丈夫!?」
　痛々しいまでに赤く膨れあがり、水ぶくれができていることに気がついた。
　今すぐにでも病院に行って処置をしないと。
　かなり重症の火傷なのに、アーラは平然としていた。
「熱くもなければ痛くもないしなんともない。こんなもん、明日には治ってる」
「そうなの？」
　この程度の負傷はどうってことないってことか。
　悪魔って……めちゃくちゃタフなんだね。
　その上、睡眠や食事をとらなくても死なない。
「悪魔って不死身なんだね」
　果たして……。
　殺されるくらいなら、いっそのこと撃退してしまおうかな……なんて考えたこともあったけれど……。
　でも、アーラを撃退することなんてできるのかな？

「悪魔の撃退法……悪魔の撃退法……っと」
　学校が終わり、図書館で悪魔について調べてみた。
　悪魔に関する文献は数えきれないほどあるのだけれど……。
「ないなぁ」

純銀製の武器で攻撃するとそれなりのダメージを与えられる、とか書いてあるけど……。
　それはリスクが大きすぎる。
　アーラほどの上級悪魔に通用するとは思えない。
　それに万が一失敗すれば……返りうちにあうことはまちがいない。
　っていうか、痛みには強いんだった。
　それならムリだ。
　ほかには……聖水を振りまくっていうのもあるけれど効果のほどはわからないし。
　聖水で苦しむ様子が想像できない。
　やっぱり悪魔祓いをしてもらうのが有効な方法なのかな？
　うーん……。考えても答えが見つからない。
　とりあえず今抱えている、この10冊を借りて帰ろうかな。
「あっ！」
　貸出カウンターへ向かって歩きはじめてすぐ、窓際の机で熱心に勉強している次咲くんの姿が目に入った。
「次咲くん」
　席まで行ってそっと声をかけた。
「奏ちゃん、どうしたの？　奏ちゃんも明日のテスト勉強？」
「あ、いや。私は調べものをしていて……」
　次咲くんはキョロキョロ辺りに目を配り、

「悪魔のこと？」
　声をひそめて聞いてきた。
「……うん。撃退する方法を探してるんだけど、なかなか有効そうな方法が見つからなくて」
「そりゃあ、そうだろうねぇ。大悪魔様はかなり力を持った悪魔だから……撃退するなんて不可能に近いかも」
　不可能に近い……なんて言われてもねぇ。
　はいそうですか、とはいかないんだよね。
「もう……次咲くんはいいよね。願いを叶えてもらえるし、私みたいに命を狙われたりしないんだから」
　やけに冷静な次咲くんを見ていると、まるで他人事のようで腹が立ってくる。
「そんなことはないよ。これでもかなり責任を感じてるんだから」
「本当にそうかなぁ？」
「そうだよ、もちろんだよ」
　次咲くんはそう言ってはいるけれど、本音はよくわからない。
「あ、そうだ。今日ね、アーラが私を助けてくれたんだよ」
　次咲くんに会ったら話そうと思っていた、焼却炉での出来事の詳細を説明した。
「大悪魔様が人助け？　奏ちゃん……、やっぱり大悪魔様が奏ちゃんの命を狙っているのはまちがいないよ」
「え？　なんでそうなるの？」
　私は、アーラにも意外と優しい一面があるって話したん

だけど？
　どこに殺意があるっていうの？
「いい人って思わせて油断させるんだよ」
「油断させてどうするの？」
「魔界に引きずりこむんだ。この人はいい人。この人といつまでも一緒にいたいって、奏ちゃんに思いこませることができたら、大悪魔様の勝ちだからね」
　えぇ？　……なにそれ？
　よくわからないけれど、私がアーラと一緒にいたいなんて思うわけないじゃんか。
「ないよ、絶対に」
「そうだといいけどね。とにかく、大悪魔様の言動を真に受けないようにしてね。奏ちゃんは単純だから心配だよ」
　うーん……。
　なんだか少しイラッとする言い方だけど……。
「うん、わかった。気をつけるね」
　その後も次咲くんと一緒に悪魔の撃退法を模索したけれど、やっぱり有効な方法は見つからなかった。

「ふぅ……さっぱりしたぁ」
　あれからさらに、半身浴をしながらアーラ撃退法を考えてみたけれど……。
　やっぱり、悪魔祓いをしてもらうのが最良な気がする。
　純銀製のもので攻撃するより、聖水をかけるよりもリスクが低い。アーラにバレないようにこっそりお祓いをして

もらって、私が知らないところでアーラが消えてくれれば。
　そんなラッキーなことってない。
　よしっ！
　そうと決まればさっそく、明日にでも神社に行って相談してみよう。

「……えっ？　なんだって？　悪魔祓いをしたいから放課後付き合ってって……？」
「そうなの！　お願い、次咲くん！」
　今日はテストがあるだけだから、午前中で学校は終わり。
　それにアーラも今朝から姿を見せないし、登校すらしてこなかったし……。
　これ以上ないっていうくらい、悪魔祓いをするには絶好のタイミングだよ！
「大悪魔様を今すぐ消滅させるだって？　それは嫌だよ。だってまだ、僕の願いは叶えてもらってないんだから。もうちょっと待ってよ」
　佐々原くんは友だちも彼女も失い、その挙句にボコボコにされて不幸になったけれど。
　あとの垣内、田村、園山の３人はまだだ。
　そんな不満を漏らす次咲くんは、ちっとも協力的じゃなかった。
「そんなこと言ったって……。私はいつ殺されるかわからないんだよ？」

「はぁ……それもそうだね……」
　次咲くんは深いため息をついて、わかったと小さくうなずいた。
　仕方がない、残り３人分の不幸はあきらめよう。
　そんなことをつぶやきながら。
　私たちはさっそく神社に向かった。
　恋愛を成就してくれるという神様が祀られていて、縁結び神社なんて呼ばれている。私も数回、素敵な彼氏ができますように……とお祈りをするために来たことがあった。
「この神社は本当に悪魔祓いなんてやってるの？　ちゃんと調べた？　奏ちゃん」
　次咲くんが心配そうに、顔をのぞきこんできた。
「いちおうホームページは見てきたよ。悪魔はわからないけど、お祓いはやってるみたい」
「悪魔祓いとは根本的に違う気が……」
「いいの！　とりあえず、なんでもいいからすがりつきたいの」
　なんなら、アーラを消さなくてもいい。
　私に近よれないように結界を張ってもらうってだけでも。
「わかった。奏ちゃんについていくよ」
「ありがとう、次咲くん」
　うまくいくといいなぁ。
　そうすれば……もう命を狙われるようなことはなくなるんだから。

「……悪魔に取りつかれておるとな？　ふむ。……たしかに……、かなり邪悪な気を感じます」
「そうなんですか!?　やっぱりわかります!?」
「はい。よからぬ者に憑かれておりますね」
　さすが……。有名な神社の神主さんだ。
　アーラの邪気を感じるとは。
「……本当にわかってるのかなぁ」
　次咲くんは神主さんの言葉を疑っているようだけど。
「お願いします！　その邪悪な気を祓ってください！」
　今、私が頼れるのは目の前の神主さんしかいないんだから！
「わかりました。ではさっそくとりかかりましょう」
　そしてありがたいことに、悪魔祓い……いやアーラ祓いが始まった。
「なんで僕まで……」
「しっ！　次咲くんもちゃんと集中して！」
　頭や肩にわさわさと大麻（おおぬさ）を振られている次咲くんは、さもウザそうに顔をしかめている。
「ありがたい儀式なんだよ！」
　そう小声で注意すると、次咲くんはわかったというようにうなずいた。
「わざわいよ消えされ！　わざわいよ消えされ！」
　これで……これで、もうアーラは私の前に現れなくなるはず。
　30分にわたり続いたお祓いが終わった時、なんだか両

肩が軽くなったような気がした。
「本当に……大悪魔様は、魔界にお帰りになられたのかな？」
「大丈夫だよ。だって神主さんも、あるべき所へ帰りなさいって言ってたでしょ？」
　夕空に光るひと粒の星を見あげながら、
「どうかなぁ……」
　そう小さく漏らした次咲くんは、まったく神主さんの力を信用していないようだった。
「今日はありがとうね、次咲くん。それと……。復讐を邪魔しちゃってごめんなさい」
　本当は復讐なんかするべきじゃないと思ってるけれど……。
　次咲くんにそんな感情を抱かせた責任は、イジメた彼ら自身が引きうけるべきことだから。
　もうそれは……仕方がないと思うようになったんだ。
「あぁ……うん、いいよ。少なくとも、リーダーの佐々原は不幸になったし、それでいいよ」
　とは言っていたけれど、次咲くんはとても満足しているような表情ではなかった。
「それに、今もまだイジメは続いてるけれど……前ほど辛いって思わなくなったんだよね」
　それは、佐々原くんと垣内くんがいまだに謹慎中で学校に来てないから？
　それとも慣れちゃったから？

「そうなんだ……？」
　なんでだろう？　その疑問を次咲くんにぶつけることはできなかった。
　今は私もイジメられている立場だから。
　私にとってもイジメについては、あまり触れられたくない話題だし、彼にもそうだと思う。
　だから聞かなかった。
　でも次咲くんは教えてくれた。
「奏ちゃんが、いてくれるからだよ」
　そう……見たこともないような優しい顔で。
「え……私？」
　聞きたいことがある時くらいしか話しかけないのに？
　それも、アーラの話題だけ。
「うん。奏ちゃんだけだよ。笑いかけてくれる人」
「そうなの……？」
　次咲くん。
　心なしか頬が赤らんで見えるのは、夕日に照らされているせいだよね？
　それとももしかして……照れてるの？
「今まではひとりでいることが当たり前だったけど、誰かと話すことも楽しいって思えるようになったんだ」
　わぁ……。
　次咲くんが照れ笑いをしているなんて……、初めて見たよ。
　だっていつもうつむいて歩いてたのに。

かと思えば泣きそうな顔をしていたり、ぼんやりと窓の外を眺めていたり。
　こんな表情もするんだなぁって、今ちょっとビックリした。
「そっか。それならよかったよ」
「うん、ありがとう、奏ちゃん」
　あらためてお礼を言われると……なんだか私まで照れてしまうよ。
　でもうれしい。
　まったく笑わなかった人に、笑顔を与えることができたのなら。
　そんなうれしいことってないよ。
「じゃあ、またね次咲くん」
「うん。バイバイ奏ちゃん」
　家の前に着いた時には、あたりはもう薄暗くなっていた。
　ちゃんと家まで送り届けてくれたその優しさがうれしかった。
　上機嫌で玄関の扉を閉めた。
　そうだ。
　アーラはどうなったんだろう？
　リビングからお母さんが、
「夕飯できてるわよーっ！」
　と声をかけてくれたけれど、そのまま自分の部屋へ上がっていった。
　勢いよくドアを開けると……、そこにはやっぱり、アー

ラの姿はなかった。
「もしかして……、本当に？」
　お祓いの効果で、魔界に帰っちゃったのかな？
　だいたいいつも、私が帰るよりも先にアーラが部屋にいることが多かった。
　マンガを眺めながら私のベッドに寝ころがって。
　すごい！　……やっぱりすごいよ神主さん！
「あぁ、よかったぁぁぁ……」
　これで私は、アーラに監視されることも命を狙われることもなくなった！
　うれしくてうれしくて、思わず小躍りなんてしていると……、
「よかったって、なにが？」
　背筋がぞわりとするような、冷めきった声が聞こえてきた。
　えっ？
　まさか、まさかこの声は……。
「あぁあぁあアーラ……」
　ウソぉぉぉ……。
　お祓いの効果はなかったっていうの？
「なに？　その反応」
　私を見おろす目がこわい。
「いや……。いきなり声をかけられたから、ビックリしただけだよ」
　弱っているような素振りもないし……。

それにこの手を伸ばせば触れられる距離感。
　近寄れないように結界を張ってもらえたわけでもなさそう。
「……なんか企んでるな？」
「まさか。そんなことないよぉ。いつもどおりだよ……」
　こわい……こわい、こわい、こわい！
　その冷めた中に怒りを感じさせる瞳。絶対に怒ってるよね？
　まさか。もしかして、わかってるの？
　私が神社でお祓いをしたってこと！
「言えよ」
　獲物に狙いを定めた虎のように、じりじりと近づいてくる。
「だからぁ……、なんにもございましぇん……」
　アーラが１歩１歩近づいてくるたびに、私は１歩１歩後退する。
　ひぇっ！
　この修羅場、どう切りぬけたらいいの？
　背中に固い壁が当たった。
　もうこれ以上後退できない。
　つまりもう逃げ場はない。
　アーラの右手が勢いよく頬をかすめ、音を立てて壁で止まった。
　もしかしてこれは……いわゆる……世の女子が憧れる壁ドンというやつだ。

近い……、顔が近いよ。
　なんか、いろんな意味でドキドキする。
「えへへ」
　恐怖に堪えかねて、苦し紛れに笑みを振りまいてみた。
　なんとか場を和ませようと思っての行動だったのに、
「テメェ……。余計なことをしたら殺すからな。次はねぇぞ？」
　やっぱりアーラには通用しなかった。
「はっ、はい。ごめんなさい」
　アーラは不機嫌そうに舌打ちをすると、ふてぶてしい態度でベッドに寝ころがった。
　あぁぁぁ……やっぱりダメだったのかぁ。
　これは明日、次咲くんに報告しなきゃなぁ……。
　次なる、アーラ撃退法を考えなきゃ。
　って……今度こそ本当に殺されるかも。
　うぅ……もうなす術がないじゃんかぁ。
「それよりお前、次はお前が楽しませる番ってことちゃんと覚えてるか？」
「……ん？」
　そういえばそんな話もしたかも？　すっかり忘れていた。
「忘れてたんだな？」
「すみません……」
　あぁぁ……、また怒らせちゃったよ。
　ただでさえ不機嫌な顔をしていたのに。

忘れていたことを認めたとたん、さらに不機嫌にさせてしまったようだ。
　アーラは手に持っていたマンガを力強くベッドに投げつけると、
「そんなところに突ったってないでこっちへ来い」
　上半身を起こしてにらみつけてきた。
「な、なな……なんでしょうか？」
　行きたくないよ……。
「いいからさっさと来い。俺の前に立て」
「はいぃ」
　重たい足を引きずりながら、おそるおそる言われたとおりにした。
「右手を出せ」
「……こう？」
　なにをするつもりなんだろう？
　拒否したいのは山々だけど、これ以上怒らせるとヤバイ展開になりそうだし……。
　恐怖で震える右手を差しだした。
「ひゃっ……」
「こわがらなくていい。ちょっとお前に、俺の力を与えてやるだけだ」
　アーラはニヤリと怪しい笑みを浮かべると、その大きな手を私の手に重ねてきた。
　悪魔の力を与える……？
　いったい、どういうこと？

なにが起こるんだろうと見ていると、アーラの手の甲が淡く光りはじめた。
　それはまるでホタルの光のように儚くて、すぐに消えてしまった。
「今お前に与えたのは、なんでも壊せる力だ」
「なんでも……壊せる？」
　本当に……この私にそんな力を？
　見たところなんの変わりもない右手を眺めていると、
「そう、なんでもだ。ものはもちろんのこと……、人間だって壊せるぞ？」
　アーラの恐ろしい発言に、全身に鳥肌が立った。
　ものが壊れるのはわかる。
　でも人間が壊れるって？
　それって言いかえると、殺すことができるっていう意味だよね？
　そんな恐ろしい力が……私に⁉
「やっ……やだ！　いらないよ、なんでも壊せる力なんて！」
「まぁまぁ、そう言うなよ。お前は今イジメられてんだろ？　その力を使えば、やつらに復讐ができるぞ」
「そんな力っ、使えるわけないよ」
　イジメられてるのはまちがいないし、これからもしばらくこの状況は変わらないと思う。
　でも……、だからって復讐したいだなんて私は思わない。

いつかまた、前みたいに笑いあいたいって思ってるんだから。
「ねぇ……消してよ、この力を」
　絶対に使わないんだから。
「右手の人差し指をステッキのように振って、壊れろって唱えてみな。そうすれば指を差した先にあるものが壊れる」
「ねぇ、アーラ聞いてるの？」
「ものか、もしくは人か？　まぁ、せいぜいその力で俺を楽しませてくれよ」
　って……ダメだこりゃ。
　全然聞いてないじゃんかぁ。
　まぁいいや。
　たんに使わなければいいだけのことだし。

発動！　悪魔の力！

「奏ちゃん。おはよう」
　眠たい目をこすりながら、土手沿いを歩いていると、うしろから次咲くんが声をかけてきた。
「うん、おはよう」
「あれ？　どうしたの？　なんか元気ないね」
　そりゃあ元気もなくなるよ。
　昨晩、アーラに悪魔の力を無理やり授けられてしまったんだから。
　それを次咲くんに話そうと思ったけど、
「いいか？　悪魔の力を持っていることは他言するなよ」
　と、口止めされているせいで言えなかった。
　その代わりと言うわけではないけど、お祓いの効果がまるでなかったことを話しておいた。
「やっぱりね。そうだと思ったよ」
「私はちょっとくらい効果があると思ったのに……」
　コツコツ貯めていた数カ月分のお小遣いを丸々はたいてさ……効果がない挙句に、
「余計なことをしたら殺すからな」
　なんて脅されて……。悲惨なんてひと言では片づけられないよ。
「大悪魔様は魔界でもトップに近い位置にいるんだからね？　そう簡単に消滅させられないよ」

「はぁ……だよね」
　うぅ……。なんだかさらにモチベーションが下がってきた。
　やっぱり私はアーラに殺される運命にあるってことか。
「そんな顔しないでよ、奏ちゃん。ふたりで大悪魔様から身を守れる方法を探そう」
「うん……頼むよ次咲くん」
　今日も図書館に寄っていこうかなぁ。
　早くアーラを撃退する方法を見つけなきゃ。
　靴箱まで次咲くんと一緒で、そこからひとりになった。
　なにやら次咲くんは、職員室に用があるとかって。
「……なに、これ？」
　靴箱を開けると、中から紙くずが雪崩のように落ちてきた。
『黒羽くんと別れろ』
『登校してくんな』
『消えろ』
　そこには、目を覆いたくなるような非情な文章が書きなぐられていた。
　ひどい……。
　誰がこんなことをするんだろう。
　涙をこらえながら紙くずを拾いあつめていると、
「奏っ！」
　紗千の……怒った時の低い声で名前を呼ばれた。
「あっ、おはよう」

明らかに敵意を剝きだしにされている気がするけど、仲良くしたい一心で笑顔を向けた。
　当然ながら、怒り心頭の紗千の心に響くわけもなく。
　クラスメートの女子３人を引きつれ、いっそう大きな声で責められた。
「黒羽くんと付き合ってるって本当なの？」
　それは……。
　私にとって、一番聞かれたくない質問だ。
　うなずいたら紗千が激昂することは目に見えてる。
　だって紗千は、黒羽くんのファンなのだから。
　ほら……よく言っていた。
「彼氏なんてどうでもいい。黒羽様と少しでもお近づきになりたい！」
　って、それはそれはもう毎日のように。
　彼が悪魔だって知っていた私は、紗千とアーラを近づけないようにこう言い返していた。
「黒羽くん、そんなにいいかなぁ？　全然いいと思わないけど」
　だから彼氏を大切にしてあげて、って。
　ここで私がうなずいてしまえば、じゃあ今までの発言はなんだったんだよってなるよね。
　そうなれば、否定するしかない。
「つ……付き合ってないよ」
「はぁ？　奏が黒羽くんに告られたところを柏崎さんが見たって言ってんだけど」

「あぁ……、それはね」
　なにかのまちがいだってことにしよう。
　苦し紛れのいい訳をしようと思ったけど。
　予期せぬ柏崎さんの登場によって、できなくなってしまった。
「あっ、柏崎さん！　奏が黒羽くんと付き合ってないって言ってるんだけど」
「えっ？」
　柏崎さんと目が合った。
　柏崎さん……。
　前は目が合うと、天使のように微笑んでくれたのになぁ。
　いっさい笑いかけてくれないどころか、すぐに視線をそらされてしまった。
「二十日さん。ウソはよくないでしょ？」
「え……、あ……」
　あぁ……どうしよう。
　じゃあ、はい付き合ってますって言えばよかったの？
　いやいや、紗千を前にしてそれはムリだよぉ。
　ってか、この状況ってかなりヤバイ……よね？
「え……えへへへ」
　みんなそんなに怒らないでよ、ね？
　私だって好きでアーラと一緒にいるわけじゃないんだから。
　むしろ一緒になんかいたくないんだから。

「なにがおかしいの？　私はっ、ずっと黒羽くんが好きだったのに！」
　柏崎さんがわっと泣きはじめた。
「なにへらへら笑ってんのよ！　自分がなにしてるかわかってるの!?」
「そうだよ！　奏ちゃんがそんなにひどい子だったなんて知らなかった」
「柏崎さんがかわいそうだよ！」
　すすり泣く柏崎さんの背中をさすりながら、紗千を含むクラスメートの女子たちが口々に非難してきた。
　もう、泣きたいのはこっちだよ……。
　なにをどうしたって私が悪者にしかならないんだから。
「なんで奏が泣きそうな顔してんだよ！　被害者はこっちだっつーの！」
　私だって被害者なんだから……。
　アーラは悪魔だもん。
　誰にもそれを教えられないけど、恐ろしい悪魔だもん。
「もう行こう、柏崎さん。アンタなんか死ねばいいのに！ウソつき女！」
　紗千の非情な言葉が胸に突きささった。
　紗千は私の親友だったはずなのに。
　今でも私はそう思っているのに……。
　ねぇ、なんで？
　なんでこんなことになっちゃったんだろう。
　いつから歯車が狂ってしまったのかな。

早く放課後にならないかな。
　この学校で過ごした２年間で初めてそんなことを思った。
　今までなんの苦労もなくここまで過ごしてきたのに。
　こんなに……急に地獄のような毎日になるなんて。

「……あれ？　どうしたの？　ひとりだなんてめずらしいねぇ」
　お昼休み。
　ひとりで食堂にいると、アーラが笑顔で声をかけてきた。
　ひとりがめずらしいだなんて……、よくもまぁそんなことを。
　ここしばらく、ひとりでランチタイムしてるっつーの。
「……イジワルだね」
　私がイジメられてるって知ってるくせに。
　だから私に『壊せる力』を与えてくれたんでしょ？
　イジメっ子たちに復讐させるために。
「ははっ。イジワルだなんてそんな……。人聞きが悪いねぇ。すっげー心配してるんだけど？」
　……その笑顔。
　心配してるっていうより、楽しんでいるようにしか見えないよ。
「そりゃあ、ありがとう」
「どういたしまして。かわいそうだから隣に座ってあげるよ」

「お優しいですねぇ」
　……やっぱりアーラはイジワルだ。
　アーラが隣に座ったりするから、周りの視線がすごく痛い。
　百パーセントの確率で、なんで黒羽くんと一緒にいるんだよって思われてる。
　そのせいで私はかなり居心地が悪いけれど、当の本人はニヤニヤしてるし。
「ところでその右手、いつ使うの？」
「右手？」
　あぁ……なんでも壊せる力のことを言っているのか。
「使わないよ」
「へぇ？　そりゃあ残念。絶対におもしろいと思うのに」
　あれ、なんだか意外にあっさりした反応だなぁ。
　てっきり早く使えよコノヤロー、とか、使わなきゃ殺す、って言うと思っていたのに。
「食べないのか？　うどんが伸びるぞ？」
「あっ、そうだった！」
　なんか……こんなアーラはアーラらしくない。
　なにも気にしてなさそうな、その明るい笑顔が逆にこわいよ。
　裏がありそう。
　まるで、私がかならず使うとわかっているかのような……。
　そんな余裕が感じとれる。

「ほ、本当に使わないからね」
「はいはい、わかってるって」
　ほらぁ、やっぱりなんかおかしい。
　本当に私の右手に悪魔の力が与えられてしまったのかな?
　結局、放課後を迎えるまで、一度もその力を使わなかったけど……。
　だんだん気になってきた。
　校庭を歩きながら、自分の右手と左手を見くらべてみた。
「あっ、そうだ。お母さんにまた買い物を頼まれてたんだった」
　左手の甲に書いてあった、牛乳とにんじんの文字が目に入り思い出した。
　今日は最寄りのスーパーでタイムセールがあったんだった。
　紗千と仲違いをしてしまって以来、放課後に遊びに誘われることはまったくなくなってしまったし……。
　前は嫌だったお遣いも、ヒマ潰しにはいいかもね。
「ん……?」
　スーパーに行く途中のコンビニの前で、次咲くんの姿を見つけた。
　離れていてもわかる……あの独特なキノコ頭。
　線の細いスラリとした体型に、妙にデカい黒縁メガネ。
　うん、次咲くん以外の何者でもないでしょう。

「次咲く……」
　声をかけようかと思ったけれど、とっさに口をつぐんだ。
　ペットボトルをカゴに投げいれ、自転車にまたがろうとする次咲くんの肩を、田村くんがたたいたから。
　田村くんの隣に園山くんもいた。
　なにを話してるんだろう……。
　車の陰に身をかくしながら、聞き耳を立ててみる。
「おい次咲。金借してくれよ、金」
「そうそう。ちょっとでいいからさぁ」
　田村くんと園山くんは、笑いながら次咲くんの肩をたたいている。
　両脇に立ってふたりがかりで肩をたたくシーンは、教室でもよく目にする光景だ。
「いやぁ……僕、参考書を買おうと思ってて……」
　次咲くんの笑顔が引きつっている。
　あぁ……かわいそう、断りたいけど言いづらいんだろうなぁ。
　ううぅ。
　なんとかして次咲くんを助けてあげたいなぁ。
　でも……私なんかがあのふたりを止められるのかな？
　高架下での一件の時のように、火に油を注ぐような結果になっちゃったら……。
「いいじゃん。明日返すから」
「借さないと、どうなるかわかってるんだろ？」
　こうして悩んでいる間にも、田村くんたちは次咲くんに

さらなる圧力をかけている。
　次咲くんも表情が強張っている。
　や……やっぱり、勇気を振りしぼって止めに入るしかない？
「わ、わかったよ。少しだけ貸すよ」
　恐怖に耐えられなくなってしまったのか……。
　ついに次咲くんが、スクールバッグから財布を取りだしてしまった。
　えぇぇえ？
　いいの？　次咲くん。
　だってソレ、絶対に返ってこないパターンだよね？
　田村くんと園山くんが、ちゃんと約束を守るとはとうてい思えない……。
　きっと次咲くんも……嫌だけど、場をおさめるための苦渋の選択だったに違いない。
「あっ！」
　次咲くんがズボンのポケットから財布を取りだした瞬間のことだった。
　園山くんが次咲くんから奪いとってしまった。
「かっ……返してよ」
　次咲くんが必死に取り返そうと手を伸ばすと、
「サンキュー、次咲。財布だけは明日返してやるよ。ぎゃはははっ」
　園山くんは素早くズボンのポケットに財布を入れてしまった。

「じゃあな、次咲。力士、ゲーセン行こうぜ」
「おう！　行こうぜ」
　目に涙を浮かべながら返してくれと訴え続ける次咲くんをふたりは完全に無視して、自転車にまたがった。
「お願いだから返してください！」
　走りだしたふたりを懸命に追いかける次咲くん。
　なんとかしなきゃ……なんとかしなきゃ。
　あっ、そうだ。
　こんな時こそ……アーラから授かった悪魔の力が使えるかもしれない。
　よし、一か八かだ。
　次咲くんを救うには、とにかくやるしかないっ。
　アーラが言っていたように、右手の人差し指をステッキのように振った。
「こっ……壊れろ！」
　壊したいものは園山くん……の、自転車だ。
　多少の足止めにはなるはず。
　そしてその隙に、園山くんからどうにか次咲くんの財布を取り返すって作戦。
　って、あれ……？
　ちゃんと園山くんの自転車を指差したのに、壊れないじゃんか。
　なによ？
　もしかして……、アーラに騙された？
　モヤモヤしながら右手を見つめていると、離れた場所か

ら大きな音がした。
「うわぁぁあっ！」
　それと同時に、園山くんの叫び声も。
　えっ……？
　えぇぇえ!?
　一瞬の出来事でなにがなんだかわからないけれど……園山くんが自転車ごと転倒した。
「おいっ？　大丈夫かよ力士!?」
「いってぇぇ……」
　痛みに悶絶する園山くんの手には、なんとぽっきりと折れたハンドルが握られていた。
　本当に壊れちゃった？
「ちょっ……なんだよこれ？」
　倒れた衝撃なのか……、悪魔の力なのか……。
　自転車から前輪と後輪が外れ、サドルもごろんと地面に落ちた。
　あわわわわ……見事にバラバラじゃん。
　こんなことってなかなかないよね？
　やっぱり悪魔の力のせい……だよね？
「そんなボロクソ自転車なんか盗んだりするからだろ。盗るならもっとマシなやつにしないと」
「あぁ……、次からそうするわ」
　園山くんはよほど痛かったのか、ポケットから財布が落ちたことにも気づかず……。
　さらにその落ちた財布を次咲くんが取り返したことにも

気づいていないようだった。
　園山くんには悪いけど……。
　財布も取り返せたみたいだし、どうにか作戦が成功したってことかな？
　次咲くんもさり気なくその場を離れようとしているし……。
　私ももうスーパーに行かなきゃ。
　まだ立ちあがれないでいる園山くんと、バラバラになった自転車から視線を外した直後だった。
「お前ら！　……この自転車泥棒が！」
　怒りに声を張りあげながら、どこからか70歳ぐらいのおじいさんがやってきた。
「あっ、まずい！　ボロクソ自転車の持ち主じゃねーか」
　おじいさんの存在にいち早く気づいた田村くんが慌てて自転車にまたがった。
「力士！　早く逃げろ！」
　地面へたりこんだままの園山くんに声をかけ、一目散に逃げていった。
　なに……なんなの？
　園山くんが乗っていたのは、本当はあの威勢のいいおじいさんの自転車ってこと？
「やべぇ……腰が痛くて立てねえ……」
「この悪ガキが！　わしの自転車を盗んだあげくにこんなにしおって！　許さんぞっ」
　あ、すみません……。

それ壊したのは私なんですけど……。
　逃げおくれておじいさんにつかまり、怒鳴られている園山くんの背中を見ながら、心の中で謝っておいた。

　園山くんがその後どうなったかは見ていない。
　というか、こわくなって逃げだしてしまったから。
　帰宅してしばらくたっても、心拍数は上がったままだった。
　使っちゃった……。
　絶対に悪魔の力なんて使わないって決めていたのに。
「あっ……、アーラ」
　まっ暗な部屋の中で眠れないでいると、窓から黒猫が入ってきた。
　黒猫は床に足を着けたとたんに美少年へと姿を変えた。
「やっぱり使ったんじゃん」
「悪魔の力を使おうなんて思ってなかったけど、ほかに方法がなかったから」
「それにしても、悪魔の力を人助けに使うなんてな。バカにされた気分だ」
「それは……とっさのことだったし。バカになんてしてないよ」
「悪魔の力は人を不幸にするための力だ。誰かを守るためのものじゃない」
　そう言われてもねぇ……。
　アーラはちっともおもしろくなさそうだけど、私は誰か

を不幸にしたいとは思わないし。
「ごめんね、アーラ。でも、アーラがくれた力のお陰で次咲くんの財布を取りもどせたし。おじいさんは自転車泥棒を見つけることもできたんだよ」

　結局……、自転車は私が壊してしまったんだけどね……。

　とりあえずそれは別として、ふたりを助けることができたんだから。

　それって、アーラに感謝しなきゃだよね？
「ありがとうってか？　言うな、気分が悪い」
「え……そう？」
「聞きたくもない」

　悪魔は感謝されてもうれしくないのかな？

　だったらありがとうは言わないほうがいいのかな。

　不愉快そうなアーラの顔を前に口をつぐんだ。
「あーっ……クソ！　なんだよお前。お前みたいな人間は初めてだ」

　アーラはイライラした様子で吐きすてると、一瞬にして姿を消してしまった。

　うわぁ……また怒らせちゃったなぁ。

　こうなると、次に顔を合わす時が緊張するんだよぉ。
「もうこんな時間じゃん！　明日起きられないよぉっ」

　目覚まし時計を6時にセットして定位置のベッドの横に戻し、慌てて布団に潜りこんだ。

　自転車を盗んでいた園山くんと、怒ったままのアーラが

気になるけど……。
　胸の高鳴りを抑えることができないまま、暗闇の中で固く目を閉じた。

　遅刻ギリギリで登校すると、いつもいるはずの園山くんの姿がなかった。
　男子たちがウワサしているのがちらりと聞こえてきた。
「力士がさぁ、自転車泥棒でつかまったんだって」
「聞いた聞いた。つーか、ほかにも悪いことをしてたのがバレたんだろ？」
「まじ？　ヤバくね？　アイツどうなるの？」
　とかなんとか……。大声でしゃべっているから、聞きたくなくても聞こえてしまう。
「ふん。ざまあみろだね」
　男子たちのウワサ話をそのまま次咲くんに伝えると、涼しい顔でそんなことをつぶやいた。
「でも……大丈夫かなぁ？」
　だって、園山くんを転倒させたのは私だもん。
　そのせいで警察沙汰になって、しかも退学の危機となれば……。
　罪悪感が半端じゃない。
「奏ちゃんは優しすぎるよ。因果応報でしょ？　すべて園山がまいた種なんだから、当然の結果だよ」
　そう……なのかなぁ、やっぱり。
　私が園山くんを転倒させなければ、こんなことにはなら

なかったんだよ？
　でも、あの時に悪魔の力を使わなかったら、次咲くんの財布は奪われたままだし、おじいさんの自転車も盗まれたままだった。
「因果応報……かぁ」
　うーん、むずかしいなぁ。
「それより奏ちゃん。カレーが冷めちゃうよ。それに早く食べなきゃ昼休みが終わるよ」
「あっ、うん。そうだね」
　次咲くんは焼きサバ定食をきれいに食べおえていた。
　それでも席を立たず隣にいるってことは、私が食べおわるまで待っていてくれてるんだろう。
「佐々原のことだけどさ」
「えっ？　佐々原くん？」
　と言えば、イジメっ子のリーダー格で……。
　友だちの垣内くんに彼女を取られ、謹慎中に田村くんに化けたアーラに殴られて……。
　それなりに……、いやかなり不幸な佐々原くん？
「退学するんだってね。今日、謹慎があけた垣内がみんなにしゃべっていたよ」
「そうなの!?」
「大悪魔様にやられたのが、そうとう効いたみたいだね。たぶん、田村に会いたくないんでしょ」
　そりゃあ……自分よりも下っ端だと思っていた相手にあれほどやられたらねぇ。

そう思うのも無理はないかも。
　でも、次咲くんなんだかうれしそうだなぁ。
　だってさっきからずっと笑顔なんだもん。
　それもそのはず……イジメのリーダーが学校からいなくなるんだもんね。
「次咲くんも楽しく学校生活が送れそうだね」
　佐々原くんと垣内くんが謹慎処分になった日を境に、カバンを持たされたり、プロレス技をかけられたりする光景は見てない。
「どうだかね。まだ垣内と田村がいるから。気が抜けないよ」
「そうだったね」
「まぁ、大悪魔様にすべてをお任せしてるから、やつらが不幸になるのもきっともうすぐだね」
　ということは……。
　アーラが契約を果たすまで、時間はそう長くはないってこと。
　それはつまり、私の余命があとわずかってことにもなる。
「あぁぁぁぁ……。ダメだ、ダメだよそれは」
「え？　急にどうしたの、奏ちゃん？」
　アーラを撃退する方法もまだ見つかってないのに！
「まだ死にたくないよぉぉぉっ」
「えっ？　死ぬ？　なにを言っているの？」
　神社でのお祓いはまったく効果がなかったし……。
　残された方法は？
　悪魔が苦手とする、純銀製の武器で攻撃する？

それとも聖水をかける？
「どれもダメだっ。今度こそ本気で殺されちゃう」
「奏ちゃん？　大悪魔様を撃退する話をしているの？」
　早く見つけなきゃ。
　私が生きのびる方法を。
「それなら僕ね、いい方法を思いついたんだ」
「いい……方法？」
　ヘアスタイルが乱れることも気にせず、頭をぐしゃぐしゃにかきむしっていると……。
　次咲くんがニッコリと笑顔で話しはじめた。
「大悪魔様と仲良くなるしかないよ」
「仲良く？」
　なに言ってんの、次咲くん。
　私がアーラと仲良くなればいいって？
「いやいや、ムリムリムリ！」
　あんな恐ろしい悪魔と？
　仲良くなれるわけないじゃん！
　っていうか、悪魔と親しくするなって最初に言ったのは次咲くんだよ!?
「それしかないよ。大悪魔様を撃退する術はなさそうだし。そうなればもう、恩情にかけるしかないかなって」
「恩情なんてあるわけないじゃんか。だってアーラだよ？」
　あんな血も涙もないような悪魔に、情なんてこれっぽっちもないよ。
　あ、いや……。でも焼却炉では助けられたのか？

でも、でも！
　人間を不幸にすることを生き甲斐としてるんだから……ありえない。
「それもそうだけど……。なら、奏ちゃんも大悪魔様と契約を交わせばいいかもしれない」
「それは私もアーラに願いごとを叶えてもらえばいいってこと？」
　次咲くんは首を縦に振った。
「うん。契約者になれば、奏ちゃんはもう第三者じゃない。悪魔の存在を知っていても殺されないってことだよ」
「なるほどぉ……」
　ふむふむ。
　それはなかなか……いい方法かもしれない。
　アーラを倒すよりも、仲良くなるよりも簡単そうだ。
　そっか……。なんで今まで思いつかなかったんだろう。
　さっそくアーラに掛けあってみよう。
「行ってくる！」
　勢いよく席を立つと、次咲くんに引き止められた。
「願いごとだけど、あまり無理難題は言ったらだめだよ。願いが叶ったら、相応の対価を支払わなきゃいけないからね」
　というのは……。
　次咲くんの場合は、イジメっ子を不幸にしてもらう代わりに大切なものを渡す……だっけ？
「うん、わかった。ありがとう次咲くん」

私の場合は大丈夫、なにも問題ない。
　願いごとなんて、そんなのはどうだっていいの。
　私はただ……死にたくない。
　それだけなんだから。
　意気ごんで帰宅したはいいけれど……。
　どう切りだせばいいのかな。
　いつものようにベッドに寝ころがり、マンガを眺めるアーラに声をかけられない。
　お風呂のあと、ドライヤーで髪を乾かしてから話しかけよう。
　から始まり……、
　やっぱりこのドラマが終わってからにしよう。
　てな具合でタイミングを延ばして延ばして……。
　そろそろ寝る時間なんだけど、それでもまだ言えないでいた。
「今日はめずらしく夜更しだな」
「そ、そだね！」
　アーラは、なんでベッドに入らないんだって顔をしている。
「それに、やけに口数が少ないな」
「え？　そ、そうかなぁ？」
　コイツなにを考えているんだ？
　そう言わんばかりの表情で見つめてくる。
　ううう。
　やっぱり……言うしかないか？

「あのね……アーラ」
「なに?」
　目が合った。
　緊張がいっきに増してくる。
　おまけに手汗までかいてきた。
「私とも……契約を結んでください」

悪魔とデート!?

　い、言ったぞ！
　ついに言ってしまったぁぁぁぁ！
　あぁぁ、反応がこわい。
　恐怖で直視できなくなって、視線を下に落とした。
「ほう……、俺に叶えてほしい願いでもあるのか？」
「あっ、うん。そう！　そうなんだ……」
　ちらりとアーラに目を向けると、フンとイジワルな微笑みを浮かべていた。
　てっきり怒られるとばかり思っていたから、その反応は意外だった……。
　でも、それがこわい。
　笑顔の裏になにかをかくしていそうで。
「へぇ。お前もついに欲に駆られたかぁ」
「いや……。そんなんじゃないんだけど」
「願いを叶えてほしいんだろ？　それを欲と言うんだ」
　アーラはマンガを放りなげ、ベッドから軽快に降りて立ちあがった。
　そして不敵に微笑みながら、1歩1歩ゆっくり近づいてくる。
「言ってみろ」
　アーラが近づく度に胸の鼓動が早くなる。
「あぁ、はいっ」

こわい……、こわすぎるよ。
でもここまできたら言わなきゃ。
私の願いはただひとつ。
死にたくない。
貴方に殺されたくない。
震える声でそう言った。
「俺に殺されたくないだって？」
「だ、だだって。私は死ななきゃいけないってアーラが言ったじゃない……」
　じわりじわりと後退を続けて、背中が固い壁に当たった。
　手を伸ばせば触れられるほどの距離感で、アーラが立っている。
　もしかしてまた……、壁ドンのシチュエーションじゃない？
　ひぇっ……こわいよぉぉ。
　ちょっと身構えたりしてみたけど、今回それはないようだ。
「そうだな。お前は見てはいけないものを見てしまったんだ」
　本当に……なんであの夜。
　校庭に行ったりしたんだろう。
「後悔してるし、反省もしてる……。行かなければよかった」
　あの夜、次咲くんが悪魔を召喚するところを興味本位でのぞいたりしなければ。
　こんなに恐怖におびえることも、悩むこともなかったん

だ。
「泣いても俺は同情なんてしないからな」
「わかってるよぉ」
　わかってるけど、辛くて辛くてたまらないんだ。
　アーラになんて出会わなければよかったって。
「お前を殺すことはなにがあっても変えられない。俺は魔界においてトップクラスの身だ。自らルールを犯すわけにはいかないんだよ」
「そんなぁ……」
「悪いけど、お前の願いは叶えてやれないな。すぐに殺さないだけ、ありがたいと思えよ」
　じゃあやっぱり私は……、
　死ぬしかないってこと？
「あと二重契約はできないんだ。それもルールだからな。だからどちらにしても、お前と契約はできない」
　アーラを撃退する方法もない。
　懇願したところで響かない。
　契約もできない。
　そんなことってないよ……。
　受けいれられるわけないじゃん。
　嫌だ、絶対に嫌だ。
　こんなところで人生を終わらせたくない。
　そう言って、アーラに泣いてすがりつきたかったけど、できなかった。
　彼が、蔑(さげす)むような目つきをしていて、私の願いを聞きい

れる気はまったくなさそうだったから。
「じゃあ、せめて……アーラが魔界に帰るその時までは、生かしておいてほしい……」
「それならいいだろう。お前が妙なことをしない限りはな」
　あきらめない……。
　それでもやっぱり生きることをあきらめきれない。
　アーラにもらった少しの時間で考えなきゃ。
　なんとしてでも私は生きる。

「うぅぅっ……、次咲くぅぅんっ……」
「あ……うん、おはよう、奏ちゃん？　どうして泣いてるの？」
　通学途中、次咲くんに出くわした瞬間に涙がどっと溢れでた。
　昨夜はなかなか眠ることができなかった。
　やっぱり私は死ぬ運命なのかな。
　アーラを撃退できないのかな。
　どうしても非情な運命を受けいれられない自分。
　そもそも人間が悪魔に敵うはずがない。
　ましてやただの女子高生の私なんかがアーラに勝てるはずがない。
　それなら……。今のうちにやってみたかったことを、やっておくべきなのかな。
　やっぱり運命を受けいれざるを得ないのかもしれない。
　相反する気持ちが入りまじり、睡眠どころではなかった

のだ。
「アーラがね、二重契約はできないって。私を殺す事実は変えられないって……」
「そんな……」
　次咲くんは言葉を失ってしまったようだった。
　そのせつなそうな……脱力したような表情からは、絶望しか感じとれない。
　次咲くんはなにかを言おうとモゴモゴしていたけど、
「いいんだよ、次咲くん」
　言わんとしていることがわかったから、あえて止めた。
「でも……奏ちゃん」
「謝らなくてもいいよ。あの夜、校庭に行くきっかけを作ったのは次咲くんかもしれない。でも最終的に私が決めたことだから」
　次咲くんは納得がいかないっていう顔をしていたけれど、私はこれでいいって思った。
　誰のせいでもない、あの夜校庭に行く決断をしたのは私自身なんだから。
　私はこの運命を受けいれるしかないんだ。
「だから次咲くん。もうアーラを倒すなんて考えるのはやめよう」
「でもまだ、なにかいい案があるかもしれないじゃないか！」
「そうだとしても、私たちが敵う相手じゃない。それは次咲くんもわかってるでしょ？」

だったら思う存分……残された時間を楽しむしかないじゃんか。
　　メソメソしている時間すら惜しいよ。
「あ……でも、言われたとおりアーラとは仲良くしてみるよ。彼にもほんの少し、優しさがあるみたいだからね」
「うん……。でも僕はまだあきらめないよ奏ちゃん。奏ちゃんが生きられる方法をかならず見つけるから」
　　残された時間が少ないのなら、
　　やってみたかったことをやらなきゃ。
　　そうだなぁ。
　　って言っても……なにをすればいいのかな。
　　深いため息をつき、騒がしい声が響く教室に足を踏みいれた。
　　やっぱり……誰もおはようなんて言ってくれない。
　　うん、わかっているけどやっぱりさみしい。
　　紗千はほかの女子たちとのおしゃべりに夢中で、私のほうなんて見向きもしてくれないし。
　　私もまたああやって……紗千と笑いあいたいなぁ。
　　よし、話しかけてみようかな……？
　　いつもならひとりで席について、チャイムが鳴るまで寝たふりなんかしているけど……。
　　今日の私は違うんだ。
「さーちっ！　おはようっ！」
　　満面の笑みで紗千の肩をたたいてみた。
　　紗千はびくりとしながら振り返ると、

「はっ？　なに……？　なんなの？」
　驚きつつも、私をにらんだ。
「楽しそうだね？　私も混ぜてよぉ」
「いや……なに言ってんの？　ってかマジでなに？　いきなりこわいんだけど！」
　あー、やっぱりそう返してくるよねぇ。
　うん、わかってたよわかってた。
　でもさ、もう一度だけでいいから紗千と笑いあいたかったんだよ。
　紗千の言葉にウンウンとうなずいていた柏崎さんも、
「二十日さんとは話したくない」
　同調してそんな冷たい言葉を浴びせてきた。
　彼女の言葉を皮切りに、
「私も二十日さんとは話したくないなー」
「よくも平然としていられるよね。柏崎さんの気持ちも知らないでさぁ」
　女子たちが冷ややかな顔で、心ない中傷をしはじめる。
「そうだよね、ごめんね！」
　まだまだ……仲直りはできない、かぁ。
　仕方がないのかな。
　彼女たちからすれば、私は柏崎さんの恋愛を邪魔した悪者だもんね。
　アーラが悪魔であることを説明できないのだから。
　それなら紗千たち、クラスメートと仲直りするのはあきらめるしかないのか。

「なんなのアイツ？」
「さぁ？　自分の立場わかってんのかな？」
　ヒソヒソとそんなことを言っているくらいだから、もうムリだってことだね。
　そう思うと急に泣けてきた。
　もうすぐ授業が始まるってわかっていたけれど、教室から飛びだした。
　向かった先は屋上だった。
　あそこならきっと誰もいない。
　思う存分声をあげて泣けるだろう。
　泣きながら屋上のドアを引くと、
「ひっ……」
　今日に限ってそこには、なんと垣内くんと田村くんがいた。
　タバコの煙を吐くふたりと目が合った。
「あれっ、モヤシの彼女じゃん」
「いやいや垣内。コイツ、あのいけ好かない転校生と付き合ってんだって」
「マジ？　この女が？　だってブスじゃね？」
　ブスって……。そんなにはっきり言わなくても。
　そりゃあ彼氏いない歴イコール年齢だし、オシャレもしないし、地味だけど。
　いくらなんでも傷つくよぅ。
「す、すみません……。帰ります……」
　タバコを吸っていたことは見なかったことにしよう

……。
「まぁ、待てよ」
　急いで立ちさろうと背を向けた瞬間、田村くんに呼び止められた。
　ひぃぃぃ……。
　恐ろしくて振り返れないよぉ。
「聞いてんの？　モヤシ彼女っ」
「おい垣内っ、だからコイツは黒羽の女だって！」
「細かいことはなんでもいいだろ。こっちに来いよモヤシ彼女！」
　あぁぁぁ……行かなきゃダメだよね、やっぱり？
　やだな、行きたくないなぁ。
「はい……、なんでございましょうか？」
　うわぁ、タバコの吸殻が散乱している。
　それにもくもくと漂うタバコの煙の嫌な匂い。
　早く戻らなきゃ先生に見つかったらヤバイよ。
　私まで喫煙してると思われたら……。
　それは絶対にマズイ。
「あのさ、ジュース買ってきてくんねー？」
「俺は腹減ったからパンな」
　うん、どうせそんなことだろうと思った……。
　田村くんたちが私を呼ぶ理由なんて、買い物を頼むこと以外にないよね。
「金はお前が出せよ」
「そうそう。モヤシ彼女の奢りってことで」

はい、それもそんなことだろうと思っていましたとも。
　でも、そう言われても、財布は教室のスクールバッグにあるんだけど。
「あの……ムリ、です。お金がないから」
　怒られてしまいそうでこわいけど、そう言うしかなかった。
　あんのじょう、田村くんと垣内くんの表情が変わった。
「はぁ？　モヤシ彼女のくせに生意気言うなよ。ないなら、盗んででも持ってこい」
「できないなら、転校生に金借りてこいよ」
「おっ、いいねぇ田村。それナイスアイデアじゃん。モヤシ彼女、黒羽から今すぐ借りてこい」
　アーラから……お金を借りる？
　いやいやいやいや、悪魔だしお金なんて持ってないし。
　万が一持っていたとしても恐れ多くてムリだし。
　ムリだよぉ、ムリムリムリムリっ。
「それはぁ……、ちょっと」
「なんだよ？　できないってか？」
　垣内くんの言葉に、恐る恐るうなずいた。
「なに言ってんのお前？　言っとくけど俺たち、ブスには優しくしない主義だから」
　垣内くんは眉間にシワを寄せると、タバコを地面に押しつけゆらりと立ちあがった。
「痛い目みたくなかったら土下座してでも借りてこいよ、ほらっ」

同じように立ちあがった田村くんに、ポンと肩をたたかれる。
　ぜっ……絶体絶命だ。
　屋上の扉がガチャリと開く音が聞こえた。
　こんなタイミングで誰か来たっ……？
　振り返ると、
「あらら。もしかしてお取りこみ中だったかな……？」
　なんとそこには、ピリピリとした空気を楽しんでいるかのように微笑むアーラが立っていた。
　ぎゃぁぁぁぁぁっ！
　なんでアーラが来るの!?
　金を借りてこいなんて言われているタイミングで、絶対に会いたくなかったのに！
「うわぁ出た、転校生。つーかタイミングよすぎじゃね？」
　あわわ……ダメだよ垣内くん。
　そんなにアーラをにらみつけては……。
「っていうか、ココはお前みたいなクソマジメな生徒が来る場所じゃないよー？」
　はぁぁ……。田村くんもダメだよっ。
　そんなに挑発的な言葉で煽ったりしたら。
　アーラはフンと鼻で笑うと、ふたりを無視して話しかけてきた。
「なにやってんの？　もう授業始まるよ。一緒に教室に戻ろう？」
「そっ……そう、だね！　うんっ、戻ろっか！」

ホッ……。よかった。
　ニコニコしてるし怒ってないみたい。
　機嫌が悪くならないうちに、早くふたりから引きはなさなきゃ。
　じゃなきゃ、佐々原くんの二の舞になってしまうかも。
　それだけは避けなくては。
「おいテメェ。なにを無視してくれてんだよ」
　田村くんがアーラの肩をつかんだ。
「あっ、田村くん！　それはっ……」
　あわわわわ、マズイよマズイ！
　肩をつかまれた瞬間、アーラの表情が変わった。
　彼の背中しか見えない田村くんたちには、その変化がわからないようだけど……。
　私にはわかる、だってアーラは目の前にいるんだもん。
「痛いなぁ。離してもらえないか？」
　そう言った口もとは笑っているけど、目が笑ってない。
「あーっ！　そうだったそうだった！　早く授業に行かなきゃあっ！」
　このままじゃ死人が出てしまう！
　アーラから放たれる殺気を感知した私は、意を決して駆けだした。
　アーラの腕をつかみ、全力で。
「あ……おいっ！」
　後方から田村くんの声が聞こえる。
　早くこの場から離れなきゃ！

そしてできるだけ遠くへっ。
「……どこに行くつもりだ？」
「へ？　あっ……」
　アーラの腕を強くつかんだまま……。
　無我夢中で走ったからか、いつの間にか校外に出てきてしまっていた。
　いつも通る通学路と並行して川が流れている。
「あわわっ……。ごめん！」
　とっさのこととは言え……。
　アーラの腕をつかんで走るだなんて……。
　なんて恐ろしいことをしてしまったんだろう。
　あぁぁ。
　やばい、怒らせちゃったかなぁ？
　ちらちら表情をうかがってみたけど、幸いにも不機嫌そうな様子はなかった。
「どうせ、俺がアイツらに手を出すとか思ったんだろ？」
「うん、そう……ですね」
　やっぱり私の思考はバレバレだったのか。
　アーラは大きくため息をつくと、
「心配しなくても、人間の戯れ言なんかにいちいち反応しねぇよ。くだらねー」
　学校に向かって、来た道を戻りはじめた。
　慌ててその後を追いかけ、
「ご……ごめんなさい」
　隣に並ぶと、恐る恐る顔をのぞきこんだ。

するとアーラは突然足を止めた。
　その大きくぱっちりとした瞳で、私をまっ直ぐに見つめた。
「つーかお前、イジメられてるくせになんでアイツらを助けようとするんだよ」
　なんでって言われても……。
「誰にも……傷ついてほしくないから」
　たとえそれが、イジメっ子であっても。
　私が助けられるのなら、助けてあげたいって思った。
　ただ、それだけのことだよ。
　不思議そうな顔をするアーラに説明すると、
「おもしろくない人間だなぁ……。イジメられてへらへらするか？　普通は憎悪に満ちるもんだろ？」
　あきれた口調でそんなことを言ってきた。
「えへへ……。誰かを憎んだところで現状が変わるわけでもないからね」
「まぁそうだな。お前は非力すぎるからな。仕返しすらできないだろ」
「そんな……。仕返しなんてしないよぉ」
　アーラはふたたび、おもしろくない人間と吐きすて、くるりと背を向け歩きだした。
　あっ……。
　っていうか、今って、アーラと仲良くなれるチャンスだよね？
　残された時間が少ないのなら、ふたりきりになった時に

思いきって親睦(しんぼく)を深めなきゃ！
　でも、どうしたらいいんだろう？
「なにやってんだよ？　早く来いよ。置いていくぞ」
　ふと立ち止まって振り返ったアーラと、また目が合った。
　わ……。
　なんか今のセリフ、彼氏っぽい。
　って、彼氏なんてできたことがないんだけどね。
　実際に彼氏がいたら、こうやって一緒に通学なんかしたりして。
　ちょっとした仕草や言葉にドキドキしちゃうんだろうなぁ。
「あっ、うん。ごめんね、ぼーっとしてた！」
「歩くのが遅いんだよ、お前は」
　アーラが悪魔じゃなければなぁ。
　超がつくほどイケメンだし。
　それに今は仮にも付き合ってる関係だ。
　彼が人間だったら、普通に恋愛ができたんだろうな。
　って、人間だったらアーラのようなイケメンが……、私みたいな地味な女を選ぶはずがないか。
　でも……、休日はデートしたりとかさ。
　恋人とふたりで遊園地に行ってみたいなぁ。仲良く手をつないだりなんかして……。歩きつかれたら、屋台のクレープを食べながら、次はなにに乗る？　なんて、おしゃべりしたり……。

一度でいいから、私もそんな甘い経験してみたかったなぁ。
「あっ……そうだ！」
　それだよ、それ！
　こうなったら……、もうアーラでいいじゃんっ。
　死ぬ前にやってみたいこと、デートを経験しようじゃないか！
　そうすればアーラとも仲良くなれるかもしれないし、一石二鳥じゃない？
「なに？　急にどうした？」
　ほらっ。
　見た目は普通の男の子なんだしさ、名案じゃんか。
　しかもアーラのような、顔よし、スタイルもよしのイケメンとくれば、逆にラッキーだと思わなきゃっ。
「そういえば私、まだアーラを満足に楽しませてあげられなかったよね？」
「……そうだな。よく思い出したな」
「人間界にはね、遊園地があるんだよ！　観覧車があったり、ジェットコースターがあったり。かわいいキャラクターたちが集まって、パレードしたりとか、すごく楽しい場所なんだよ！」
　魔界には絶対にないでしょう。
　遊園地なんて幸せ満載の施設は。
「遊園地？　知らねぇな」
　ほうら、やっぱり。

そうとなればさっそく本題に入らなきゃ！
「ねっ、連れていってあげるよ！　きっと楽しいよ」
「いいだろう。退屈させるんじゃねーぞ」
　うわぁ……やっぱりこわいよぉ。
　自分から提案したはいいものの、大丈夫かなぁ。
　アーラじゃなくて次咲くんとデートしたほうがよかったかな。
　たんにデートを経験したいだけだもの。
　わざわざイケメンに固執しなくてもよかったよね。
「は、はい……。頑張りまぁす」
　あぁぁぁぁバカ、私の大バカ。
　まずいよ、これはまずいじゃん！
　遊園地だなんて人が集まる場所に、悪魔を連れていこうなんて、言うべきじゃなかったぁ！
　巻きもどせるなら時間を巻きもどしたい。
　その願いはもちろん叶うはずもなく……。

　来た。
　本当に来てしまったよ。
「ふーん？　ここが遊園地ってやつか？」
「あ、うん。そう……」
　まだ入場すらしてないっていうのに、すでに疲労感がすごい。
　だって、アーラってば……。
「おい、どこまで行く気だ？　まだ着かないのか？」

なんて、バスの中で殺気を放ったりするもんだから。
「もう少しだよ……」
　いつ怒りが爆発するかわからない緊張感。
　その都度なだめなきゃいけないし、ずっと気をつかいっぱなしでもうクタクタだ。
　しまったなぁ。
　電車からバスに乗りついで1時間ほどかかるってことをすっかり忘れていたよ……。
「い……行ってみようか」
　はぁ。
　なんのトラブルもなく、無事に家まで帰ることができるのかなぁ。
　不安はぬぐえないけど……。
　でも、今日は人生で初めてのデートだ。
　相手はどうあれ、思いっきり楽しまなきゃね。
　きっと……、最初で最後のデートになるだろうから。
　よしっ、プラスに！
　プラスに考えていこうっ。
「スゲー人間が多いな」
「人気があるスポットだからね。ほら、テレビでもよく紹介されている場所だよ！」
「てれび？」
　はっ、そうかぁ。
　悪魔はテレビなんて見ないんだ。
　話題を変えると、

「あれはね、観覧車だよ。すごく高く上昇するからキレイな景色が見えるんだよ」
　アーラは遠くでゆっくり動く観覧車に視線をやった。
「人間は高いところが好きなのか」
「あ、いや。みんながみんなそうじゃないけどね。私は高いところは苦手だよ」
　前にアーラと一緒に、空を飛んだ時のことを思い出して身震いした。
　でも……。観覧車から見える景色ってどんな感じなのかな。
「あっ、待ってアーラ！」
　ぼーっと観覧車を眺めていると、前を歩くアーラと距離が開いていることに気がついた。
　アーラはぴたりと足を止め、
「だから人がいるところでその名を口にするなって言っただろーが！」
　めずらしく声を荒げるもんだから、恐怖のあまり泣きそうになった。
　……さて。
　まずはどこに行こうかな。
　ジェットコースター？
　大の大の大大大っきらいだし。
　じゃあ水流をふたり乗りのボートで下っていくアトラクションは？
　びしょ濡れになりそうでなんか嫌だなぁ。

アーラはなにかやってみたいことがあるのかな？
　隣にちらりと目をやると、さっきまでそこにあった彼の姿が消えていた。
「あれっ？　アー……じゃない黒羽くん!?」
　ちょっと、ちょっと、どこに消えたの!?
　こんな広い遊園地の人混みの中ではぐれたら大変。
　そりゃあマズイよ。
　早く探さなきゃ！
　焦りを感じながら、辺りに目を配ると、噴水のそばでアーラを見つけた。
　彼の視線の先には、泣きじゃくる小さな子どもがいる。
「黒羽くんっ……！」
　なにをしているの？
　まさか……アーラがなにかした!?
　慌てて駆けよると、
「なんだ、お前か。どこ行ってたんだよ」
　彼の口からまさかのセリフが飛びだした。
　いや、それはこっちのセリフだよっ。
　って、そんなことよりも気になるのはこの子だ。
　片手に風船を持ち、わんわん声をあげて泣く女の子。
「どうしたの？　なんで泣いてるの？」
　アーラが危害を加えた、とかじゃなきゃいいんだけど。
　ドキドキしながら話しかけた。
　すると女の子は涙でぐしゃぐしゃになった顔を上げ、
「ママとパパがいなくなったの」

小さい声で答えてくれた。
「迷子になっちゃったんだね。大丈夫だよ。泣かないで」
　よかった。てっきり……アーラがなにかしたのかと思ったよ。
「どこではぐれたの？　お姉ちゃんと一緒にママを探そう？」
「あのね、向こうのトイレでね……」
　女の子から状況を聞いていると、偶然にも両親が慌てた様子で走りよってきた。
　無事に女の子は両親と再会できて、なんとかことなきを得たんだけど……。
　アーラの視線が冷たい。
　っていうか、なんかあきれてる感じ？
「……どうしたの？」
「なんで見知らぬ人間に優しくする？」
「どうしてって……。目の前に困ってる人がいたら誰であろうと助けるよ」
　なぜにそんな……人間として当たり前の行動に疑問を抱くんだろう？
　そう思ったけど……。アーラは悪魔だもんね。
「バカみたいに無駄な行動だな」
　アーラはそう冷たく言うけれど。
　彼は以前に、私を助けてくれたことがあったよね？
「アーラも、前に焼却炉から私の靴を取ってくれたでしょ？」

「あぁ……そんなこともあったっけ?」
「そうだよ。すごくうれしかったんだよ。無駄な行動なんかじゃなかったよ」
　とは言え、あの時のアーラの真意は謎に包まれたままだけど。
　ありがとうと、付け加えると、あからさまに嫌そうな顔をした。
「だから礼は言うなって前も言っただろ。不快な気分になるんだよ。それにあの時手を貸したのは、お前を助けるためじゃない」
「そうなの?」
「お前の反応を楽しみたかっただけだ。カン違いするなよ」
　あー、やっぱりそうですか。
　炎に包まれた靴を前に、絶望で立ちつくす私を見たかったってことね。
　うん、アーラらしい答えだね。
「で?　いつ俺を楽しませてくれるんだよ?」
「そうだった。そうだった……」
　うーん、うぅーんどうしようかなぁ……。
　アーラが喜びそうな乗り物はわからないから、とりあえず私が行きたい場所に行ってみようかな。
「あっ!　あれっ!　あそこに行きたい!」
　ぐるりと辺りを見わたしていると、視界に飛びこんできた屋台のクレープ屋さんを指差した。
　ずっと憧れていたこと……。デートしながら彼と一緒に

クレープを食べる！
　まずはその願いを実現させてもらおうかなぁ。
「まぁ、いいけど」
　アーラの同意も得られたことだし！
　クレープ屋さんの前にできた列に、ウキウキ気分で並んだ。
　あぁぁ。いいなぁ、こういうの！
　私はイチゴのクレープを買って、アーラにはチョコバナナを買って……。
　ちょっと味見させてー、って交換しながら味わうシチュエーションに憧れるっ。
「はいっ、黒羽くん！　お待たせっ」
　噴水の脇のベンチに座っていたアーラに、満面の笑みでクレープを差しだした。
「……なんだこれ？」
「えっ？」
　いやいや、なにその白けた反応は。
　そっか……。
　クレープを知らないんだね。
「得体が知れないな」
　アーラはクレープを受けとらずに、食いいるように観察している。
　なにかの生き物だと思っているのだろうか。
「これはね、クレープっていうスイーツだよ。とってもおいしいから食べてみて」

口もとに持っていってみても、アーラはけっして食べようとはしなかった。
　むしろ迷惑ともとれる表情を浮かべている。
「絶対にいらない」
「ええ……そんなぁ」
　じゃあ私が、２個も食べなきゃいけないのぉ？
　そりゃあないよ……トホホ。
　アーラは魔界でいったいなにを食べてるっていうの？
　こんなにおいしい食べ物を、口にしたくないだなんてっ！
「わかったよ。だったら２個とも食べちゃうもんねーっ」
「はいはい、どうぞどうぞ」
　まったく、アーラってば、もぉっ……。
　思い描いていた理想と全然ちがーうっっ！

触れる唇

「よしっ！ 次はアレにしよう！」
　遊園地、そしてデートといえばやっぱりこれか！
　ジェットコースター！
　絶叫マシンは大の苦手だけど、しょうがない。これならアーラもなにかしら反応を示すはず！
　猛スピードで上下する感覚は、空を飛んでいる時と似ているし。人間界にもこんな乗り物があるなんて感心しちゃうかも!?
　そう思っての選択だったんだけど……。
「これは……なんだ？」
　ぐんぐん上昇する高度よりも、なにやら身を守ってくれているセーフティバーが気になる様子。
「いやいやっ、違う違う！ 前、前見て。すっごく高いよぉ！」
　ほらほらっ、もう間もなく急降下するからぁっ。
「前がどうした？」
　アーラがそう問いかけてきた直後……。
「ぎっ……ぎゃあぁぁぁぁっ！」
「なんだよお前！ いきなりデカイ声出してんじゃねーよっ」
「ひぎゃぁぁぁぁぁっ」
　目まぐるしいスピードで、下降上昇を繰り返すジェット

コースターにも……。
　最後までアーラはなんの反応も示さなかった。
　私の勇気も虚しく、うぅぅ……。
　せっかく勇気を振りしぼったっていうのに。
「お前の声が耳障りで不愉快だった」
「……、すみません」
　あげくに、怒られちゃったし。
　もう踏んだり蹴ったりだよ。
　乱れた髪型を直していると、無言でアーラが歩きはじめた。
「ま、待って……！」
　慌てて後を追いかけると、
「帰る」
　アーラは振り返りもせず、そう言いはなった。
　だってまだ来たばっかりだよ？
　ねぇねぇ、まだまだこれからなんですけどぉ？
「次は楽しい乗り物にするからっ！」
「もういい」
「そんなぁ……」
　私にとっては最初で最後のデートなのに……。
　こんな終わり方ってあんまりじゃない？
　はぁ。
　やっぱりアーラと来たことがまちがいだったみたいだね。
　そもそも……親睦を深めること自体が無謀だったのか

な。
「さっさと歩け」
「あぁぁ……はい、すみません」
　うん、絶対に無謀だわ。
　そして私の人生で初めてのデートは、あっけなく幕を閉じたのであった。
　はぁ……。
　電車とバスを乗りつぎ、自宅近くのバス停までたどり着くと、すでに薄暗くなっていた。
　最悪なことに、乗る電車をまちがえたから、帰宅に倍以上の時間がかかってしまった……。
「おい。ちっとも楽しくねぇんだけど？」
　あわわわわ……。
　アーラの不機嫌度がマックスだよぉ。
　うぅぅ……こわい。
　振り返って足を止めたアーラを直視できない。
　だってにらんでるんだもん！
　横顔にグサグサと視線が刺さってくるっ。
　はぁ……。
　視線を右へ左へ泳がせていると、住宅街の一角にある広場で目が止まった。
　小学生が騒がしい声を上げながら野球をしていた。
　小学生はいいなぁ。のんきでいられて。なんだか楽しそう。
　私なんて死の淵に立たされているっていうのにさ。

「俺を無駄に振りまわしたってことだな？」
　ひぇぇ……めちゃくちゃご立腹じゃんかぁ。
　ボケッと小学生の野球なんて眺めてる場合じゃないな、これは。
　恐る恐るアーラを見あげると、こちらに向かって飛んでくる野球ボールが目に入った。
　ヤバイ！
　アーラの後頭部に当たるっ！
「危ないっ！」
　瞬時に突きとばすような形でアーラに飛びかかった。
「うわっ！　なんだよお前っ！」
「うぐぅっ……」
　アーラが地面に膝をついた瞬間、野球ボールが私の顔面にぶつかった。
「テメェ殺すぞ！」
「あぁぁぁ……ごめ、なさ……」
　うずくまるほどの痛みに、涙がこみあげてきた。
　ったく、どこにボール飛ばしてんのよ小学生！
　足もとに転がりおちたボールを広場に投げ返すと、アーラの足もとで地面に頭を擦りつけんばかりの勢いで土下座をした。
「ごめんなさいっ！　アーラにボールがぶつかりそうだったからっ」
「はあ？　ボールだぁ？」
　アーラはゆらりと立ちあがると、私が投げたボールに目

を向けた。
「俺を助けたってか？」
「あぁ……はい。とても痛いだろうと思いまして……」
　それに、アーラが小学生に怒りを爆発させるかもしれないし……。
　あぁ、でもアーラにボールが当たらなくてよかった。
　って、よくないか。
　ボールが顔面に当たった衝撃で、私は鼻血が止まらないんだもん……。
　トホホな結果だよぉ……。
「バカか？　俺は悪魔だ。痛みを感じたりしない。それに人間に、いちいち腹をたてたりなんかしない。それは前にも話したはずだが？」
「ん……あれ？　そう、だっけ？」
　思い返してみれば……。
　熱くもなければ痛くもない。
　って、焼却炉の前で言っていた気もするし……。
　心配しなくても、人間の戯れ言なんかにいちいち反応しねぇよ。
　って、土手で言っていたような気もする。
「つーか人のことより自分の心配しろよ。すげぇ血がでてるけど」
「あぁ、うん……。これはね、いいのいいの」
「なにがいいんだよ」
　アーラにボールが当たらなかったから。

鼻血をティッシュで拭きながら答えると、アーラはおもしろくなさそうな顔をした。
「お前、本当に変な人間だな。自分が痛い目にあってんのに、ふつう笑うかよ」
「あはは……ごめん。でも私は大丈夫だから」
「やっぱりバカだな、お前」
　やれやれ、と大きく息をついたアーラは、あきれているようだった。
　そしてなにを思ったのか、私の顔の前に大きな手のひらを向けてきた。
「アーラ……なにを？」
　このまま頭をつかまれて、かるがる投げとばされると思い、目を閉じたけれど……。
　そんなことは起きず。
　それどころかアーラの手のひらから、温かく優しい光が放たれていることに気がついた。
　なんだろう？　このお日様のようなぽかぽかしたやわらかな光は。
　もしかしてビーム!?
　なにか光線を放とうとしてるとか!?
　いいしれない恐怖に身構えていると……。
「あれっ？　なんだか、痛みが引いてきたかも？」
　それに加えて、いつの間にか鼻血も止まったみたいだ。
　アーラが手を下ろすと、そのやわらかな光は瞬く間に消えてなくなってしまった。

「いつまで突ったてんだよ。さっさと住処に戻るぞ」
「えっ？　うん……うん？」
　なに……結局さっきの光はなんだったの!?
　もしかしたら、恐ろしい呪いをかけられたのかもしれないし……。
　かと言って真実を確認する勇気はなくて、結局なにも聞くことができなかった。

「奏ちゃん……それってさぁ、ヒーリングじゃない？」
　翌日、さっそく次咲くんに話してみると、そんな聞いたこともないカタカナが返ってきた。
「ひーりんぐぅ？　あっ、それってもしかして、お風呂の時に使う……」
「それはピーリングジェルね。僕が言ったのはヒーリング」
　ひーりんぐ？
　なんなのそれ？
「ヒーリングっていうのはね、癒しのことだよ。つまり大悪魔様は、奏ちゃんを癒したってこと、助けたってことだよ」
　驚きのあまり目玉が飛びでそうになった。
「アーラが私を癒した？」
　たしかに痛みはまったくなくなったし……。
　鼻血も一瞬にして止まった。
　いや、でもあのアーラが私を助けるなんて考えられない。
「それが優しさなのかどうかはわからないけどね。でも、

奏ちゃんを癒したのは確実だよ」
「そう、なんだぁ」
　もしかして……アーラにも優しさが？
　な、わけないよね。
　たぶん、なにか思惑があっての行動でしょう。
「それよりも奏ちゃん……」
　次咲くんは机に教科書をしまう手を止め、やけに真剣な目を向けてきた。
「なに？」
「大悪魔様と……、デートしたの？」
　ちらりと周囲に目をやると、控えめに聞いてきた。
　デート……？
　うん、最初はそういうつもりもあったけど……。
「うん、まぁね」
　結局デートらしいことはできなかったけどね。
　って、べつに手をつなぎたいとかキスしたいとかってそんなのはないけどっ。
　ないけど……っ。
　もし、そんなシチュエーションになってたら……。
「……奏ちゃん、なんか顔が赤くなってるよ」
「へ？　あっ!?　いやいやっ、全然っ！　普通だよっ、普通にまっ白！」
　やだ、なんか妄想してたら急に恥ずかしくなってきたじゃんっ。
　アーラは悪魔だけど、やっぱり息をのむほどの美形だか

ら……。
　ちょっとくらい……、そういう恋人らしいことを考えてしまうじゃないの。
　そう、とくに黒羽モードの時は。
　悪魔だってわかっていながら、それでもふとした笑顔にキュンとしてしまう時があるんだよねぇ。
「ごめん、次咲くん」
　いかんいかん。
　つい次咲くんの存在を忘れて、黒羽モードのアーラの笑顔を想像してしまうなんて。
「いや、いいけど……。もしかして、もしかして奏ちゃんってさ」
「ん？　なに？」
「……やっぱりなんでもない。僕、ちょっとトイレに行ってくるね」
　ん……？
　次咲くん、なにを言いかけたんだろう？
　まぁいいや。
　更衣室に行く前に、私もトイレに行っておこうかな。

「えっ、マジで言ってんの？」
「もう別れるの？」
　個室のドアを中から開けようとすると、洗面所のほうからキャピキャピした声が聞こえてきた。
　この声は……。

女子のリーダー格の、麻里子ちゃん？
　開きかけていたドアを閉め、鍵をかけて座りこんだ。
　ドアにピッタリと頬をつけ、聞き耳を立てる。
「うんー。だってもう飽きちゃったし？」
「えーっ！　もったいなくない？　垣内くんイケメンなのにぃ」
　うん、まちがいなくあの子だ。
　佐々原くんが、高架下で田村くんに変身したアーラに殴られてから10日ほどたった今。
　退学しちゃったけど、男子のリーダー格だった佐々原くんの彼女。
　……いや、元カノかな？
　よくわかんないけど、麻里子ちゃんを中心とするギャルグループだ。
　最悪のタイミングだなぁ。
　洗面所の鏡でメイクでも始めたのかなぁ……。
　なんか、ガサガサとメイクポーチの中を探しているような音が響いてるから。
　どうしよう……。
　早くトイレから出て、手を洗いたいけど、彼女たちが素直に避けてくれるとは思えないし。
　だったら手を洗わず、さっさとうしろを通りぬけちゃう？
　そんなことしたら……、
『なにアイツー。汚っ』

とか、言われそうだし。
　うぅぅ……。どっちも嫌だぁぁぁあ。
　となれば、彼女たちが去るまで便座に座っておくしかないかぁ……。
「佐々原くんもイケメンだったし、麻里子って本当にメンクイだよねぇ」
「それ私も思った。あっ、てか佐々原くんって最近どうしてんのかな？」
　佐々原くんかぁ……。実は私もちょっと気になってたんだよね。
　麻里子ちゃんに垣内くんと浮気されて、田村くんに扮したアーラにボコボコにされて、そして退学。
　それ以来、まったく姿を見てないからねぇ。
　大丈夫なのかなぁ？
「知らなーい。そろそろ退院するんじゃん？」
「あ、そっか。入院中なんだっけ」
　え、佐々原くんが入院？
　それってまさか……アーラが殴ったことが原因で？
「河川敷でやられたんだよね？　本当、誰が犯人なのかな？」
「佐々原って喧嘩番長なのにね。かなりボコボコにされたんでしょ？　なにか知ってるの、麻里子？」
　あぁ、やっぱりアーラのせいだったのか……。
「知るわけないじゃん。私があげたネックレスを、焼却炉に投げ捨てるような男になんて興味ないし」

「えっ、佐々原がそんなことしたの？　ひどっ！」
「そう。翼くんが偶然見たらしくてさ。確認しにいったらネックレスが落ちていたの」
　焼却炉に投げ捨てたのは……本当はアーラなんだけどなぁ。
　佐々原くんは悪くないよ、って教えてあげたいけど言えない。
「っていうか、私、今、翼くん狙ってんだよね」
「さっきから翼くん、翼くんって……。もしかしてあの転校生？」
　えぇっ……!?
　麻里子ちゃん、それはダメだよぉ。
　だってアーラは超絶美男子の仮面をかぶった、恐ろしい悪魔なんだよ!?
　と言えるはずもなく……。
　黙って聞くことしかできなかった。
「たしかに黒羽はイケメンだけど、ちょっとマジメくんすぎない？」
「関係ないしー。顔がよければなんでもいいから、私」
　さすがメンクイー、なんて周りは笑ってるけどさ。
　それ、ぜんっぜん笑えないからね？
「でも、黒羽ってさー、二十日奏と付き合ってるんだって？」
　ギャルの口から自分の名前が出た瞬間、ドキリと心臓が飛びはねた。
　やだ……。

なにを、なにを言われるんだろう……。
「そんなのウワサでしょ。まったく釣りあってないし。二十日奏とかただの地味子じゃん」
　地味子、ねぇ。
　黒髪ノーメイクの私は、派手なギャルたちから見ればたしかにそうなのかも……。
「それもそうだねー、かわいくもないし。それに、黒羽と一緒にいるところもあんまり見ないしね」
　アーラは気まぐれで登校するからなぁ。
　たしかに、校内で会話する機会ってあんまりないかな。
「そうそう。つーか、たとえふたりが付き合ってたとしても、二十日奏に負ける気しないから。あんなブスなんかに」
　うぅぅ……。
　それは言いすぎなんじゃないですかぁ。

「はぁぁぁ……」
　ダメだ、モチベーションが上がらない。
　もうお昼の時間だっていうのに……。さっきのトイレで聞いた麻里子ちゃんたちの会話が頭から離れない。
　あんなブスなんかに。
　笑いながら言った、麻里子ちゃんの高い声も。
　今日は賑やかな食堂じゃなくて、ひっそりと屋上で食べようかなぁ。
　うん、そうしよう。

それでゆったり流れる雲とか見あげて、すさんだ気持ちを落ち着けよう。
　久しぶりにお母さんが作ってくれたお弁当を片手に、騒がしい教室を飛びだした。
　屋上に向かって階段を駆けあがった。
「んぅ……」
　微かに聞こえる女子らしき声。
　えぇぇ、こんなタイミングで先客がいたの？
　そりゃあないよぅ……。
「うんっ……」
　やっぱり誰か屋上にいる。
　っていうか、誰だろう。そこでなにをしているんだろう？
　吐息が混ざったような艶っぽい声が気になって、屋上の扉を開けてしまった。
　ギィィィィィ。
　そっと……そーっと押したつもりが、鈍い音を立てて扉が開いてしまった。
　やばいっ。
　今の音で気づかれちゃったかな？
「って………え？」
　隙間から見えたのは、抱きあって唇を重ねているアーラと麻里子ちゃんだった。
　少しだけ開いていた扉を、自らの意志で全開にした。
　すると音に気づいたのか、麻里子ちゃんが慌ててアーラ

から離れた。
「あの……」
　キスしてた……？
　さっき……まちがいなく、麻里子ちゃんがアーラの首に手を回してた。
　麻里子ちゃんは顔をまっ赤にさせている。
　その表情からは、恥ずかしさと怒りが感じとれる。
　そしてなにかを言いたげな目で私をにらみ、舌打ちをして走りさってしまった。
　麻里子ちゃんのあの鬼のように鋭い目。絶対に怒っているよね……。黒羽くんを狙っていると言っていたし、キスをするほどいい雰囲気だったなら。邪魔してしまって悪いような気もするけど……少しホッとしてる。だって黒羽くんは悪魔だから。
「あーあ。せっかく楽しもうと思ってたのに……」
　名残惜しそうな瞳で扉を見つめながら、アーラが鋭い舌打ちをした。
「あ……ごめんなさい」
　ひぇぇ……。
　ヤバイものを見てしまったなぁ。
「テメェ邪魔してんじゃねーよ」
「すみません……」
　って、私たちってたしか付き合ってる設定だよね？
　アーラが悪魔だからこその展開で、彼が人間だったらこうはならないよね？

うん、ふつうは私がキレていいところだよね？
　ってアーラにキレるなんて絶対にムリだけど。
「あの……、もしかして麻里子ちゃんを好きになったの？」
　キスをする、ってつまりはそういうことだよね。
「はぁ？　好き？　んなわけあるか、ヒマだから遊んでやろうと思っただけだっつーの」
　質問した私がバカでした……。
　悪魔が人間に好意を寄せるはずない、か。
「あの……そういう楽しみ方はちょっと……。麻里子ちゃんはアーラが好きなんだよ」
　ただの遊びだと吐きすてたアーラはまるで……、
　麻里子ちゃんの気持ちを弄んでいるようで、その行動を黙って見ていられなかった。
「好きとかそーいうの、理解できねぇんだけど」
「だったらダメだよ……麻里子ちゃんがかわいそうだよ」
　麻里子ちゃんはきっと、受けいれてもらえたと思っているはず。
　それなのに……こんなのって悲しいよね。
　アーラの目つきがいっそう鋭くなった。
　ひっ……。
　お、怒らせちゃった……かな？
「好きっていうのはね、一緒にいたいとか守ってあげたいとか、そういう……、相手を大切に思う気持ちのことだよ」
「んなもん知らねぇよ。そんな感情なんて抱いたこともな

い」
「その気持ちをもてないなら、麻里子ちゃんを受けいれたらダメだよ。好意がないなら、受けいれるような行動はしないであげて。悲しませるだけなら近づかないようにしてあげてよ、お願い……」
　なんて……ついつい、お説教みたいになっちゃったけど。
　アーラに向かって、自分でもなんてことを言ってしまったんだろうと思う。
　うん、逆鱗に触れたことはまちがいないだろうな。
　うぅ、私のバカ。
　生意気に説教なんてするから、こわくて顔が上げられなくなっちゃったじゃない。
　って、あれ？
　顔を上げると……、いつの間にか、忽然とアーラの姿が消えていた。
「なーんだ。聞いてなかったのかぁ」
　うれしいやら、悲しいやら……。
　複雑な気持ちを抱えたまま、誰もいない屋上から離れた。

「あ、アーラ……」
　自宅に戻ると、我が物顔でベッドでくつろぐアーラがいた。
　あの後一度も教室に戻ってこなかったから、なにをして

いるのかと思ったら……。
　さっさと帰宅して、また私のマンガを眺めてたってわけね。
「おい、なんでお前の住処には同じような書物がたくさんあるんだ？」
　アーラは飽きたとひと言こぼし、少女マンガを乱暴に放りなげた。
　あぁっ、また私の大事なマンガを投げてっ。
　やめてほしいけど言えない、こわくて注意できない。
　じゃ、なかった。
　どうして甘々な恋愛マンガばかりなのかって？
　そりゃあ恋愛に憧れているからに決まってんじゃん！ 誰とも付き合ったことないんだから。
　リア充してないから二次元に逃げてんじゃん……。
　とは、恥ずかしいから言いたくないしなぁ。
　返答に迷っていると、アーラがニヤリと口角を歪め、あざ笑うように言った。
「へぇ……なるほど、そういうことねぇ」
「へあっ!?　ちょっ、ちょっと待って！　アーラってば、私の心が読めるの？」
　えぇぇ？
　ウソでしょう……ウソだよね？
　ねぇ、ウソだと言って。
「わざわざ心なんて読まなくても、お前が考えそうなことくらいはわかる」

「うぅぅ……そんなぁ」
　結局のところ心を読めるかどうか……は、謎に包まれたままってわけね。
　あえて謎は追求しないでおこうか。
　だって真実を知ることがこわいんだもん。
　アーラの撃退法を模索したり、お祓いしたり……。
　もしかしたら、バレてる可能性だってあるわけだしね。
　よし、さっさと話題を変えよう。
「アーラはいいじゃん……。カッコいいしモテモテだし、うらやましいくらいだよ」
「悪魔は皆こうだ。人間に姿を見せる時は万人に好まれる容姿じゃなきゃな」
　へぇ……。
　たしかに、アーラは万人に好かれるようなルックスだけどね。
　そうやって、人間をたぶらかしやすくしているってことなのかな？
　それにしても。
　つねに女子からキャーキャー騒がれているアーラからすれば、恋愛をしたことがないなんて悩み……。
　バカバカしいことなんだろうなぁ。
「きゃっ……！　なっ、なに!?」
　肩を落とした直後、いつの間にそこにいたのか、いきなり力強く押したおされてしまった。
　視界に映るのは天井と、私をまっ直ぐに見おろすアーラ

だった。
「……アーラ？　どうしたの……？」
「さっき邪魔した罰として、あの子の変わりに楽しませてくれよ」
「えっ？　ちょっ、意味がわからな……」
　どういうこと？
　聞き返そうとすると、途中にもかかわらず口をふさがれた。
「……んっ……？」
　口をふさいでいるのは、手ではなくて、やわらかく温かな……それは紛れもなくアーラの唇だった。
　え!?　……私、キスされてる？
「ぎゃーっ！ちょっ、ちょっちょちょちょちょっ……！」
　渾身の力でアーラを突きとばした。
　やばい、心臓がバクバク鳴ってる。
　身体がみるみる熱くなってくる。
　やだ、ウソ、なに？
　なんで？　なんなの？
　頭の中がもう完全にパニック状態だ。
　アーラは依然として私を見おろしたまま、
「なぜ嫌がる？」
　少し不機嫌そうに眉間にしわを寄せた。
「やっ……ごめんっ。突きとばしちゃってごめんなさい。でもっ……あのっ」
　あぁ、言いたいことがうまく声にならない。

「あっ、ダメ！　んんっ……」

　アーラにあごをつかまれたかと思うと、抵抗する間もなくまた口をふさがれてしまった。

　何度も角度を変えながら落ちてくるキス。

　さっきの軽く触れるようなキスとは違い、深いところまで入りこんでくる。

　い、息ができないっ……。

　また突きとばそうかと思ったけど、それを悟られてしまったのか、両手をつかまれてしまった。

「むぅぅっ……」

　くっ、苦しい苦しい苦しいっ！

　必死に足をバタつかせていると、アーラの唇がようやく離れた。

「はぁっ……、はぁっ」

　あ……危うく窒息するところだった。

「なにやってんだよ」

「ごめっ……。息ができなくて苦しくて……」

「はぁ？　鼻で息すればいいだろ？」

「………」

　あ、そっかぁ。

　そうだよね、なんでそうしなかったんだろう。

　突然奪われた、初めてのキス。

　パニックになってそこまで頭が回らなかった。

　酸欠になったせいか、深く甘いキスの余韻が残っているせいか……。

なんだか、ぼーっとする。
　するとアーラがふたたび顔を近づけてきて、
「ただ契約を果たすだけじゃつまらないだろ？　たまにはこういった遊びもはさまなきゃ、俺もやってらんねーんだよ」
　耳もとでそっとささやいたかと思うと、首筋に舌を這わせてきた。
「ひゃぁぁっ！　ダメ……ダメだよ、アーラぁっ」
　身体が熱くなってくる。
　ゾクゾクしてくる。
　恥ずかしさを完全に通りこしたせいか、感じたことのない刺激のせいか、頭がおかしくなりそう。
「ダメ？　なんでだよ？」
　アーラは首筋から胸もとへと舌を這わせたあと顔を離し、のぞきこんできた。
　眉間にしわを寄せている。
　不機嫌だということは一目瞭然だ。
　……でも、ダメ。
　だからといって、彼にこのまま身を委ねることはできない。
「だってアーラは……、私のことを好きなわけではないでしょ」
「好き？　おいおい……またそれかよ」
「とても大事なことだよ」
　私は、私が好きだと思った人と深い関係を結びたい。

私を好きだと思ってくれる人に触れられたい。
　おそるおそる意見をぶつけると、アーラはさらに不機嫌そうに表情を歪めた。
　さっと立ちあがると、恐ろしく冷たい視線を向けてきた。
「俺の誘いを断るなんてな。お前が初めてだ」
「あ……、ごめん、なさい」
　あはははは……。殺気がバシバシ伝わってくるよ。
　もしかして私、かなり思い切ったことをしてしまったのかも？
「チッ。つまんねーの」
　アーラは低く舌打ちをすると、黒い翼を大きく広げた。
「きゃっ！」
　翼を広げたことで起きた風と舞いあがった黒い羽根に驚き、慌てて目を覆う。
「あれ？　アーラ……？」
　目を開けた時にはもう、そこに彼の姿はなかった。
　足もとには無数の黒い羽根。
　開け放たれた窓から顔を出して空を見上げると……、
　遥か上空で翼をはためかせる、１羽の黒い鳥が目に入った。
「……はぁ」
　アーラはもう目の前からいなくなったっていうのに、胸の鼓動が収まらない。
　何度も重ねあわされたやわらかな唇の感覚。
　首筋や胸もとに残る舌の感覚。

触れられた場所が熱を帯びて……。
　顔の火照りだってまだ冷めない。
　無数に散らばる羽根の上に、崩れおちるように座りこんだ。
　だって初めてなんだもん。
　アーラはかなり手慣れていたようだけど……。
　私にとってあれは、ファーストキスなんだもん。

ドキドキが止まらない!?

 しばらく考えたんだけど、やっぱり……。
 あの時、アーラを拒否するべきじゃなかったのかな。
 アーラがいない部屋で一夜を過ごし、後悔する気持ちが湧いてきた。
 もしかしたら、距離を縮められるチャンスだったんじゃないかって。
 仲良くなるって決めたんだったら、拒否するべきじゃなかったのかなって。
 気持ちとかそんなことよりも、彼を受けいれるべきだったんじゃないか。
 悶々として目をつむることさえできないほどだった。
『ただ契約を果たすだけじゃつまらないだろ？ たまにはこういった遊びもはさまなきゃ、俺もやってらんねーんだよ』
 あの時アーラはそう言っていた。
 アーラが言う『遊び』っていうのはきっと、キス以上のことなんだろう……。
「やっ……、やっぱりそんなのムリっ……！」
 想像するだけで身体が熱くなってきた。
「奏ちゃん、おはよう」
「ぅわぁっ！ つ、次咲くん！ いきなり肩をたたかないでょっ」

驚いて振り返ると笑顔の次咲くんが立っていた。
　はぁぁ、もう。
　いきなりぬっと現れるなんて、次咲くんってば相変わらず不気味だよ。
　朝っぱらから驚かさないでほしい……。
　次咲くんはごめんごめんと笑いながら、私の歩調に合わせて隣を歩きはじめた。
「あれ、奏ちゃん。なんだか顔が少し赤い？」
「えっ!?　そんなことないよ！」
「いや、そんなことあるよ！　どうしたの？　大丈夫？　熱でもある？」
　額に向かって伸びてきた手を慌てて止めた。
「だ、大丈夫だから！　心配しないで？　ね？」
「え？　あぁ……そう？」
　次咲くんは本当に大丈夫？　なんてぶつぶつ言いながら、不満げな顔で伸ばした手を引っこめた。
　だってアーラとキスしたなんて……、絶対に言えないよ。
　あんな恥ずかしいことを知られたくない。
　あんな……押したおされて、舌を絡めるようなディープなキスをされたなんて。
「……やっぱり顔がまっ赤だよ」
「違うってば！　あっ、早く学校行かなきゃ遅刻しちゃう！」
　恥ずかしさのあまり、逃げるように駆けだした。

こんなのダメダメ。
　もう、アーラにキスされたことは忘れなきゃ。
　恋愛未経験者の私にとって、あの出来事は少々刺激的すぎて……。
　思い返すだけで胸が高鳴ってしまう。
　顔も身体も熱を帯びてしまう。
　とりあえず次咲くんにはなんでもない、で切り抜けることができたからよかったものの……。
　そのうちなにか感づかれてしまうんじゃないかって……少しこわい。
　よぅし。
　きれいさっぱり忘れようじゃないか。
　アーラにキスなんてされてない！
　うん、これでいいっ。
　靴箱に着き、気合いを入れなおして上履きに履きかえていた時だった。
「おい、二十日奏」
　誰かが怒りを含んだ声で私の名を呼んだ。
　この高い声はもしかして……、
「麻里子ちゃん……」
　と、その取り巻きであるギャル３人組もいた。
　こ、これは……。
　もしや、屋上で麻里子ちゃんと鉢合わせした件についてじゃなかろうか……。
「翼くんのことだけど」

オーノー！
　やっぱりソウデスカー。
「す、すみませんでした。のぞくつもりはまったくなかったんだけど……結果的に邪魔してしまって」
　ここは麻里子ちゃんの怒りを早く鎮めるためにも、自分の非を認めて誠心誠意謝罪しなくちゃ。
　麻里子ちゃんの気持ちを考えれば、それは当然のことだ。
　深々と頭を下げてはみたものの、
「テメェ、マジふざけんなよ」
　返ってきたのはやっぱり怒号だった。
　うぅ……。
　そうなりますよねぇ、わかっていましたとも。
　ついでに取り巻きのギャルたちも、口々にウザイだの、ありえないだの騒ぎはじめた。
　四方八方から飛びかう暴言に戸惑っていると、麻里子ちゃんがいっそう大きな怒声を響かせた。
「今朝いきなり翼くんにフラレたんだけど！　絶対にアンタのせいだろ！」
「えっ？」
「しらばっくれんなよ！　アンタが来る前まではいい感じだったんだから！」
　アーラが麻里子ちゃんをフッた？
　いったいどうしてそんな行動をとったんだろう？
「はぁ……、そうなんだ」
　麻里子ちゃんには悪いけど、安堵のため息が漏れた。

だって、それってきっと……、アーラに私の気持ちが通じたってことだよね？
　好意がないなら、受けいれるような行動はしないであげてっていった……、あの時の言葉を。
「なんだよその顔っ……」
「きゃっ！　痛いっ！」
　ホッと胸をなでおろした直後、頭皮に鋭い痛みが走った。
　麻里子ちゃんに髪の毛をつかまれて引っぱられてる。
「やめてっ！　やめてよ麻里子ちゃん！」
「テメェ……、やっぱり翼くんが好きなのか。私がフラレたからって安心したような顔しやがって！」
「違う！　そんなんじゃない！」
「じゃあ、なんだっつーんだよブス！」
　私はただ、ただ、麻里子ちゃんに危害が及ばないように守りたかっただけ。
　ああ見えても、アーラはトップクラスの力を持っている上級悪魔。
　容易に近づいていい存在じゃないんだ。
　恋路を邪魔しようなんて、私はいっさい思っていないんだよ。
　それを伝えることもできない私は、ただ邪魔しただけのウザイ存在。
　そう映ってしまっていることがなにより悲しかった。
　痛みと悲しみで涙が溢れてきた。

そんな時だった。
「やめろーっ！」
　カバンを振りまわしながら、次咲くんが走ってきた。
「ちょっ！　なんだよコイツ！」
　麻里子ちゃんが、次咲くんが振りおろしたバッグを避けた瞬間、頭皮を駆けめぐっていた痛みが消えた。
　あぁ……助かった。
　頭、ハゲたりしてないよね？
　次咲くんは荒々しく息をしながら、
「奏ちゃんのことは僕が守るんだ！」
　見たこともないような強い眼差しで、聞いたこともないような強い口調だった。
「なんなのコイツ。マジでキモイんだけど」
「次咲テメェ調子に乗るなよ」
「ヒョロガリのくせになにができるんだよ」
　麻里子ちゃんを筆頭とするギャルたちの、耳を塞ぎたくなるような罵声が飛びかう中でも、次咲くんは私の前に立ちはだかって退こうとはしなかった。
「うっ……うるさい！　けっ、ケバいんだよお前らっ」
　わぁぁ、次咲くんっ。
　なんてこわいもの知らずな発言を……。
　って、足めっちゃ震えてんじゃん。
　実はめっちゃビビってんじゃん。
「次咲くん……」
　でも、驚いたなぁ。

次咲くんにもこんなに男らしい一面があったなんて。
「はぁ？　ウザイんだけど！」
「テメェこのまま終わると思うなよっ」
「絶対に許さないから」
　さすがのギャルたちも、次咲くんの凄まじい気迫に押されてか、悔しそうに舌打ちをして、去っていった。
　次咲くんはすぐさま振り返ると、
「奏ちゃん、大丈夫だった？　大変だったね」
　優しい笑顔を向けてきた。
「あ……うん。次咲くんこそ大丈夫？　仕返しされちゃうよ」
　あの様子だと、復讐されてしまうだろうな。
　私なんかのことを助けたりしたから……。
「あはは、大丈夫だよ。毎日垣内たちにイジメられてるから、女子の仕返しなんてこわくないよ」
「ほんと……ごめんね。ありがとう」
「奏ちゃんも僕を助けてくれるでしょ？　お互い様だよ」
　次咲くん……。
　貴方がこんなにも優しくて温かい人だったなんて。
　こうやってかかわるようになる前までは、思いもしなかったな。
「本当にありがとう。次咲くんと友だちになれてよかったよ」

　麻里子ちゃんたちから仕返しされることもなく、無事に

放課後を迎えることができた。
　チャイムが鳴った瞬間、教室を飛びだしソッコーで帰宅する。
　のが日課なんだけど……。
　今日はいつもと違っていた。
　校門を駆けぬけた直後、
「ちょっと待てよ」
　アーラに呼び止められてしまった。
「あっ……黒羽くん」
　げげっ。
　柱で陰になっていたせいか、存在にまったく気づかなかった。
　うぅぅ、最悪だぁ。
　もっと早くアーラの存在に気づいていれば、裏門からそっと帰ったのにぃ。
「な、なんでしょう？」
　嫌だなぁ。
　ふたりで並んだ姿を見られたくない。
　とくに、麻里子ちゃんや柏崎さんを含む女子には。
「たまには一緒に帰ろうかなって思ったんだよ」
「一緒に!?」
　アーラ……またなにか企んでいる？
　今の今まで姿をくらましていたくせに、突然現れてこんなことを言うなんて。
「そう。一緒に、だ」

「うっ……うん、わかった」
　はぁ。
　やっぱり私には、断る勇気なんてないよぉ。
「えっと……あの、どうしたの？」
　一緒に帰ろうだなんて怪しすぎる。
「べつに？　お前の顔が見たくなっただけ」
「えっ!?」
　やっ、ちょっ、なに!?
　恋愛マンガに出てきそうな甘々なセリフは！
　それってさぁ、私に会いたかったって解釈でいいんだよね？
　あのイジワルでこわいアーラが、まさかそんなことを思ってくれているなんて……。
　やだ、なんかちょっとうれしい。
「なんてな。ウソだよ」
「……はぁ」
　って、そりゃあないでしょうよ。
　浮かれてた私がバカみたいじゃん。
「まぁまぁ。座って話でもしようぜ」
「えっ？……あ、うん」
　土手を歩いていると、らしくないことを言いながらアーラが足を止めた。
　彼と同じように、やわらかい草で覆われた斜面に腰を下ろした。
　なんだろう……。

なんかこわいなぁ。
「そんなに警戒すんなよ」
「だって……。アーラがアーラらしくないんだもん」
「俺だってのんびりしたい時があるんだよ」
　のんびり……ねぇ。
　まぁたしかにここなら、ゆったり流れる雲とか、夕日に照らされてキラキラ光る川の流れとか。
　風に揺れる可憐(かれん)な草花だったり。
　それから、川釣りを楽しむ人たちの姿を見かけたり……。
　そんな、癒やされる場所ではあるけどねぇ。
　ん？
　待てよ、川釣りを楽しむ人って……。
　よくよく見れば垣内くんと田村くんじゃないか。
「あのー……やっぱり、場所変えない？」
　やだなぁ、アーラとふたりで並んでいるところなんて見られたら……。
　絶対にまたからかわれるよね。
　っていうか、またなにか買ってこいとか言われそうなんだけどぉ。
「なんで？　いいじゃん、ここ」
「ほかにものんびりできる場所はあるからっ！」
　早く、早くこの場を離れなきゃふたりに気づかれちゃうよぉ。
　いくら遠目でも、アーラはなにかと目立つから。

必死になって説得しても、
「魔界では見れない景色だからな。似たようなもんはあるけど、これほどキレイじゃない」
　目線すらも合わせてもらえず……。
「そうなんだ」
　仕方ない、アーラの気が済むまでここにいるしかないか。
　逃げるなんて選択は、私にはできないから。
　アーラは川の流れに目をやりながら、
「人間界に来ることは二度とないだろうからな」
　しみじみとそんなことを口にした。
「それはどういう意味？」
「本来、俺は魔界にいなきゃいけない存在だから。人間界に出むくのは、下級悪魔たちの仕事だからな」
　下級悪魔の仕事、かぁ。
　アーラは上級悪魔だもんね。
　つまり、部下にただ指示をだすだけってことなのね。
　あらためて、いい身分なんだなって思う。
「じゃあ、アーラが魔界に帰ったら私たちはもう会うことはないんだね」
「そういうこと」
　それってなんだか、うれしいような……ほんの少しだけさみしいような。
　なんだかんだ言って、ずっと一緒にいるんだもんね。
「そっかぁ。アーラは魔界に帰らなきゃいけなかったんだっけ」

そうだ、その時は私も……。
　この世からいなくなるってことだ。
「ねぇアーラ。人は死んだらどうなるの？」
　もうすぐ私も死ぬんだって思ったら、急にこわくなってきた。
「さぁな。幽霊にでもなって幽界に行くんじゃねーの？　魔界に住む俺たちとは世界が違うからわかんねーよ」
「そっかぁ……」
　じゃあ私はたったひとりで幽界に行かなきゃいけないの？
　そんなの嫌だよぉ。
「それは嫌だなぁ。どうせ死ぬなら私も、アーラがいる魔界に行きたいよ」
　幽界でひとりになんてなりたくない。それに前に言っていたよね。
　魔界はパラダイスなんだって。
『魔界にはなんでもあるぞ？　金も、宝石も、食べ物も。お前が魔界にくるなら、あるものをすべて与えてやるよ。もちろん、城なんかでもな』
　アーラはたしかにそう言っていた。
「なんだよ？　人間界に未練はないのか？」
「だってもう、覆すことはできないんでしょ」
　そりゃあ死ぬのも魔界へ行くのも、どっちもこわい。まだまだやりたいことだってある。
　嫌に決まってる。

けど、どうしても運命に逆らえないことはわかってるから。
「それに私が生きていたらアーラの身が危険なんだもんね？」
　悪魔召喚術を行った術者以外の人間に、悪魔であることを知られるのは重罪。
　次咲くんに借りた『悪魔の本』にもそう記されてあったし、なによりアーラ自身がそう言っていた。
「それなら私は逃げもかくれもしないよ。自分の運命を受け止めるから」
　だったらアーラのためだと思うことにするよ。
　無意味に死ぬよりずっとマシだ。
　それに……、そうすることしか道はなさそうだから。
　いくらアーラと親しくなったって、運命を変えることはできない。
　ひたすら目を背けてきたけど、ずっと前から気づいていた。
　とは言え、やっぱり死にたくない。
　頭ではわかっていても、そう簡単に覚悟なんて……できないよ。
「なーにが運命を受け止めるだよ。全然そんな顔してねぇじゃねーか」
「あ、いや！　大丈夫っ」
「ウソつけ。わかりやすいんだよお前は」
　アーラはせせら笑いながら背中を草地に預けた。

寝ころがって空を見あげる姿、それがあんまり気持ちよさそうに見えて……。
　私もやってみようかな、なんて思った時だった。
　垣内くんと田村くんがふたりで釣りを楽しんでいる河原のほうが、なんだか騒がしいことに気がついた。
「なに!?」
　慌てて飛びおき、垣内くんたちがいるほうへと目を移す。
　そこには、遠目から見てもわかる……、佐々原くんの姿があった。
　あの派手派手しい金髪、特徴的なつんつん頭……。まちがいなく佐々原くんだ。
　ってことは、もう退院してたんだね。
　それにしても……。なにをしているんだろう？
　仲良く話しているような雰囲気ではない気がする。
「ねぇ、アーラっ。起きてよアーラっ」
　その異様な雰囲気にこわくなって、隣で寝ころがるアーラの身体を揺さった。
「んだよ」
「あそこっあそこっ！」
「なんだ？　川がどうした？」
　アーラは明らかにめんどくさそうにしていたけれど、それについては見てみぬふりをして……。
　河原の方向を指を差した。
「うん、人間が３人いるな。それがどうした？」
「あぁっ…！　ほら、あれっ！　やっぱり喧嘩してるよ」

佐々原くんが田村くんに向かって、いきなり棒のようなものを振りおろした。
「どっ、どどどどうしよう！」
　止めなきゃ、止めなきゃ止めなきゃ！
　でも相手は喧嘩番長と呼ばれていて、しかも武器を手にしてるんだよ？
　私みたいなひ弱な女子がどうやって止められるの!?
　きっとアレは、田村くんに扮したアーラにボコボコにされた件の報復だ。
「アーラ、アーラなら佐々原くんを止められるよね!?」
　佐々原くんは田村くんが倒れこんでも、武器を振りおろす手を止めない。
　あげくに、止めに入ろうとする垣内くんにまで牙を向けはじめた状態だ。
　私なんかが止められる状況じゃないのは一目瞭然。
　ここは……アーラに頼むしかない。
「お前なぁ、俺に助けを乞うのはヤメロ。そんな面倒なことするわけねぇだろ」
　噛みつくような表情ですごまれ、慌てて顔を背けた。
　やっぱりそうだよねぇ。
　うん、わかりきっていましたとも。
　ならここは結局、私が仲裁に入るしかないじゃん!?
　喧嘩に巻きこまれる可能性は大だけど、黙って見ているなんてできない。
　意を決して彼らの元へ行こうと１歩踏み出した時、

「行かせない、って言ったらどうする？」
　アーラに手首をつかまれた。
「えっ？　それは困るよ……」
　通行人がいれば、彼らを止めてくれるかもしれない。
　でもこんな時に限って、まったくと言っていいほど人通りがない。
　それは、今の状況で佐々原くんを止められるのは私しかいないってことだ。
「お前になにができる？」
「わからないっ。けど、黙って見てることはできないの」
　たしかにアーラの言うとおりだ。
　次咲くんを助けた時のように、私はなんの役にも立てないかもしれない。
「今突っこんだら、お前の身が危なくなるんだぞ。わかってんのかよ」
「それはわかってるよ。それでも私は行きたいの」
　こんな私でも、もしかしたらなにかの役に立つかもしれないじゃない。
「お前が出る幕じゃない」
「でもっ……」
「黙ってろ」
　アーラは倒れこんだ田村くんを遠目に見ながら、手首をつかむ手に力をこめた。
　なによそれ……。
　このまま惨劇の一部始終を見てろって言うの？

「やだ！　お願いだから離してよアーラっ！」
　手を押しても引いても、振りまわそうとしてもまったく動かない。
「ねぇ！　お願い！　このままじゃあ田村くんが……」
　片手で肩をたたいても、アーラは手首を離すどころかまるで知らん顔をしている。
　アーラは私の問いかけに答えようとはせず、まっ直ぐに田村くんたちを見据えていた。
　そして無言を貫いたまま佐々原くんを指差し、
「壊れろ」
　低く小さな声で唱えた。
　なんでも壊すことができる悪魔の力を発動させた。
「ちょっ、アーラ！　なにを!?」
　もしかして佐々原くん自身を壊すつもりなんじゃ!?
　悲鳴のような声を上げてしまった直後のことだった。
　佐々原くんが手に持っている、鉄パイプのようなものが砕けちってしまったではないか。
　佐々原くんの猛攻の手がやっと止まった。
　アーラが……、田村くんを助けてくれた？
　佐々原くんの武器を壊したってことは、そういうことだよね？
　武器を失った佐々原くんは、突然の出来事にパニックに陥ったのか、はたまた急に冷静になったのか……。
　定かではないけれど、慌てて逃げだしてしまった。
「ほら、行きたいならさっさと行けよ」

「えっ？　あっ、うん」
　アーラは私の手首を解放してくれたかと思うと、ふたたび草むらに寝ころがった。
　ありがとう。
　感謝の気持ちがつい口から出そうになったけど、すぐにのみこんだ。

　あのあと、田村くんは私が呼んだ救急車で病院に運ばれた。
　それからのことはわからないけれど、顔面を血で染めていた彼はきっと、数カ月の入院になるんじゃないかって思う。
　そして私が駆けつけた時は、垣内くんの姿はどこにも見あたらなかった。
　たぶん……こわくなって逃げたんだろう。
　救急車のサイレンが鳴りひびいている最中も、垣内くんが戻ってくることはなかったのだから。
　なんだかいろんなことがありすぎて……。
　さすがに疲れちゃったなぁ。
　毎週かかさずに観ているお笑い番組も笑うことができず、しぜんとため息がこぼれた。
「将太との契約も、もうすぐ果たせるな」
「えっ？」
　毎度、ベッドを占領してマンガを眺めているアーラが、急にそんなことを言いだした。

次咲くんとの契約は、イジメっ子を不幸にすることだ。
　ひとり目は、イジメの主犯格でもあり、クラスのリーダーでもあった佐々原くん。
　彼は彼女を垣内くんに奪われたあげく、田村くんに変身したアーラにボコボコにされ……。
　後に学校にいづらくなり、退学した。
　そしてふたり目は、不良グループの下っ端的存在だった田村くん。
　佐々原くんをボコボコにしたのはアーラなのに、濡れ衣を着せられた田村くんは、その真実を知らない佐々原くんにやり返された……。
　重傷を負い、病院送りに。
　そして、３人目は力士ってあだ名で、いじられキャラだった園山くん。
　これは私のせいなんだけど、自転車泥棒でつかまり……。そのほかにも窃盗の余罪がゴロゴロ、退学になって少年院に。
　次咲くんがアーラと契約を結んでしまったばかりに、イジメっ子のうち３人は楽しいスクールライフとはとうてい言いがたくなってしまった。
　つまり残るは、垣内くんだけってことか。
「俺ももうすぐ、人間界とはおさらばだ」
　あぁ……そっか。
　ってことは私の人生も、そろそろ終わるんだね。
「なんで泣きそうな顔してんだよ」

「べ、べつにっ。そんなことないよ」
　じわりとこみあげてくる涙を拭くと、無理やり笑顔を作った。
　アーラはなにを思ったのか立ちあがると、私の目の前まで来て足を止めた。
　そして私の目線に合わせてしゃがみ、じっと見つめてくる。
「なっ、なななに？」
　やだ、なんかこのシチュエーション。
　至近距離で見つめあっていると、キスした時のことを思い出しちゃうよぉぉ。
「やっぱり泣きそうになってんじゃん」
「あっ、いやっ。大丈夫、もう大丈夫だから！」
　アーラはなにを思ったのか、その細く白い指で頬に触れてきた。
「ひゃっ……！」
　なに、なに、なにーっ!?
　もしかして、これはもしかするとまた？
　キス……しようとしてるんじゃないの!?
「なんか顔がまっ赤になってるけど？」
「やっ！　それはっ、アーラが……、距離が、近すぎて……」
　はぁぁぁ、ドキドキしすぎてうまくしゃべれない。
　だってまた近いんだもんっ！
　なんか顔が近いんだもんっ！

「バーカ。お前とはもう遊ばねぇよ」
「……へ？」
　アーラのしらけた目に呆気にとられていると、頬に触れていた手が離れた。
「泣いてないって言うから確認しただけだ」
「あ……そう、なの？」
「ほかになんの意味があるんだよ」
　だから至近距離で顔をのぞきこんできたってわけね……。
「またキスされるとでも思ったか？」
「なっ、なななななっ……！」
「図星みたいだな」
　うぅぅ……。
　キスされるんじゃないかってカン違いして、ドキドキしていた自分が急に恥ずかしくなってきた。
　反射的に、目なんか閉じたりしちゃった。
　恥ずかしい。
　恥ずかしすぎて穴があったら入りたいくらい！
　しかもそれを本人に気づかれてるんだもん。
　顔から火が出るって、こういうこと？
「あはははっ！　私、もう寝るねっ！」
　ベッドから引っぱりだした毛布を頭までかぶった。
「はいはい、おやすみ」
　むぅぅぅ……なんか悔しいっ！

悪魔でも信じたい

「あれ？　どうしたの？　今朝はいつになく不機嫌そうだね」
「あ、次咲くんおはよう！　そんなことないよっ」
　とは言ったものの、翌朝になってもアーラにバカにされた怒りはおさまらなかったみたいだ。
　イライラしながら土手を歩いていると、うしろから次咲くんが走りよってきた。
「某映画の怪獣みたいになってるよ」
「なってません！」
「ご……ごめん奏ちゃん」
　昨夜は怒りのせいか、無駄にドキドキしてしまったせいか……、全然眠れなかった。
　だって、アーラが昨夜見せたからかうような笑み。
　純真な乙女心を弄ぶような真似をして、思い出せば思い出すほどイライラしてくる。
　それと相まって、頬に触れる指の感覚もまだハッキリと残っていて……。
　思い出せば思い出すほど、鼓動が速くなる。
　なんか、複雑な気持ちなんだけど。
「やぁ、おはよう」
「あっ、大悪魔様……、じゃなくて黒羽さん！　おはようございます！」

って……まさかまさかのタイミングでアーラの登場？
　振り返ると、
「おはよう。二十日さん？」
　悪魔がニンマリと微笑んだ。
「お、おはよう……」
　いざ本人を目の前にすると、怒りよりもドキドキが勝ったみたいだ。
　顔に熱を感じてきたところで、慌ててそっぽを向いた。
「黒羽さん。今日は珍しく朝早くからご登校なさってますね。なにか気持ちの変化でもありましたか？」
　次咲くんは擦りよるような笑顔を向けながら、日傘を取りだしてアーラの頭上で手早く開いた。
　次咲くん……どんだけアーラに対して腰が低いの？
　毎度毎度思うけど、崇拝しすぎなんだってば。
「べつに？　なんとなくだよ、なんとなく」
「ははぁ……。左様でございますかぁ」
　なんか時代劇みたいになってるし。
「つーかなんだよ、その変な形のものは」
「あぁ、これはですねぇ。日傘といいまして、貴方を紫外線から守るためにですね」
「日傘？　紫外線？　なんだそれ？」
　……なんかふたりで会話始めちゃったし。
　もうこの隙に逃げちゃおうかな。
　アーラがいるとイライラやら、恐怖やらドキドキやらで落ち着かないんだもん。

「私、先に行ってるね！」
　よしよし、そのまま呼び止められることも追いかけられることもなく……。
　無事に騒がしい教室に入ることができた。
　賑やかな教室の中心にいるのは、いつものことながらに垣内くんと田村くん。
　……ではなくて、垣内くんだけだった。
　やっぱり、田村くんは来てないみたい。
　そりゃあそうだよね……。佐々原くんに復讐されて、救急車で運ばれるほどの怪我を負わされたのだから。
「おいお前、つまんねーからなにか芸でもしろよ」
「え？　僕が？」
　垣内くんも、親しい不良仲間がいなくなって退屈なんだと思う。
　会話をするような間柄でもない、ごくごく普通のマジメな男子にも絡みはじめるほどに。
「は？　できないっての？」
「いやいや……やるよ。やるから……」
「じゃあ、早くなんかやって」
　リーダーの佐々原くんに続き、田村くん、園山くんまでいなくなったとくれば……、少しは垣内くんもおとなしくなるだろうと思ったのに。
　むしろその逆。
　以前からやりたい放題だったけど、輪をかけてひどくなったような気がする。

「ねぇねぇ、一緒に理科室行こうよ?」
　明るい声でそんなことを言いながら、紗千が隣を横切った。
　もちろん私を誘ったんじゃない。
　きゃっきゃと笑い声を上げながら、教室を出ていく紗千の背中を見つめた。
　……私も理科室に行かなきゃ。
　机から教科書を取り、席を立った時だった。
　麻里子ちゃんと、彼女と同様に明るい金髪をなびかせて理緒ちゃんが教室に入ってきた。
　麻里子ちゃんは教室に足を踏みいれた瞬間、
「うわっ、地味子が視界に入ってきたんだけど。マジ最悪」
　怒りの色を宿した瞳で、冷たく吐きすてた。
　地味子って……。まさか、私?
　いや、目が合ってるし私でまちがいないか。
「あ……おはよう」
「は? しゃべんなブス」
　うぅ……さすがにそれは傷つくよ。
　完全に嫌われちゃってるなぁ。
「マジこいつブスだよな?」
　そして麻里子ちゃんとまだ付き合っているらしい、垣内くんまで同調してくる始末。
　その発言に、クラスメートたちの視線がいっせいに集まった。
　これは……早く教室から出たほうがいいパターンだよ

ね。
　非難の声が飛んできそうでこわい。
　ちくちく刺さる視線、コソコソ聞こえてくる悪口に堪えかね、止まっていた足を出口に向けて動かした。
　すると麻里子ちゃんの隣を横切った時。
　なにかにつまずき、机をなぎ倒しながら激しく転倒してしまった。
「いっ……たぁ」
　なんなの？
　なにが起きたの？
　振り返ると、笑顔の麻里子ちゃんと目が合った。
　彼女の仕業だ。
　麻里子ちゃんに足をかけられたみたいだ。
「ねぇ見た？　今のコケ方。キモイんだけど」
「超ウケるーっ！」
　教室内は一気にクラスメートたちの笑い声で満たされてしまった。
　皆の前で派手に転んでしまった恥ずかしさ。
　笑い者にされた辛さ。
　打ちつけた肘や膝に走る痛み。
　そして誰も、味方なんていないんだってさみしさ。
　さまざまな感情が入り混ざり、涙がこみ上げてくる。
　潤んだ視界の中で、床に落ちた教科書を拾いあげ教室を飛びだした。
「うっ……うぅっ」

走りながらも涙が止まらない。
　なんで？
　いつまでこんな仕打ちを受けなきゃいけないの？
「ふぅぅぅっ……」
　私がなにをしたっていうの？
　これはなんの戒めなの？
「ぅくっ……」
　溢れる涙をぬぐうこともせず、屋上の扉を押した。
「どうして私がっ……！」
　そして誰もいないこの場所で、小さな子どものように声を上げて泣いた。
　心の中にある悲しみや辛さを、すべて吐きだすかのように。
　時間も忘れて、泣いて泣いて泣き続けた。
「おい、こんなところでなにをやっている」
　扉が開く鈍い音が遠くから聞こえてきたかと思うと、すぐうしろからアーラの声が聞こえた。
「……アーラこそ」
　振り返りもせず、柵に顔を突っぷしたまま答えた。
　なんでこんな時にまで……、私を探しにくるの？
　そんなに監視しなくたって、アーラが悪魔だってことは誰にも言わないのに。
「お前を探してたんだよ」
　ほら、やっぱり……。
　私の姿がなくなると、毎回そうやって探しにくるんだも

んね。
「いいよ、探さなくたって。誰にも言わないよ、アーラのことは」
　だからたまにはひとりにしてほしい。
　もう探さないでほしい。
　ハッキリとそうは言わなかったけど、今の言葉でそれとなく伝えたつもりだ。
「その理由もあるけど、それだけでお前を探しているわけじゃない」
「……じゃあなに？」
　振り返ると、ほど近くでアーラと目が合った。
　アーラはやけにマジメな顔で、
「お前がひとりで泣いてるだろうと思ったから」
　聞いたこともないような優しい声で、予想もしていなかった言葉をくれた。
「えっ？」
　それは、アーラなりに慰めてくれてるの？
　まさかね……悪魔の彼に、そんな優しさが備わっているはずないよね。
「俺はお前といつも一緒だ。ひとりで泣いたりなんかすんな」
「えっ!?　ちょっ……」
　アーラが両手を開いた直後、すっぽりと腕の中に包まれた。
「あ……あぁぁぁぁぁぁアーラ!?」

やだっ、なにこれ？
　まさか私……抱きしめられてる!?
「やっ。恥ずかしいよぉ……」
　抱きしめられるって、こんな感覚なの？
　妙に安心感があって……温かくって。
　って、悪魔って温かいんだ？
「俺は周りのやつと違って、お前をひとりにしたりなんかしない」
「……うん」
「ずっとお前のそばにいる」
　アーラの口から出た言葉の数々は、なにかよからぬことを企んでいるからなのか……。
　それとも優しさなのか……。
　考えてもよくわからなかったけど、なぜだか涙が止まらなくなってしまった。
「うん……」
　彼が悪魔だとか、そんなことはこの際どうでもよくなってきた。
　ひとりじゃなくなるのなら、それでもいいじゃない。
　悪魔だっていいじゃない。
　見た目は私たちと変わらない、人間そのものなんだから。
「お前が望むなら、魔界に来ればいい。そうすれば、俺とお前はこの先もずっと一緒だ」
「そうだね」
　こんな世界にいたって、誰も私のそばにいてくれないん

だ。
　誰も一緒にいてくれないんだ。
「そうするよ。私、魔界に行きたい」
　ならよっぽど、魔界のほうがマシだって思えてきた。

「……え？　なんだって？」
「だから、もういいってことだよ」
　お昼休みに入り、食堂の片すみで次咲くんと昼食をとっていた。
　最近ではこうやって、並んでうどんをすすることが定番となっていた。
　一緒に食べる約束をしたわけではないのに『片すみ』を好む私たちは、偶然にも、よく出会ってしまうだけの話。
「奏ちゃん。それってつまり、魔界へ行っても構わないってこと？」
　次咲くんの顔色があからさまに曇った。
　そりゃあそうか。
　だって次咲くんが提案してくれた、アーラの撃退法を拒否したのだから。
「私は運命を受けいれることにしたの」
　言うならば、もう悪あがきはしたくないってこと。
　そもそも、次咲くんが提案する天使を召喚して助けてもらうって話……。
　うまくいくとはとうてい思えないんだもん。
「でも……悪魔が召喚できたんだから。天使だってきっと

できるよ！」
「どうかなぁ」
　たしかに、悪魔が実在するなら天使だって実在するかもしれない。
　でも、正しい方法で思うような天使を呼べるのかって言ったら？
「大丈夫だよ、奏ちゃん」
　いやぁ……信用できないよ。
　っていうか、またまちがえて邪悪な悪魔とか呼んじゃったら困るじゃん。
「私は魔界に行くって決めたの」
「なんだって？」
「アーラが一緒にいてくれたら、さみしくないだろうし」
　幽霊になるよりマシじゃん。
　幽霊になってひとりで彷徨うよりも。
　悪魔になったら、アーラみたいに変身できるし、魔法も使える。
　空も飛べるし、なにより魔界にはなんでもあるんだって。
　そのほうが絶対に楽しいに決まってる。
「奏ちゃん……本気で言ってるの？」
「……本気だよ」
　次咲くんはむっと眉間にしわを寄せると、箸をテーブルに置いた。
　まだうどんは残っているのに、そんなことはどうでもいいと言っているかのようだった。

「大悪魔様になにを言われたのかはわからないけど、絶対に誘いにのったらダメだよ！」
「誘いになんてのってないよ。魔界に誘われたわけじゃないから」
「前にも忠告したでしょ！　大悪魔様は奏ちゃんを魔界に引きずりこむために、あの手この手を使ってくるって！ただ殺して終わるだけより、魔界に落としたほうが彼らにとっては、メリットがあるからだよ！」

　あぁ……、そういえば、そんな会話もしていたんだっけ。
　たしか、悪魔に魂を売るなだっけ？
　彼らに心を許してしまうと、支配され逆らえなくなって……やがて魔界に引きこまれるのだと。
　魔界に引きこまれたあかつきには、悪魔の手となり足となり働かされるのだと。
　そんなことが……次咲くんから借りた『悪魔の本』に記されていたのを思い出した。
「アーラはそこまでひどいことはしないよ」
「奏ちゃんはなにもわかってないよ。相手は悪魔なんだよ？優しさなんて欠片もない、人間を苦しめるためだけの存在なんだ」
「優しいところもあるよ」
　アーラは非情な悪魔だけど、私を助けてくれたことだってあるんだよ。
　焼却炉から靴を探してくれたこと。
　ヒーリングをしてくれたこと。

壊せる力を使って、佐々原くんの武器を失わせたこと。
　どうしてそんな行動をとったのかはわからないけど、助けられたのは事実なんだ。
「奏ちゃんは大悪魔様を信用しすぎだよ。彼は君が思っているような、いい人なんかじゃない！」
「彼がどうだろうと私はアーラを信じるの！」
「奏ちゃんは騙されてる！」
　次咲くんは机をたたきながら、めずらしく声を荒らげた。
　その剣幕に驚いてしまい、言葉が出なくなった。
　すると次咲くんはすぐに眉を下げ、
「奏ちゃんがイジメにあっているのも、孤独なのも、すべて大悪魔様が仕込んだことなんだからね」
　心配げな、悲しそうともとれる目を向けてきた。
「アーラが？　そんなバカな……」
「考えてみてよ。どうして彼女たちが、奏ちゃんを目の敵にしているのか。その背景には、みんな黒羽翼がいるはずだよ」
「……それは、そうだけど」
　イジメの背景には、黒羽翼がいる。
　たしかに……そうだ。
　柏崎さんの件も、麻里子ちゃんの件も……。
　怒らせてしまった原因は、私がアーラに接触してしまったからだ。
　紗千と仲違いした理由だって、元は次咲くんと会話をし

たことだったけど……。
　最終的には私がアーラと親しくしていたから。
　アーラとの関係を靴箱で聞かれて以来、会話はまったくしていない。
「奏ちゃん。絶対に悪魔に心を許したらダメだ。どんなことを言われても、どんなことをされてもだよ」

「どんなことを言われても、されても……かぁ」
　髪の毛をドライヤーで乾かしながら、次咲くんが言った言葉をまた思い出した。
　アーラが私がイジメられるように細工したの？
　まさか、まさかだよね。
　だって優しい声で言ってくれたのに。
　ずっとそばにいるって。
　抱きしめてくれたのに。
　その優しさすら偽りだったなんて、やっぱりそんなこと思いたくないよ。
「今の、なんの話？」
「うわぁぁぁっ！」
　苦手な英語の復習をしようと、教科書を広げると、アーラに背中をたたかれた。
　って、いつの間に背後にいたの!?
　窓はちゃんと閉まってるし……。もしかしてまた瞬間移動したのっ!?
「なぁ、なんの話って聞いてんだけど？」

「いやっ。べつに、独り言！　本当にふつうになんの意味もない独り言！」
　とりあえずごまかしてみたものの……。
　アーラの目を欺くことはムリそうだ。
「で？　なんの話？」
　ほら、やっぱりそうきたか。
　こうなったら……率直に聞くしかないか。
　教科書を閉じて、速やかに立ちあがりアーラと向かいあった。
「言え」
「あ……うん。あのね」
　うぅ……アーラの瞳がいつにも増して鋭い。
　言いにくい。
　言いにくいけど……。
「アーラは……本当に私のそばにいてくれるの？　それとも私を騙そうとしてるの？」
　震える声で、なにを言われるかわからない不安に押しつぶされそうになりながらも、疑問をぶつけてみた。
　するとアーラは表情ひとつ変えることなく、
「そばにいるよ。騙そうなんて思ってないし、ウソも偽りもない」
　はっきりとした口調で答えた。
　……でも、次咲くんが言っていたんだ。
　どんなことを言われても、されても、心を許してはいけないんだって。

「アーラは悪魔だから……、信じていいのかわからないよ」
　本音は信じたいと思う。
　せめて彼だけは、頼れる存在であってほしい。
「信じてもいいよ。俺はお前の味方だ」
「ほ……本当に？」
　ふだん見せる氷のような冷たい目からは、まるで別人と疑いたくなるような優しい眼差し。
　逆にそれが怪しくて、胸の中でつかえているモヤモヤは消えるどころかさらに増していく。
　そうやって私を……魔界に引きずりこもうとしているのかも。
　味方とみせかけて、私を陥れるつもりなのかも。
「本当だ。夜中になるといつも、布団にくるまって泣いているのも知ってるんだからな」
「どうしてそれを……」
「お前のことならなんでもわかる。辛いのも、悲しいのも。誰かに必要とされたいことも」
　そんな不信感ばかりが増していく中でも……。
　やっぱりアーラを信じたいと思う自分が消えなかった。
　というか無理やりにでも消せなかった。
　こんな言葉を投げかけてくれるのは、アーラ以外にいないから。
「アーラが……、私を不幸にしてるわけじゃないんだよね？」
「当たり前だろ。俺のターゲットはお前じゃないだろう」

……ごめん、次咲くん。
　私やっぱり、アーラを信じたい。
　アーラは私の味方だって思いたい。
　彼だけは頼れる存在であってほしい。
　視界をかすませる涙をぬぐいもせず、感情のままにアーラの胸へ飛びこんだ。
「うぅぅっ……。私っ、アーラを信じるからねっ……！　裏切ったりなんか絶対絶対しないでよぉっ」
　アーラはすぐに両手を腰に回し、
「裏切ったりなんかしねーよ。安心しろ」
　耳もとで囁くように言うと、力強く抱き返してくれた。
「ありがとう……」
　涙と鼻水でぐしゃぐしゃになった顔を上げると、
「ん……」
　軽く触れるようなキスが落とされた。
「あっ、アーラ……」
　抱きあって唇を重ねるという、あまりに熱い行為に、瞬時にして顔が火照ってきた。
　私とは遊ばないって言ってたのに、どうして？
　その疑問をぶつける隙もなく、さっきとはちがったゆっくりと深いキスが落ちてきた。
「んんっ……」
　身を溶かすような情熱的なキスに、頭がまっ白になった。

　昨夜は……、まったく寝つけなかった。

何度もアーラと交わした、キスの余韻がいつまでも残っていたせいで。
「あら、奏。どうしたの？　朝ごはん、今日はアンタが好きなイングリッシュマフィンなのに」
「あぁ、うん。食べるよ、食べる食べる」
　いけないいけない。
　お母さんの前くらいでは、昨夜の出来事を思い出さないように努めなきゃ。
「赤い顔しちゃって。熱でもあるの？」
「ない！　ないから！　もういいっ、行ってきます！」
「ちょっと奏!?」
　あぁ、ダメだダメだダメだっ。
　キスされたことは初めてじゃないのに……。
　なんでいちいちこんなにも、頭の中を支配されてしまうんだろう。
　うぅ……なんだか翻弄されているような気がする。
「よっ」
「ひゃあっ！」
　ため息をついたタイミングで、背中を軽くたたかれた。
　飛びあがらんばかりの勢いで振り返ると、そこには満面の笑みを見せるアーラが立っていた。
「お、おおおはよう！」
　目が合ったとたんに顔に熱を感じてきた。
「えらく挙動不審だな」
「そっ……そんなことないよぉっ」

なんでアーラはそんなに……平然としていられるのよぉ。
　あぁ、そうか。
　アーラは異性の扱いに慣れてるんだっけ。
　過去にも、
『俺の誘いを断るなんてな。お前が初めてだ』
　なんて自信たっぷりな発言をしていたくらいだから、異性関係の経験はかなり豊富なんだと思う。
　アーラは今までどんな生き方をしてきたんだろう？
「あのね、気になったんだけど……。魔界でもその、遊んだりしてたの？」
　私が問いかけた『遊び』っていうのは、キスをしたり、抱きあったり、恋愛感情がない相手とも身体を重ねるようなことだ。
　アーラはその意味に気づいているのかいないのか、
「ヒマな時はな。まぁ、魔界では今ほど遊べる時間はないけどな」
　どちらともとれるような、よくわからない答えを返してきた。
「魔界ではなにをしているの？」
「仕事。下っ端に指示を出したりだとか、元は人間だったやつを調教したりとかだな」
　元は人間だったやつ、って……。
　それっていわゆる、悪魔に成りさがった、魂を売ってしまった人間ってことだよね。

「あはは……」
　笑うしかないよ。
　私、本当にアーラを信じてよかったのかなぁ。
「大丈夫だよ。お前は俺の秘書にでもしてやるから。そう不安そうな顔をするな」
「う……うん。ありがたき幸せです……」
　やっぱり、不安マックスです。
　それでもまぁ……。
　辛くて悲しいばかりの、この世界で生き続けていくよりはいいのかな。
「あっ、次咲くん！」
　アーラと並んで住宅街を歩いていると、先を歩く次咲くんの背中が目に入った。
　次咲くんの耳に私の声が届いたようで、すぐに顔を向けてきた。
　すかさず手を振ると、いつもは振り返し駆けよってきてくれるはずなのに……。
「あ、あれ？」
　次咲くんは手すら振ってくれず、それどころか逃げるように走りだしてしまった。
「なんだ？　アイツ」
　崇拝している大悪魔様に対しても、私に対しても。
　あからさまに無視をするような行動をとられたのは、初めてだった。
「……よくわかんない」

「まぁいいんじゃね？　放っておけば」
　本当は……次咲くんを怒らせてしまった原因はなんとなくわかるけど。
　私が、アーラを信じることにしたから。
　彼の忠告をはねのけて、アーラの隣にいることを選んだから。
「そうだね」
　なによ。
　元はといえば、次咲くんが悪いんじゃない。
　次咲くんが欲に駆られて悪魔を召喚したから、アーラが現れたんじゃない。
　私が死ななきゃいけないんじゃない。
　そうだ、悪いのは次咲くんだ。
　次咲くんがアーラを呼ばなければ、私は彼に接触することなんてなかった。
　つまり私は、イジメられなかったってこと。
　次咲くんと親しくしなければ、紗千を怒らせることはなかったんだ。
　次咲くんは、私がイジメられているのはアーラが仕組んだことだって言っていたけど。
　それはただの言いがかりにすぎないよ。
　アーラは柏崎さんをそそのかしたりなんかしてない。
　麻里子ちゃんの件だって、彼女に求められたからの行動だったって言っていた。
　ぜんぶぜんぶ、次咲くんが原因なんじゃん。

「それにしても、本当にいいのか？　アイツ、お前の唯一の友だちなんだろ？」
「……いいよ。アーラがいてくれるなら、それでいいの」
「ふーん？　お前がそれでいいならいいけど」
　どっちみち私は魔界に行くことに決めたんだから。
　そもそも、仲良くしたってなんの意味もないじゃん。
　だったら、これからも一緒にいるアーラと親しくしたほうがいいに決まってる。

03

変わりゆく感情

　私は決めたんだ。
　死んでひとりで幽霊になるくらいなら、アーラと魔界で一緒に過ごすほうがいい。
　靴箱を開けると、雪崩のように紙くずやお菓子のゴミが落ちてきた。
「おいっ」
　背後から声をかけられた。
　男の割には比較的高めのこの声は確か……。
「垣内くん？」
　振り返ると、眩い金髪の垣内くんと目が合った。
　……垣内くんから話しかけられるなんて。こんなめずらしいことってある？
　なに？
　そう聞き返すよりも先に、垣内くんが口を開いた。
「最近、黒羽とよく一緒にいるみてぇだけど。アンタ、もやしの彼女じゃなかったのかよ」
「えっ……」
　もやし、なんて呼び方久しぶりに聞いたよ。
　田村くんと園山くんがいなくなって以来かもしれない。
「違う……けど」
「はぁ？　だってアンタら付き合ってたんだろ？」
　それも……久しぶりに聞かれたなぁ。

次咲くんと付き合ってるだなんてウワサ、もうほとんど耳にしなくなったから。
　逆に、別れたってウワサは流れているけどね。
「付き合ってないよ」
　首を横に振りながら強く否定すると、垣内くんは間髪いれずに聞き返してきた。
「じゃあ黒羽と付き合ってんの？」
「えっ？」
　そう言われれば……そうなのかなぁ。
　とは言ってもアーラには私を好きだとか、そんな感情はないのだろうけど。
「そう……なるのかなぁ一応？」
　屋上で付き合おうって言われた時、恐怖に震えながらうなずいたことを思い返した。
　アーラがあの時見せた冷たい目、感情のこもっていない声。
『断ったら殺す』
　そう耳もとで囁かれた恐怖は、きっと一生忘れることができない気がする。
「……アンタそれ本当だな？　本当にアイツと付き合ってんだな？」
「う……うん？」
「ふーん、わかった。なるほど、そういうことねぇ」
　やだ……なんか垣内くんの顔がこわいよぉ。
「あの……どうしたの？」

垣内くんは質問に答えることもせず、低く舌打ちをするとくるりと身を翻し、校門方面へ歩きだした。
　そもそも……なんでいきなりあんなことを聞いてきたんだろう？
　私が誰と付き合っているなんて、そんなことに垣内くんがなぜ興味を示したんだろう？
　いや、待てよ……。
　気になるのは私ではなくて、アーラが誰と付き合っているかってことだったりして。
　もしそうだとしたら……？
　去り際に見せた鋭い視線、怒りをあらわにする舌打ち。
　なんだか嫌な予感がする。
「まっ……待って垣内くん！」
　妙な胸騒ぎを覚えて、慌てて垣内くんの後を追いかけた。
「んだよテメェ！　気安く触んじゃねぇよドブス！」
「はぁっ……！　ごめんなさいっ！」
　ブレザーの裾をつかむ手を瞬時に離した。
　とは言え、なんとか垣内くんを足止めすることに成功した。
「もしかしてっ……アーラに用があるの？」
「はぁ？　アーラ？　なに言ってんだお前」
「あっ、違う！　黒羽くん！　黒羽翼くんです！」
　あぁぁ、なにやってんのよ私のバカ！
　焦らず……ここは冷静にならなきゃ。
「用もなにもボコボコにしてやんだよ。アイツが俺の女に

手を出したんだ」
　アーラが……麻里子ちゃんに手を？
　それは、屋上でキスをした時のことを言っているんだよね。
　だってふたりが接触したのはあれ以来ないはず。
「でもアレはっ、麻里子ちゃんからアプローチしたわけでっ」
「はぁ？　麻里子がなんでアイツにそんなことをするんだよ」
　あれ、もしかして垣内くん……。
　麻里子ちゃんがアーラに好意を寄せていることを知らない？
　って、まだ付き合ってるんだっけ。
　なら知らなくてもなにもおかしいことはないか。
　麻里子ちゃんも垣内くんと付き合いながら、アーラに迫るなんて……。
　なかなかの魔性の女っぷりだなぁ。
「とにかくダメ！　黒羽くんにはかかわらないで！」
　ボコボコにするなんてそんなこと……なにがなんでも阻止しなきゃ！
　返りうちにあうどころか、息の根まで止められちゃうかも。
「うるせーんだよ！　アイツが麻里子をそそのかしたりしたのが悪いんだろーがっ」
「待って垣内くん！　それは誤解だから！」

垣内くんに勢いよく突きとばされ、尻もちをついた。
　打ちつけたお尻や背中から鈍痛がするけど、痛がっている場合なんかじゃない。
　とにかく校庭に向かう垣内くんの制服の裾を力の限り引っぱった。
「テメェしつこいんだよ！　気持ち悪いな！」
「ダメ！　お願いだからやめてよ！」
　彼は私たち人間を簡単に殺めることができる、恐ろしい力を秘めた悪魔なんだよ！
　垣内くんが殺されてしまうよ！
　そう叫びたかったけど、言うに言えなかった。
「うぜぇなコノヤロー！　テメェを最初にボコボコにしてやろうか!?」
「いっ……いいよそれでも！　垣内くんは絶対に黒羽くんに勝てないんだからっ」
　それで少しでも足を止められるなら、垣内くんの気が済むなら私は殴られたって構わない。
　いや……やっぱり痛いのは嫌だけど。
　でもほかに思いつかないんだもん。
　垣内くんを止められる方法が。
「俺が黒羽に勝てないだって？　バカにしてんのか？」
「ひっ……」
　垣内くんに胸ぐらをつかまれたとたん、冷や汗がドッと溢れてきた。
「あっ！　テメェ黒羽っ！」

「へっ……？」
　なんですと……？
　こんなタイミングでアーラだってぇぇ!?
　冗談、もしくは幻であってほしい。
　垣内くんの視線をたどり、淡い期待を抱きながら振り返った。
「……なんか用？」
　アーラは怒りに震える垣内くんを前に、あざ笑うかのような笑みを浮かべ足を止めた。
「あっ、ちょっ、垣内くん!!」
　胸ぐらをつかむ手を離してくれたと思いきや、地面を踏み鳴らしながらアーラの元へ歩きはじめた。
　やばいっ！
　止めなきゃふたりが接触してしまう！
　羽交い締めにしてでも止めようと駆けだした瞬間、
「痛っっっ！」
　校庭のどまん中で勢いよく転んでしまった。
　あぁぁ……擦りむいた膝が痛いぃ。
　最悪だよ、なんでこう不幸ばっかり降りかかってくるの？
「おいコラ、テメェ誰の女に手を出してんだよ」
　痛みに悶絶していると……最も恐れていた事態が起こってしまった。
「ひゃぁぁぁぁぁぁっ！　垣内くんダメっ！」
　私ならまだしも、アーラの胸ぐらをつかみあげるなん

て!
　そんなこと……そんなこと自殺行為だよぉお!
「……あのさ、これはなんのマネかな?」
　アーラは襟をつかむ手を振りはらうでもなく、無表情で垣内くんを見おろしている。
「しらばっくれんなよ。テメェ、麻里子とキスしたんだってな?　目撃者がいるんだよ!」
　左手で胸ぐらをつかみ、右手に握り拳を作っている垣内くんは、明らかに臨戦態勢だ。
　慌ててふたりの元へ駆けより、
「ねっ、垣内くん?　もうやめよう?　ほら、チャイム鳴ってるよ?　もうすぐホームルーム始まるよ!?」
　なんとかなだめようと試みるものの、いっさい視界に入れてもらえず。
　って、もうすぐホームルームが始まるよとかはどうでもいいのか。
　相手は気まぐれで授業に出るような、超がつく不良なんだから。
「麻里子?　あー……あの子か。うん、したけどそれがなにか?」
　アーラぁぁぁああっ!
　キスしたことをさらりと認めたらダメじゃんかぁぁっ!
　しかも悪びれる様子もなく!
　いや……それはそれで仕方がないのかも?
　悪魔は人間みたいに、異性同士が交際するって文化がな

いんだっけ？
　じゃなくて、今はそんなことを考えている場合じゃない！
「こんのクソ野郎がぁぁぁっ！」
　垣内くんが右手を振りあげた直後、アーラの頬にクリーンヒットした。
「ぎっ……ぎゃあぁぁぁぁぁっ！　く、くくくく黒羽くんんんんんっ!?」
　殴られた衝撃で倒れこんでしまったアーラの元へすかさず駆けよった。
　倒れこんだままのアーラと目が合ったかと思うと、
「きゃっ……！」
　近づくなと言わんばかりに突きとばされてしまった。
「絶対に許さねぇぞ！！」
　垣内くんは鼻息を荒くさせながらアーラにまたがると、我を失ったように、拳を振りおろした。
「垣内くん！　やめて！　お願いだからやめて！」
「うるせぇ！　コイツぶっ殺してやる！」
「やめてぇぇっ！　お願いっ！　垣内くん……」
　マウントポジションをキープし、顔面を力任せに殴り続けている。
　泣きながら止めたけれど……、
　垣内くんの気が済むまで、制裁は続けられた。
　早く止めなきゃ、アーラが怒りに爆発してしまうかもしれない。

っていうか、これだけ殴られればさすがに痛いんじゃないの!?
　なんでもいい、手段は選ばない。
　とにかく……とにかくふたりを引き離さなきゃ！
　垣内くんに邪魔だと何度突きとばされても、何度も何度もその腕にしがみついた。
「あぁっ、うぜぇな！　今日はこれくらいにしといてやるよ」
　やっと垣内くんが手を止めてくれた時には、アーラはすっかり動かなくなっていた。
　というか……始めからいっさいの抵抗をみせなかったのだけれど。
「アーラっ……！」
　垣内くんの姿が視界から消えた瞬間、起きあがろうともしないアーラに走りよった。
　瞼や口もとは切れていて、鼻からも血を流している姿は目を覆いたくなるほどだった。
「ねぇ、大丈夫!?」
　ここまでやられておいて……なにも仕返しをしないとは。
　ホッとしたと同時に、驚きがかくせなかった。
　人間にいちいち腹を立てたりなんかしない。
　何度かそう言っていたけど……あの言葉、そろそろ信じていいのかも？
「おいおい、泣きすぎだろ。なにが涙でなにが鼻水かわか

らねぇから」
　アーラはため息をつくと、軽やかに立ちあがった。
　平然と制服についた砂ぼこりを払う様子から、やっぱり殴られたダメージはないみたいだ。
　よかった……。
「あっ、血がっ……血がたくさん出てるよ！　すぐに手当てしなきゃ！」
　急いでポケットからハンカチを取りだし、傷口に触れようと手を伸ばす。
「いらねぇよそんなもん」
　手を弾かれた拍子に、ハンカチを落としてしまった。
「ダメだよ！　ちゃんと傷口は洗わなきゃ！　来て、水で洗おう！」
　悪魔だから痛みに強いのかもしれないけど、顔面を血だらけにしているのを放っておいていいはずがないじゃない。
「必要ねぇから。これくらいの傷なんて、悪魔にとっては蚊にさされたようなもんだ」
「それでも手当てはしようよ！」
「しつけーんだよお前。いらねぇっつってんだろうが」
　無理やり腕をつかみ、渾身の力で引きずるように歩きだした。
　なんだかんだと一悶着ありながらも。なんとかアーラを保健室まで誘導することに成功した。
「あら！　あらあらあら！　どうしたの？」

保健室の扉を開けると、保険医が開口一番にそう言った。
　そりゃあそんな反応にもなるよね、明らかに殴られましたって顔だし。
「こ、コケたみたいです！　手当てしてあげてください！」
　ムスッと眉を寄せているアーラを、無理やり椅子に座らせた。
　うぅ……振り返らなくてもにらまれていることがわかるよ。
　余計なことしてんじゃねぇよ、って思ってるよね絶対に。
　保険医は慌ただしく救急箱を取りだし、
「どんな転び方したらこうなるの？　かなり痛かったでしょう」
　ふてくされたアーラの口もとに、消毒液で湿らせた脱脂綿を当てはじめた。
「はい！　応急手当終わり！　それだけあちこち切ってたら、しばらくは痛むだろうからね」
「あ、ありがとうございます……」
　って、なんで私がお礼言ってんのよ。
「そうそう、二十日さん。私ちょっと職員室で仕事があるから……」
「はぁ？」
　窓際に冷凍庫があるから、そこから保冷剤を出して腫(は)れている患部を冷やしてあげて。
　なんてさらりと言って立ちさってしまったけど……。

私が？　私がやらなきゃいけないの？
「べつにいいよ。そんなことしたってなんの意味もない」
「でも……いちおう冷やしたほうがいい気がする」
　口もとや目もとが、赤黒く腫れているのは事実だし。
　悪魔の自己治癒力がどれほどかはわからないけれど、やるとやらないじゃやっぱり違うよね？
　アーラにそのまま座ってて、と言って、保冷剤を取りにいった。
　山吹色のカーテンをくぐり、冷凍庫に手をかけた瞬間のことだった。
「柏崎さん、大丈夫？　けっこう血が出てるね」
　ん……？
　廊下から紗千の声が聞こえる。
「ちょっとヒリヒリするかなぁ。消毒して絆創膏貼ってもらえば大丈夫だよ」
　あれ？
　柏崎さんの声も聞こえる？
　これってもしかして……保健室に向かってきてる!?
　どうしよう!?
　アーラとふたりでいる時に、まさか鉢合わせちゃう？
　急いでカーテンを閉め、慌てて布団の中に身をかくした。
「あっ？　あれー？　黒羽くん!?」
　すると扉を引く音と同時に、紗千の甲高い声が保険室に響きわたった。

な、なんてタイミングで来るのよぉぉっ！
　これじゃあ出られないじゃん……。
　紗千だけならまだしも、柏崎さんがいる状態じゃあ、あまりに気まずい。
　アーラとふたりでいるところなんて見られたら、いったいどんな表情をするのか……。
　想像もしたくない。
「黒羽くん……その顔どうしたの!?」
　紗千の甲高い声に勝るとも劣らない柏崎さんの声も、保険室に響いた。
「あー……いやぁ。これはちょっと、いきなり垣内くんに殴られてさ……」
　わぁ……。
　アーラもさっきまでのふてぶてしい態度はどこへやら。
　瞬時にして、しおらしい雰囲気を醸しだしちゃってるじゃんよ。
「えっ、垣内くん？　ちょっとソレひどくない？」
「黒羽くんがどうしてこんな目に……」
　ふたりも驚きがかくせないみたいだ。
　そりゃあ……垣内くんとアーラの接点が見当たらないんだもん。
「俺と麻里子ちゃんが……ふたりでいたことが気にくわなかったみたいだね」
「ふたりでいたって？　ねぇ、どういうこと!?」
　うん、やっぱりソコに食いつくよね。

紗千は絶対に聞き返すと思ったよ。
　アーラはどんな返答をするんだろう？
　布団の中でドキドキしていると、
「まぁ……屋上でね。話があるって呼びだされてさ。たぶん、その瞬間を誰かに見られたのかなぁ」
　なんて悲しげな声で、肝心な部分を省いた説明をした。
　その肝心な部分っていうのは、キスをしたことだ。
「え？　それって黒羽くん悪くなくない？　たんなるとばっちりじゃん！」
「かわいそう……」
　紗千と柏崎さんから同情の声が飛び交った。
　今の話だけを聞いていれば……当然の反応だよね。
　明らかにふたりの同情を誘っているようだけど。
　アーラ……今度はなにを企んでいるの？
「理由も聞いてくれなくてさ……一方的にボコボコだよ。学校に来るな、辞めろとまで言われてさ。もうどうしていいのやら……」
「うわ、それはひどいね。ひどすぎるよ」
　実際のところ、垣内くんはそんな発言はしていないんだけど。
　垣内くんの日頃の行いを見れば、それは安易に想像できることで……。
　紗千と柏崎さんは、なんの疑いもなくアーラの話を信じこんでいるようだった。
「でも……麻里子ちゃんって、垣内くんとまだ付き合って

るよね？」
「確かそうだよ。だって昨日もふたりで一緒に下校してるところを見たし」
　紗千と柏崎さんは、怒気をこめた声で話している。
　垣内くんと付き合いながら、なぜアーラに告白をしたのか議論しているみたいだ。
「っていうかさ、麻里子ちゃんってかなり男グセ悪いよね？　今度は黒羽くんをターゲットにしてるんだぁ」
「せめて別れてからにしたらいいのにね。だから黒羽くんが、垣内くんから反感買う羽目になったんだよ」
　まぁ……それは一理あるかも。
　っていうか、ふたりとも麻里子ちゃんをボロクソに言ってるけどさ。
　表面上では仲良いよね？
　いやぁ……あらためて女子ってこわい。
「俺……もう退学したほうがいいのかもしれないな」
　アーラがさも切なそうに、ぽつりとつぶやいた。
「なんで!?　黒羽くんはなんにも悪くないよ！　やめる必要なんてどこにもないよ！」
「そうだよ黒羽くん！　黒羽くんがやめちゃったら私……さみしいよ」
　カーテンの中からこっそり様子をうかがってみると、思いなやんだように下を向いているアーラの姿が見えた。
　そしてその両脇に、必死の形相で立っている紗千と柏崎さん。

えっ、なんなのこの状況……。
　めちゃくちゃシリアスなんだけど。
「黒羽くん！　私たちが垣内くんをなんとかするから！」
　あんな超ド級の不良をなんとかするってさ……そんなこと紗千にできるのかなぁ。
　すると紗千に続けと言わんばかりに、
「私も！　黒羽くんがこれ以上辛い思いをしないようにするから！　だからやめるなんて言わないでっ」
　柏崎さんも同調して声を荒げた。
　そんな……いつもはおしとやかな柏崎さんまで。
　あの垣内くんに立ちむかうっていうの？
「……本当に？　なら、もう少し頑張って登校してみようかなぁ」
　カーテンの隙間から、ニヤリと口角を上げるアーラの横顔が見えた。
　ひっ……。
　やっぱり、やっぱりなにか企んでるよぉ。
　今の怪しすぎる笑みは見なかったことにしよう。

　……はぁぁ。
　疲れた。
　私の平和な学校生活はいつ戻ってくるんだろう？
　学校にいる間はまったく気が休まらないけど、お風呂の時間だけは違うんだよね。
　ここならアーラもいない。

唯一、素に戻れる至福の時間なのだ。
「……あ、最悪。下着を部屋に忘れてきちゃった」
　まぁいいか。
　お母さんはまだ仕事から帰ってないし、バスタオルを巻いて取りにいけば。
　濡れた髪にくるくるとタオルを巻き、同じように身体にも巻きつけて階段を上がった。
「よぉ」
「へあっ!?」
　勢いよくドアを開けると、ベッドで寝ころんでいたアーラと目が合った。
　あ……私としたことが。
　アーラの存在を忘れていただなんて。
「なにやってんだよ、そんな格好で」
「そんな……格好？」
　あっ、そうだった。
　今はパジャマじゃなくて、バスタオルを巻いているんだっけ。
　ん？
　バスタオル……。
　って、ちょっとはだけてる！
「きゃああっ！　見ないでぇっ！」
「うわっ、うるせぇ声出してんじゃねぇよ！」
　やだ!?
　見られた？　見られた!?

胸もとをかくしながらうずくまる。
　顔から火が出そうだ。
　きっと耳までまっ赤になっているに違いない。
「べつにお前の貧弱な身体になんか興味ねぇよ」
「んなっ……！　貧弱ってそんな……！」
　そりゃあ、ちんちくりんだし貧乳だし、明らかに幼児体型だけどさぁ。
　そんなにはっきり言わなくてもいいじゃないのぉっ！
　勢いよく立ちあがり、文句でも言ってやろうと思ったけど……。
　瞬きをした一瞬で、アーラの姿が忽然と消えてしまった。
「あ、あれ……？」
　ほんのさっきまで、ベッドで悪態をついていたのに。
　また瞬間移動でもしたのかな？
「まぁ、お前にその気があるなら遊んでやってもいいけど？」
「えっ!?」
　耳もとにかかる吐息に驚いて振り返ると、薄ら笑いを浮かべるアーラが立っていた。
　い、いつの間に背後に!?
「貧弱でつまんないけど、ヒマ潰しにはなるかな？」
「ひゃあぁっ……」
　肩に手を回されたかと思うと、首筋をねっとりと舐められた。
　気持ち悪いような、いいような……。

なんとも言えない感覚がゾクゾクする。
「だっ……だだだだダメっ！」
　渾身の力でアーラを突きとばすと、タンスの中から下着を引っつかみ部屋を飛びだした。
　脱衣所に入ると、へなへなと腰から崩れるように座りこんだ。
　あぁ、もう……。
　これでもかってくらい胸がバクバク鳴っている。
　アーラと一緒にいると……心臓に悪すぎるよ。
　はぁ。
　今夜もまた寝不足になるかな。

「うん……」
　カーテンの隙間から漏れる光で目を覚ました。
　昨夜はアーラのせいでなかなか寝つけずに、やっぱり夜更かししてしまった。
　でもそのわりには、すっきりと目を開くことができた。
　枕もとに置いてある時計を確認すると、アラームの設定時刻から１分前の起床だった。
　お……なんかすごいじゃん。
　鳴りはじめたアラームを瞬時に切ると、軽快な足取りで階段を下った。
　青い空の下、いつもの通学路の住宅街の中を歩いていると次咲くんのうしろ姿を見つけた。
　話しかけようかな……。

でも、ここしばらく会話もしてなければ目も合わせていないし。
　そんな勇気はないなぁ。
　遠くからキノコ頭を眺めていると、次咲くんの元に男子生徒が駆けよっていった。
　あっ、次咲くん大丈夫かなぁ!?
　背後からドロップキックをかまされたりしないよね!?
　ドキドキしながら見守っていると、そんな心配はよそに……。
　男子生徒は明るく笑いながら、次咲くんの肩をたたいた。
　……あれ？
　なんだか仲良さげな雰囲気？
　会話こそ聞こえないけれど、次咲くんも同じように明るく笑い返している。
　そっか。
　垣内くんだけになって、イジメられることもほぼなくなったから……。
　それと同時に、便乗していたイジメもなくなったってことか。
　そっかぁ。
　次咲くんの長かったイジメも……ついに終息を迎えたってことだね。
　うれしい、すごくうれしい。
　けど……もう私は必要ないみたいで、少し悲しくなっ

た。
　私にもあんなふうに……紗千やクラスメートたちと笑いあえる日々が来ますように。
　一度だけ、たった一度でいいの。
　私がアーラと、魔界に行くその日までに。
「二十日さん、おはよう」
　靴箱で上履きに履きかえていると、背後から声をかけられた。
　私に声をかけてくれる人は、今やたったひとりしかいない。
「おはよう、黒羽くん……」
　今日はめずらしく早く学校に来たんだなぁ。
　っていうか、昨夜の風呂あがり事件がフラッシュバックして……。
　恥ずかしくて直視できないよ。
「一緒に教室に行こうよ」
「えっ？　あ……」
　ちょっ、校内では並んで歩きたくないんだけど。
　あらゆる女子の反感を買いたくないんだもん。
　また麻里子ちゃんに怒られるかもしれないし。
　柏崎さんだって……。
　保健室の様子から察すると、まだアーラに好意があるようだし。
「学校の外ならいいけど……、校内では……」
　返答に困っていると、

「そばにいるって言っただろ？」
　強く手を引かれ、拒否権はないとばかりに歩きだした。
「ちょっと……！」
「周りなんかどうでもいいだろ」
「よくないよ！」
　これ以上辛い思いはしたくない。
　そう強く言い返すと、
「俺が守ってやるって。だからくだらねぇことは考えんな」
　驚いて思わず足を止めてしまうような、アーラらしからぬ言葉が返ってきた。
　そう言ってくれるなら……いいかな？
　めちゃくちゃ目立つことは避けられないけど、アーラがそばにいてくれるなら。
　次咲くんはこの言葉すら信じるなって言うだろうけど……。
　私は彼を信じるって決めたんだもん。
　私の味方でいてくれるのなら、周りなんてもういいや。
　私はアーラと一緒にいたい。

芽生えはじめた恋心

　あぁ、やっぱりクラスメートたちの視線が痛い。
　隣には校内の王子様、黒羽くんが立っているんだからそうなるよね。
　私と黒羽くんが付き合っているんじゃないか、ってウワサもよく耳にしていたけど……。
　アーラに手を握られて教室に入った瞬間、それは単なるウワサではなくなってしまった。
「……ぜんっぜん釣りあってないし」
　教室内がざわつきはじめた頃、麻里子ちゃんがひと際大きな声を上げた。
　アレは……私に対する嫌味でまちがいないだろうなぁ。
　クラスメートたちも麻里子ちゃんの発言にクスクス笑ったり。
　巻きこまれたくないのか露骨に目をそらしたりしている。
　聞こえなかったのか……、アーラは平然と座ってるし。
　それなら私も聞こえなかったふりをしよう。
　あえてアーラの隣には座らず、出入口から最も近い席に座った。
　はぁ。
　やっぱり麻里子ちゃんにめちゃくちゃにらまれてるんだけど。

翼くんと仲良くするなってか？
　突きささる視線に堪えかね、机に顔を伏せた時だった。
「麻里子ちゃんさ、そんな言い方はないんじゃない？」
　紗千のひと言で、教室内が静まり返った。
「はぁ？　なに？」
　麻里子ちゃんを筆頭とする、不良女子３人組がいっせいに立ちあがった。
　彼女たちの威圧的な瞳は、まっ直ぐに紗千をとらえている。
「麻里子ちゃんは垣内くんと付き合ってるんでしょ？」
　紗千……。
　まさか私をかばってくれた？
　な、わけないか。
　これはきっと、保健室でアーラと交わしていた約束だろう。
　垣内くんをどうにかする。
　その前に、その彼女である麻里子ちゃんも気に食わないから攻撃を仕掛けよう。
　と言ったところだろうか？
「だから？　それがなに？」
「つーかなんなのよ？　紗千、アンタ喧嘩売ってんの？」
　強気な性格が揃いも揃っているギャルたちも、一歩も引く様子はなさそうだ。
　むしろ臨戦態勢ともとれる、そんな雰囲気だ。
「じゃあ釣りあってないとか、そうやってひがむのはやめ

なよ。黒羽くんだって不快になるよ」
　いや、不快になるのは私のほうだよ……。
　挑発的な態度をとられたのは私だけなんだから。
「垣内くんと付き合っておいて、黒羽くんに告白したらしいじゃん」
　紗千がまくしたてるように言うと、
「そのせいで、黒羽くんは垣内くんに殴られたんだよ！」
　黙って眺めていただけの柏崎さんも応戦しはじめた。
　するとただ静観していただけのアーラも、
「そのことはいいよ言わなくて。垣内くんとの件は、麻里子ちゃんには関係ないから」
　こともあろうに、麻里子ちゃんをかばうような発言をした。
「なっ……。正樹が、翼くんを殴った？」
　なんなのそれ？
　動揺しながらつぶやいた麻里子ちゃんは、垣内くんからなにも聞かされていないようだ。
　クラスメートたちも麻里子ちゃんと同じように、驚きをかくせないみたいだった。
　次咲くんもあの大悪魔様を殴っただって？　信じられない、という表情を浮かべている。
「麻里子ちゃんは悪くないよ。気にしないで」
　顔に青アザを作りながら微笑むアーラはきっと……。
　クラスメートたちに、なんて優しい人だと思われたに違いない。

だってどこからどう考えても、アーラが殴られたのは麻里子ちゃんのせいだ。
　麻里子ちゃんが、垣内くんと付き合っていながら浮気をしようとしたから。
　彼女が悪いということは、誰から見ても一目瞭然なのに……。
　あえて麻里子ちゃんをかばう。
　そんな驚異的な優しさを見せたアーラはまるで、悪魔ならぬ天使のように見えているんだろうな。
「なに言ってんのよ黒羽くん！　麻里子ちゃんが垣内くんと付き合ってるくせに呼びだしたりするから、こんなことになったんだよ？」
「そうだよ！　黒羽くんが殴られる必要はなかったんだよ！」
　紗千と柏崎さんが強い口調で言うと、あちらこちらから賛同の声が湧いた。
「それはちょっとひどいよな。垣内くんも暴力はよくないよな」
「麻里子ちゃん……黒羽くんに告白したんだ？　それは垣内くんも怒るよね」
　聞こえてくる内容はすべて、垣内くんと麻里子ちゃんを責めるものだった。
「なんだよお前ら！　麻里子を一方的に責めるなよ！」
「麻里子、気にしなくていいからね？」
　麻里子ちゃんのフォローに回るギャルたちにも、クラス

メートたちから白い目が向けられている。
　言ってみれば、ギャル３人組対そのほかクラスメート全員って感じ？
　っていうか、いきなり団結力すごくない？
　それとも……日頃から好き勝手をしている麻里子ちゃんや垣内くん。それに佐々原くん、田村くん、園山くんに、みんな不満があったってことかな。
　じゃなきゃこうも、皆が皆、口を揃えて麻里子ちゃんや垣内くんを責めないよね。
　今までは佐々原くんを筆頭とする不良グループがこわくて、なにも言えなかったにもかかわらず……。
　それだけ鬱憤がたまっていたんだろう。
　圧倒的に不利な麻里子ちゃんたちは、さすがにいづらくなったのか教室を飛びだしていった。
「黒羽くん。麻里子ちゃんをかばうことなんてないのに」
「そうだよ。黒羽くんは優しすぎるよ」
　いっせいにたくさんの男女に囲まれたアーラは、
「俺が殴られたのは、たしかに麻里子ちゃんがきっかけかもしれないけど……女の子じゃん。傷つけたくないからなぁ」
　やわらかく微笑みながら、ごく自然な感じで優しさを主張するようなことを言うもんだから……。
　その場にいた女子のハートを根こそぎ射止めたことは、言うまでもない。

アーラはなにを企んでいるんだろう。
　帰宅したらさっそく聞いてみようと思っていたけど、そういう時に限ってなかなか戻ってこない。
　いつもは、辺りが暗くなりはじめた頃に窓から入ってくるのに。
　就寝の時間になっても、アーラが現れる気配はない。
　まぁ……、
　戻ってこない日もあったし、今日も帰ってこないかも。
　暗がりの中で目を閉じていると、だんだん瞼が重たくなってきた。
　少し早めの就寝にしようと、体勢を変えた時だった。
　窓がガラリと開く音と同時に、冷たい風が頬をなでた。
「あっ、アーラ！」
　勢いよく体を起こすと、窓際に止まるカラスと目が合った。
　カラスは翼を広げ、ひょいと床に降りたつと……、
　瞬く間に美少年のアーラに姿を変えた。
「なんだ？　もう寝るのかよ」
「あ……うん。やることなくて、ヒマでヒマでさぁ」
　そうは言ったけど、いきなり帰ってくるもんだから。
　いっきに睡魔が飛んでいってしまったよ。
　そう、しばらく寝つけそうにないほど。
「じゃあ遊んでやろうか？」
「えっ？　遊ぶって……？」
　こんな夜更けになにをしようっていうの？

アーラが言う遊びって……もしかして。
「アーラ？　あのっ……」
　その遊びっていうのは、キスをしたり、抱き合ったり……。
　もしくはその先のことも、しようとしているんじゃないの!?
　やだっ。
　なんかニヤニヤしながら、距離をつめてくるっ。
　絶対にそうに違いない！
「ヒマなんだろ？」
「やっ……！　ダメっ！」
　ベッドがきしむ音がしたかと思うと、あっという間にアーラの腕の中にいた。
「あぁあぁぁぁダメダメダメっ！　私まだ処女なんだからっ……」
「はぁ？　なにを言っている？」
　なにを……言っているって？
　あれ、アーラが言う遊びって身体を重ねることじゃないの？
「えっ？　ちょっ、なにを!?」
　抱きしめられたまま、無理やり立ちあがらされた。
「なにをするかって？　それは今にわかる」
「ちょっ、ちょっと待ってよ!?」
　ずらりと翼を出現させたアーラはきっと、今から飛びたつつもりだ。

「ちゃんとつかまってろよ」
「待って！　それはダメっ！　それだけはぁっ」
　高所恐怖症の私にとって、アーラがやろうとしていることは拷問だ。
　なんとしてでもアーラの手から逃げなくては。
　必死に手足をばたつかせてみるものの、悪魔の腕力にはとうてい敵うはずもなく。
　腕の中に私をすっぽりと収めたまま、アーラは翼を広げ窓へ突進していった。
　ちょっ!?
　カラスでも猫でもないのにっ、そんな大きな翼で窓をくぐれるわけないじゃんっ。
「ぶっ……ぶつかる！」
「ぶつからねぇよ」
「……へっ？」
　ぎゅっと閉じていた瞳をおそるおそる開けてみると、そこにはもう夜空が広がっていた。
　足もとに視線をやれば、自宅の屋根が見えた。
　壁をすりぬけたってこと？
　じゃなきゃ、ぶつからずに外へ出るなんて……ありえない。
「お前もそろそろ、ビルの屋上に上りたいだろうと思ってな」
「やっ……思わない思わない！」
「まぁそう遠慮すんなって」

だから私っ。
　高所恐怖症なんだってば！
　みるみる上昇する景色。
　それと同時に、目も開けていられないほどの強い風。
「ムリっ……もう降ろして」
　眼下には見わたす限りに宝石をちりばめたかのような、息をのむような光景が広がっているけれど。
　それどころじゃない。
　数々の高層ビルよりも高い位置にいるってだけで頭がくらくらしてきた。
「こんなところで降りたいのか？」
「違うっ！　違う違う違うっ。ここでは降ろさないで！　絶対に降ろさないで！」
　ビルよりも高いここで降ろされようものなら、まちがいなく即死だよっ！
　察してよ、私は一刻も早く帰りたいのっ！
「わかった。じゃあ一番高いあそこで降ろしてやるよ」
「なっ……！　やだっ！　ムリっ！　本当にやめてぇぇっ！」
　アーラは高らかな笑い声を夜空に響かせながら、世界一と言われる電波塔へ翼をはためかせた。
「はぁぁぁぁぁ……」
　鉄製の柵で囲まれただけの場所に降ろされると、全身の力が一気に抜けた。
「こんなことで腰を抜かすなんてな。あきれてものも言え

ねぇよ」
　言葉どおりあきれている様子のアーラに、言い返す余力さえ残されていなかった。
「あぁ……でも、すごい……」
　こわい。
　恐怖で足がすくむけれど、目の前に広がる夜景に思わず目を奪われてしまった。
　立ちあがることさえできないと思っていたのに。
　目を開けることすらできないと思っていたのに。
　恐怖心さえ消してしまう、吸いこまれるような魅力がそこにあった。
「魔界では見れない景色だな」
「そっかぁ……」
　魔界にも街があると言っていたけど……。それでも視界いっぱいを埋めるほどのこんな街並みはないってことかな。
　それならこの夜景を見るのはもう最後ってことなのか。
　そう思うと急に切なくなってきた。
　柵を握る手にも力がこもる。
「ねぇ、アーラ……」
「なんだ」
　こわいとばかり思って見ようともしなかった。
　でもこうやって、自分の目で、しっかり見てみれば、こわいばかりじゃないんだね。
「夜景がこんなにもキレイだなんて……。アーラがここに

連れてきてくれなかったら、そんなこと思いもしなかったよ」
「そりゃあよかったな」
　いや、ぜんっぜんよかっただなんて顔してないじゃん。
　チッ、もっとこわがれよつまんねぇ。
　顔にそう書いてあるから。
　相変わらずアーラはイジワルだ。
　また私をこわがらせて笑うつもりだったんでしょ。
　まさに悪魔らしい所業。
　私がヒマだったから、じゃなくて自分がヒマだっただけでしょ？
　でも……そればかりじゃないんだよね。
　ただのイジワルな悪魔なんかじゃないんだよね。
「私、最初はアーラがこわくてこわくてたまらなかったんだよ」
「ふーん……？」
　最初は、って今もやっぱりこわいんだけどさ。
　その目でしっかり見てみれば、こわいばかりじゃない。
　夜景もそうだけど、それはアーラにも言えることだと思った。
「アーラにはたくさん助けられたから。今は前ほど、こわいなんて思わないよ」
「べつに助けた覚えはねぇけどな」
「それでも、私はホッとしたんだよ」
　なによりも、そばにいるって言ってくれたこと。

その言葉にはどれほど支えられたか。
「あっ、そうだ！　魔界に写真持っていきたいんだけどダメ？」
「写真？」
「そう！　去年の修学旅行の写真とか、お母さんと温泉旅行に行った時のとか！」
　夜景を見れるのももう最後。
　つまりそれは、人間界には戻ってこられないということだ。
　紗千にも二度と会えない。
　お母さんにも二度と会えない。
「悪魔になったら長生きできるんでしょ？　食事や睡眠がなくたって生きられるくらいだもんね？」
「まぁ、千年は簡単だな」
　だったら……。
　紗千やお母さんの顔を忘れてしまわないように。
　いつでも思い出せるようにしておきたいんだ。
「魔界に行く前に声をかけてね？　お別れはちゃんとしたいからさ」
「わかってるよ。そのつもりだ」
　今まではすべてが幻のように感じていて……アーラと出会ったその時から。
　なにもかもが夢みたいで、少しも現実味なんてなかったんだ。
　でも、今は違う。

私はもうすぐこの世を去るのだと、もうすぐ魔界に行く実感が湧いてきた。
「……なぜ泣くんだ？　魔界に行きたいって言ったのはお前だろ」
「ごめっ……。ちょっと、さみしくなってきただけだから」
　気づけばまた、涙が止まらなくなっていた。
　もう泣かないって決めたのに。
　辛いことや悲しいことばかりの世界なんて、なんの未練もないと思っていたのに。
「お前……ちっとも魔界に行きたいなんて思ってねぇじゃん」
　まだこんなにも未練があるなんて。
「大丈夫だよぉ。だってアーラが一緒にいてくれるんでしょっ」
　止まれ止まれ……涙なんか止まれっ。
「そうだな。そういう約束だったな」
　なら、さみしいなんてない。
　紗千やお母さんとは離れても、ひとりぼっちじゃないんだ。
「アーラのためだもんねっ。私を連れていかなきゃいけないんだもんねっ……」
　だったらいいじゃない。
「そうだな。それは避けられないだろうな」
　泣くな泣くな、涙よ止まれ！
　笑え……笑わなきゃアーラだって困ってしまう。

「だったら私はついていくよ。そしたらアーラを守れるんだもんねっ」
「もういい。思ってもいないことを口にするな」
　満面の笑みを作ってみたけど、それも強がりだとすぐに見ぬかれてしまったようだった。
　アーラはバカバカしいとでも言うように、大きく息をつくと視線を外した。
　すっかりあきれた様子のアーラの視線を辿るように、私も夜景に目を向けた。
　するとアーラがぽつりと、
「お前って本当に変な人間だよな」
　嫌味とも解釈できる発言をした。
「ちょっ、変ってそんな……」
　いきなりなにを言いだすのかと思いきや。
　慰めてくれるわけでもなく、センチメンタルな雰囲気が漂うタイミングでまさかのグチですか。
　なんなのよ、もう。
　なんだかいっきに涙が引いちゃったよ。
「変じゃねーか。なんでお前はいつも、自分を差しおいて他人を守ろうとするんだよ」
　お前のような人間には初めて出会った。
　そうつぶやいたアーラは眉をひそめていて、理解ができないとでも言いたげだった。
「誰にも傷ついてほしくないからだよ」
「だからってふつう、俺のために自分が犠牲になるなんて

言うか？　バカげてる」
「それは……アーラにも傷ついてほしくないんだもん。そんなこと、考えたくもないよ」
　ほかの誰よりも、傷ついている姿を想像したくない。
　私に正体を見られてしまったことによって、罰を受けている姿を想像したくない。
「……本当にお前はバカだよ」
「いいよ、バカでも」
　今でもやっぱり、このままでいたいって思う。
　でも……それ以上に、アーラを守りたいって思うようになっていた。
　いつの日かアーラは私の中で、守りたいと思えるほど大切な存在になっているって気がついたんだ。
　すぐ殺すとかって脅してくるし。
　ワガママだし俺様だし、時には無理難題を押しつけてくるし。人間が悲しむ姿を見て笑うし。
　悪いところを上げたらキリがないけれど……。
　悪魔なのに、優しい部分があるのも事実で。
　アーラはそのつもりはないのかもしれないけど、私は何度も助けられたんだ。
　本来ならすぐに私のことを殺さなければならなかったはずなのに、今もまだ生かしてくれていることも。
　出会わなければよかったって何度も思ったけど、出会えてよかったと思う瞬間が増えてきた。
　失ったものもあるけれど、得られたものだってあるから。

だってアーラがいなかったら、こんなにも夜景がキレイだなんて思わなかったよ。
　それに次咲くんと仲良くなることもなかったのだから。
　アーラにニンマリと微笑みかけると、ウザイとばかりに顔をそむけられてしまった。
「お前みたいな人間は苦手だ」
「えぇーっ。なんでぇ？」
「会話をしていると調子が狂うんだよ。クソッ」
　アーラはイライラしたように頭をかきむしると、帰るぞとつぶやき翼を広げた。

さようなら、人間界

「あら、奏。今日はめずらしく早起きねぇ。今から朝食作るから少し待ってなさい」
「ゆっくりでいいよ。登校までまだ時間があるし」
　今朝はめずらしく早く目が覚めた。
　寝坊と遅刻の常習犯である私が、まだ薄暗い早朝に目覚めるなんて。
　いったいどういう心境の変化？
　なんて母は驚いているけど、睡眠時間を削って、こんな早朝に起床した理由は言わなかった。
　今は……、残された時間を大切にしたい。
　このなんでもない平凡な日常を、この目に、心に……焼きつけておかなきゃ。
「はい、とりあえずコーンポタージュでも飲んでなさい」
「ありがとう、お母さん」
「なによ??　ニヤニヤしちゃって気持ちが悪いわね」
　なんでもない日常が、こんなに幸せだったなんて。
　今になって初めて気がついた。
　でも……それももうすぐ終わるんだね。
「じゃあ、行ってきます」
「はいはい、気をつけてね」
　お母さん、今までありがとう。
　声に出してそれを言うと涙が出そうだから、今は心の中

で言わせてね。
　玄関から出てすぐに見えるのは、ずらりと並ぶ住宅。
　私は生まれた時からずっと、この街で育ってきた。
　古びた戸建てばかりの住宅街の中にある自宅の横は空き地になっていて、かくれんぼや鬼ごっこをしたこともあった。
　雨さえ降らなければ、ほぼ毎日のようにそこにいたっけ。
　その先にある公園で、お母さんと一緒に自転車の練習をしたこと。
　なかなか乗れなくて、泣きながらペダルを踏んでいたんだよね。
　とにかくブランコが大好きだった私は、よく連れてきてもらっていた。
　公園の入り口に立つ自動販売機の裏に、お母さんが五百円を落として取れなくなったこともあったっけ。
　お母さんが必死になって取ろうとしてて、私は横で大笑いをしたんだよね。
　住宅街を抜けてすぐに目に入るのは、ずっと先まで流れる川。
　その横の道を、私は何年にもわたって歩いてきた。
　隣にはいつだって紗千がいた。
　ランドセルが重たいね、なんて言いながら休み休み歩いたこともあったよね。
　野良犬を見かけると、触りたい一心で夢中になって追いかけたり。キレイな花を摘んでは、お互いに頭にのせて、

アクセサリーに見たててみたり。トンボをつかまえるために、虫取り網を片手に走りまわったこともあった。目に入るものすべてがおもしろくて、楽しくない日なんてなかったなぁ。
　紗千の好きな人を聞いたのも、この土手だったよね。
　恋愛に興味がなかった私にとって、あれはかなり衝撃的だったんだから。
　ほかにも……この道だけでも数えきれないほどの思い出があるよ。
「おいっ、奏！」
　思い出の数々に瞳を潤ませていると、うしろのほうから低く太い声に呼ばれた。
　振り返らなくても、それがアーラだってことはわかっていた。
「今……奏って言った？」
「はぁ？　言ったけど？」
「えっ!?　ウソっ！」
　あのアーラが？
　黒羽モードの時でもなく、オラオラモードの……あのアーラが？
　いつも"お前"ってしか呼ばなかったのに!?
　私のことを……奏って呼んでくれた??
「奏だなんて、初めて呼んでくれたねっ！」
「それがなんなんだよ？」
「うれしいんだよぉ」

アーラはそんなことのなにがそんなにうれしいんだ、なんてぼやいているけど……。
　またひとつ……距離が縮まったってことだもんね。
　うれしいに決まってるよ。
「もう二度と呼ばない」
「えぇーっ？　なんでそんなこと言うの？」
「喜ぶ顔が気に食わないんだよっ」
　なんて悪態をつきながらも、隣を歩いてくれているところに優しさを感じた。
　それでまた、うれしくなる自分がいた。
「あれ……なんか、教室がいつもより騒がしい？」
「そうか？　うるさいのはいつものことだろ」
　アーラと並んで廊下を歩いていると、教室から賑やかな声が溢れていた。
　たしかにうるさいのはいつものことだけど……。
　なんだか今日は少し、様子が違うような？
　妙な胸騒ぎを覚え、急いで教室の扉を開いた。
　するとまず視界に飛びこんできたのは、
「ちょっ、やめてよ！」
　垣内くんに、頭から水をかけられる次咲くんの姿だった。
　次咲くんの頭頂部にためらうことなく、ペットボトルの水をかける垣内くんは、激怒している様子だ。
「テメェ、麻里子にケバいとか言ったんだって？」
「冷たいっ！　やめて……やめてよ！」
　次咲くんが……麻里子ちゃんにケバいなんて言ったの？

それってもしかして……靴箱であった一件のことを言っているのかな？
　アーラが原因で呼びだされた時、髪をつかまれた私を次咲くんが助けてくれた。
　その時に放った、
『うっ……うるさい！　けっ、ケバいんだよ、お前らっ』
　あの言葉の復讐を、彼女に代わって彼氏がやっているってわけか。
　垣内くんは空になったペットボトルを、次咲くんの頭に力強く投げつけた。
「なにを舐めた口きいてんだよ。調子に乗ってんじゃねぇ」
「ひっ……ひえっ！」
　そして乱暴に机を蹴りたおすと、次咲くんの胸ぐらをつかみ無理やり立たせた。
　教室内にわっと悲鳴が上がった。
　つ、次咲くんが危ないっ……！
　みんなが見ているだけなら、私が次咲くんを助けなきゃ！
　次咲くんが、麻里子ちゃんから私を守ってくれたように。
「待て」
「あっ、アー……じゃなくて黒羽くんっ！　次咲くんを助けなきゃっ」
　スクールバッグを放りだし、クラスメートの間を掻きわけて飛びこもうとした時だった。
　またもや、アーラに肩をつかまれ止められてしまった。

また、お前になにができる？　って言うつもりなんでしょ。
　わかってる、そんなことはわかってる。
　非力なことくらい、自分が一番わかってるよ。
「でも……私が行かなきゃいけないの。だって次咲くんはやっぱり、友だちだから」
　次咲くんにはもう嫌われているかもしれない。
　余計なお世話なのかもしれないけれど……。
「私が次咲くんを助けたいの」
　それでも次咲くんは私の友だちなんだ。
　彼もまたアーラと同じように、私のそばにいてくれた大切な人なんだから。
　垣内くんなんかに負けない。
　絶対に負けない。
　肩をつかんで離さないアーラに、強い口調で行かせてほしいと訴えた。
　理解してくれたのか、ようやく肩を離してくれた。
「非力な女がケンカ慣れした男に勝てるわけないだろ。あまりに無鉄砲すぎる、奏はここで見てろ」
「えっ？　ちょっ、どうするつもり!?」
　アーラは振り返ることなく、野次馬が集まっている中を突き進んで行った。
　慌てて背中を追いかける。
　そして隙間から見えたのは、アーラが垣内くんの手首をつかむ姿だった。

「テメェ黒羽っ！　なんなんだよ！」
　クラスメートたちも、アーラの行動にざわつきはじめる。
　中でも一番驚きをかくせない様子だったのは、
「だ……だだだだだ大悪魔様……」
　垣内くんとアーラを交互に見つめる、半泣き状態の次咲くんだった。
「彼から手を離せ」
「テメェなんなんだよ!?　出しゃばりやがって……！　テメェが手を離せよ！」
　アーラが次咲くんを助けた？
　なんで？
　いったいどういう心境の変化があったの？
　だって言ってたじゃん。
　イジメられる次咲くんを涼しい顔で傍観しながら、めんどくさいから助けないって。
　なのに……どうして？
　垣内くんは次咲くんから手を離したかと思うと、今度はアーラの胸ぐらに手を伸ばした。
「もう１回ボコボコにされたいみてぇだなぁ？」
　胸ぐらをつかみあげられても表情を変えないアーラに向けて、垣内くんが拳を振りあげた。
　また殴られる！
　誰もがそう思い、固く目を閉じた。
「垣内くん！　いい加減にしてよ！」

「そ、そうだよ！　皆が迷惑してるのがわからないの!?」
　悲鳴が止まらない中で、ひときわ大きな声が響いた。
　紗千と柏崎さんだ。
　垣内くんとクラスメートたちの視線が、いっせいに彼女たちに向けられた。
　さっ、紗千ぃぃぃぃっ！
　ナイスタイミングだよ、っていうかすごすぎるよ！
　麻里子ちゃんに続き、垣内くんにまで立ちむかうなんて！
「あぁ？　今なんつったよ？」
　垣内くんは舌打ちをした後、乱暴にアーラを離した。
　彼の殺意にまみれた鋭い眼光は、紗千と柏崎さんをとらえている。
「そうやって暴力で物事を解決することだよ」
「そう。それが迷惑だって言ったんだよ」
　紗千は垣内くんの迫力に物怖じすることなく、強い眼差しで見返している。
　あのおとなしくてほんわかしている柏崎さんでさえ、紗千に勝るとも劣らない迫力を見せている。
「はぁ？　なに言ってんのテメェら、生意気すぎだろ」
　それでも垣内くんは強気な姿勢を崩さない。
　きっと、紗千と柏崎さんのようなマジメな女子が相手だからだろう。
　これじゃあ止めるどころか、波風を立てるようなものだよ……。

「そっ、そうだっ！　いつもいつもカバンを持たせたり財布を取ったり……僕だって迷惑してたんだ！」
　ヒヤヒヤしながら眺めていると、今度は次咲くんが震えながらも勇気を振りしぼって声を上げた。
「あぁ？　なんだとコラァ！」
　身を挺して止めに入ったアーラ。
　声を大にした紗千と柏崎さん。
　そして恐怖に打ち勝った次咲くんの勇気を皮切りに、あちらこちらから声が飛びかった。
「俺も！　毎日芸をやれとか強要されてウンザリしてたんだ！」
「私だって！　授業中なのに大声で会話してたりっ……耳障りなのよ！」
　怒りに拳を震わせる垣内くんをまん中に、恐れるどころかクラスメートたちの鬱憤が止まらなくなってしまった。
「前に貸したマンガ、早く返せよ！」
「パンとジュースくらい自分で買いにいけよ！」
「自転車を校門の前に停めないでよ！　邪魔で通れないから！」
　……みんな、こんなにも垣内くんに不満を溜めこんでいたなんて。
　彼ら不良がなにをしても見て見ぬふりをしていたのに。
「チッ。んだよテメェらっ……」
　その場にいる全員からいっせいに悪口を言われるという四面楚歌な状況に、垣内くんもさすがに逃げだしてしまっ

た。
　とは言え、かなりイライラしている様子だったから。
　このまま終わらせる気はないのだろうけど。
　その日は１日、アーラは英雄のように扱われていた。
「あの垣内くんの手を止めるなんて！　カッコいいっ！」
「すごいね！　今まで誰もそんなことできる人はいなかったのに！」
「カッコよかったよ!?」
　なーんて女子にもてはやされ、黒羽くん人気はうなぎ登りな感じに。
　悪魔には優しさの欠片もないと豪語していた次咲くんでさえ、
「ありがとうございます。本当にお優しいですね」
　なーんて調子のいいことを口にしていたり。
　まぁ、びっくりするぐらい和やかな雰囲気で。
　かつ平和に過ごせたから、よしとするか。

「ありがとうね、アーラ」
　和やかな雰囲気をキープしたまま放課後を迎え、土手を歩きながら彼の横顔を見あげた。
　私も……次咲くんを助けてくれた件のお礼を言っておかなくちゃ。
　ありがとうなんて言うと、
「いらねぇよそんな言葉。聞きたくねぇ」
　決まってそう顔をそむけるよね。

その相変わらずな反応がなんだかおもしろくて、こみあげる笑いを抑えられなかった。
「なに笑ってんだよ。なんか腹立つんだけど」
「あっ、いや！　けっしてバカにしてるとかじゃないからっ」
「ふーん、あっそう。ならいいけど」
　疑いの眼差しを向けられたけど、満面の笑みでごまかした。
　アーラは深いため息をこぼし、
「……ここから先はひとりで帰れよ。じゃあな」
　冷たい口調で吐きすて歩を速めた。
「あ、待ってよ。どこに行くの？」
　急に道から外れ、茂みの中で猫に姿を変えようとしているアーラの肩をつかんだ。
「ごめんなさい。怒らせちゃった？」
「……べつに」
　べつにって……。
　その冷たくもあり、どちらとも解釈できる曖昧かつ短い返事。
　それってさぁ、会話する気ないってことじゃんかぁ。
　明らかに不機嫌になっちゃってるじゃんかぁ。
「アーラは相変わらずアーラだなぁって思っただけだからっ。バカになんてしてないよ？」
　だからひとりで帰れ、だなんて言わないでよ。
　一緒に帰ろうよ。

そう思っていても羞恥心に邪魔をされ、口ごもってしまい、うまく言葉にできなかった。
「べつに……怒ってるとかじゃねぇ。ちょっと、自分が自分じゃないみたいで気持ち悪いだけだ」
「え？　どういう意味？」
「じゃあな」
　あっ、待ってよ！
　とっさに声を上げたけれど……、一瞬にして猫に姿を変え、茂みに姿を消したアーラにその声は届かなかった。
　自分が自分じゃないみたいで気持ち悪い？
　それは……なんのことを言っているんだろう？
　次咲くんを助けたこと？
　あの行動はたしかに、悪魔らしくなかったもんね？

「うぅ……いくら考えたってわからないよ」
　夜空に無数に光る星を窓から眺めていたら、ついつい心の声が漏れてしまった。
　アーラが考えることはいつもわからない。
　なにか裏があるのか……それともウソ偽りのない優しさなのか。
　それさえもわからないよ。
　……まぁいいや。
　いくら頭をひねったところで答えは出そうにないし。
　また戻ってきた時にでも聞いてみることにしよう。
　ベッドに寝ころがり、マンガを手に二次元の世界へ入り

こもうという時に……、
「奏ーっ！　ジュース買ってきてくれないー？」
　バッドなタイミングで階段下からお母さんの声が聞こえてきた。
「えぇーっ……」
　ったく、ジュースくらい自分で買いにいってくればいいのに！
　机の上に置いてある財布を引っつかみ、
「仕方ないなぁ。なにがいるの？」
　いつもなら断る仕事を引きうけてあげることにした。
「ごめんねーっ、ありがとう奏」
「はいはい。お金は後でちゃんと返してね」
「わかってるよ、倍にして返すから」
　スポーツ飲料が無性に飲みたいお母さんのために、すっかり暗くなった夜道を歩き始めた。
　あぁ……こわい。
　いくら外灯があるとは言え、やっぱり暗いとオバケとか出そうで気が気じゃないな。
　でもお金を倍にして返してくれるならいいか。
　これはもう……5倍くらいの額を請求しなきゃな。
　よしっ、早く行って早く帰ろう。
　視線の先にある自動販売機へ急ぎ足でむかった。
「ん……？」
　前から歩いてくる人影に思わず足を止めた。
　あのキノコ頭の、ひょろりとした体型の人は……。

「次咲くん？」
「あ、奏ちゃん……」
　缶コーヒーを片手に持つ次咲くんも、同じように足を止めた。
　えっと……。
　なんか気まずい空気が流れてるんだけど。
　次咲くんとは、アーラのことで口論になって以来、会話をしていないからな。
　とは言えこのまま素通りするのも……あからさまな気がするし。
「つ……次咲くんがこんな時間に出あるいているなんて、ちょっと意外だなぁ」
「あ……いや、普段は家にいるよ。父さんがさ、コーヒー買ってこいって言うもんだから」
「同じ……。私と同じだね。私も、お母さんにジュース買ってこいって言われちゃってさ」
　なんとか絞りだした話題なのに、すぐ会話は途切れてしまった。
　そしてふたたび、気まずい空気が流れはじめる。
　やっぱり……謝るべきなのかな。
　あの日次咲くんが声を荒げて、アーラを信じるべきじゃないって言ったのは……、私を心配してくれていたからだもんね。
　心配してくれていたからこそ、叱ってくれたんだもんね。
「あ、あのっ……」

「奏ちゃんっ……」
　って、話しかけるタイミングがかぶっちゃったよ！
「ごめんっ、次咲くんから先に話していいよっ」
「え？　いや……奏ちゃんからどうぞ」
「私っ？　うん……わかった。あのね」
　財布を握る手が汗ばんできた。
　たったひと言ごめんなさいって言うだけなのに。
　久しぶりに顔を合わせたせいか、緊張してなかなか言葉が出てこない。
　それでも言わなきゃ。
　覚悟を決めて言おうと口を開いた瞬間、黙っていたままだった次咲くんが先に言葉を発した。
「奏ちゃん……ごめんなさい。本当はずっと謝りたかったんだ」
「えっ？　いやっ、それは私が言おうと思ってたんだけどっ!?」
「え？　そうなの？」
　うつむけていた顔を上げると、またもや同じタイミングで顔を上げた次咲くんと視線が重なった。
　いや、さっきからどんだけタイミングがかぶってるの？
　っていうか、考えてることまで同じだったんだ。
　緊張の糸が切れたせいか、急に笑いがこみあげてきた。
「ぷっ……あはははははっ！」
　なによそれぇ。
　だったら緊張しなくてもよかったじゃん。

抑えることができずに吹きだしてしまうと、
「あはっ。ハハハハハ！」
　次咲くんもつられて笑い声を上げた。
「ごめんね、次咲くん。私のこと、心配してくれていたのに……」
「いや、謝るのは僕だよ。声を荒げたりしてごめん」
　たくさん悩んだんだよね。
　奏ちゃんも、辛くて悲しくて仕方ないんだよね。
　すぐに気づいてあげられなくてごめん。
　そんな次咲くんの優しい言葉に、みるみる視界がうるんできた。
　あぁ、やっぱり次咲くんは次咲くんだ。
　思いやり溢れる、優しい次咲くんだ。
「たしかに奏ちゃんが言うとおり……大悪魔様にも優しいところはあるのかもしれない。そう思うようになったんだ」
「うん……。次咲くんのことも助けてくれたもんね」
　目頭を熱くする涙を雑に拭くと、下を向いたままの次咲くんに笑いかけた。
　すると私の視線を感じたのか、次咲くんはゆっくりと顔を上げた。
「でも僕はやっぱり奏ちゃんに……」
「大丈夫！　大丈夫だよっ、次咲くん！」
　奏ちゃんに行ってほしくない。
　そう言おうとしていたことがなんとなくわかって、とっ

さに言葉をかぶせた。
「そんな……だって魔界に行くなんて。それはつまり、悪魔になるってことなんだよ？」
「わかってるよ。でも、アーラが言ってたんだもん。私を殺さなくてはならないルールはなにがあっても変えられないんだって」

　だからってアーラを消す力量なんてない。
　っていうか……もうそんなことはしたくない。
　アーラは大切なひと。ひとりで幽霊になることも嫌だけど、それ以上にアーラのそばにいたいんだ。
　しんみりしないように、極力明るく話したつもりだったけど。
　次咲くんは唇を震わせながら、今にも泣きだしそうな表情を浮かべていた。
「そんな顔しないでよ、次咲くん」
「だって……なにもかも僕のせいじゃないか。僕が悪魔なんか召喚しなかったらこんなことにはならなかったんだ」
　次咲くんの浅黒い頬をひと筋の涙が伝った。
「そうだね、次咲くんのせいだよ。だったら罰として、私を絶対に忘れないでね」
「そんなこと……言わないでよ、奏ちゃん」
　くしゃくしゃになりながら滝のように涙を流すその顔に思わず笑いそうになった。
「それにアーラを召喚したことはまちがいなんかじゃないよ。アーラと契約しなければ、今でもイジメは続いていた

んだから」
「でも……奏ちゃんがいなくなるなんて、そんなの絶対に嫌だよ。こんなことになるなら、イジメられたほうがマシだ」
　ありがとう、次咲くん。
　私のために涙を流してくれて。
「次咲くんはもう、大丈夫。ひとりぼっちなんかじゃないよ。私がいなくても大丈夫」
　クラスメートたちとも、今では笑って話せるようになった。
　もう前みたいに、皆から罵られるようなことはなくなった。
　イジメはもう、終わったんだよ。
　それに次咲くんは、これからはきっと立ちむかっていけるはず。
　そう、麻里子ちゃんから私を守ってくれたように。
　垣内くんに立ちむかった時のように。
「そうかもしれないけど！　でも僕はっ、ほかの誰よりも奏ちゃんが……」
「ありがとう、次咲くん。じゃあそろそろ帰らなきゃ。また学校でね」
　これ以上会話を続けると、つられて泣いてしまいそうだったから……。
　まだなにか言いたげな次咲くんを残して、逃げるようにその場を離れた。

「奏ちゃんっ！」
　後方から涙混じりの叫び声が聞こえたけど、けっして振り返らなかった。

イジメの代償

「奏ちゃん、おはよう」
「あ……おはよう、次咲くん」
　土手を歩いていると、うしろから次咲くんに声をかけられた。
　よかった……いつもどおりの次咲くんだ。
　まだ話している途中にもかかわらず帰ってしまったから……また気まずくならないか心配だったんだ。
「ごめんね、昨日は勝手に帰ったりして」
「あぁ……うん。僕は大丈夫だよ」
「なにか言いかけてたけど……なんだったの？」
　隣を歩く次咲くんの横顔を見あげた。
「いや……なにもないよ。忘れてくれていいよ」
「そう？　ならいいけど……」
　なんだったのかモヤモヤは残るけれど……、
　最後まで話を聞かなかったのは私のせいだし。
　次咲くんも話す気はなさそうだ。
　これ以上の追及はやめたほうがいいか。
　それならば明るい話題に変えようと、昨夜見たテレビの内容を思い返していると……、
「よぉ」
　また、どこからともなくアーラが現れた。
「うわぁぁぁっ！」

いきなり声をかけられたことに驚き、次咲くんが叫び声を上げながら肩をびくりと揺らした。
「ほんっとアーラは神出鬼没だね」
「まぁな。お前ら人間とは違って、瞬間移動もできれば姿をかくすこともできるからな」
　瞬間移動のみならず、姿をかくすこともできるとは。
　なるほど、だから毎回アーラの気配に気づかないわけだ。
「で、将太。お前に報告があって来たんだ」
　アーラは私から次咲くんに視線をスライドさせ、ブレザーのポケットから黒いメモ帳を取りだした。
「え……報告、ですか？」
「俺が不幸に陥れた、３人の現状と未来についてだ」
「未来……ですか？」
　アーラが不幸に陥れた３人といえば……。
　佐々原くんと田村くん、園山くんのことだよね。
　たしかに現状が気になる。
　っていうかそれよりも、未来についてってどういうこと？
「ねぇアーラ。まずその黒いメモ帳はなんなの？」
「これか？　これはな、俺が触れた人間の、未来が事細かく書かれたものだ」
　未来が事細かく書かれたものぉ？
　なにそれ……そんなものが実在するの？
「あの……詳しくご説明いただきたいのですが」
　次咲くんも同じ疑問を抱いたようで、すかさず黒いメモ

帳について突っこんだ。
　アーラはなんだよめんどくさいな、と言いながらも説明しはじめた。
「人間の未来だよ。死ぬまでの間になにが起こるのか、これにすべて書かれているんだよ。いつどこでなにがあるのか、いつなにが理由で死ぬかってこともな」
　な……なんなのその恐ろしいアイテムは。
　アーラが触れた人間に限り、メモ帳に未来が記されるとか……。
　じゃあ私の未来も記されているってこと？？
「そんなものが……」
　次咲くんも、やはり驚きがかくせないみたいだ。
　それよりも自分の未来が気になる。
　気になるんだけど……。
　アーラは佐々原くんの現状を話しはじめてしまい、聞くタイミングを逃してしまった。
「佐々原は田村に暴力を振るったことで逮捕。数年は少年刑務所行きのようだな。出所後は殺人未遂という前科のせいで、ろくな人生は歩めない」
　佐々原くん。
　復讐を果たしたいがために、自分の人生を棒に振ってしまったんだね。
　それも最後までアーラが田村くんに変化していたと気づかず、カン違いで友人を傷めつけて……。
　辛く悲しい人生を歩むことになるなんて。

かわいそうだと思ってしまった。
　ちらりと次咲くんに目を向けると、複雑そうに眉間にしわを寄せていた。
　不幸を願った張本人と言えど、そのあんまりな行く末にさすがに罪悪感があるのだろうか。
　そうとも取れるような複雑な表情を浮かべていた。
「それで田村は、頭部をひたすら殴られたことにより脳を損傷し、記憶を失い、下半身に麻痺が残るようだ。もう二度と自分の足で歩けないだろう」
「そんなっ！」
　思わず叫んでしまった。
　河川敷で血を流す田村くんを見た時、目をそらしたくなるほどのひどい状態だった。
　まるで血の海のようなあの光景は、なにがあっても忘れられないだろうな。
　次咲くんも言葉を失っているようだった。
「で、園山。余罪が見つかり数年は少年刑務所生活になる。その間に、手がつけられないという理由から両親に捨てられ、出所後は遠くの親戚宅に引きとられることになる」
　両親に捨てられるなんて……どれほど辛くて悲しいだろうか。
　私ならきっと耐えられない、というか想像もしたくないよ。
「そう……ですか」
　3人の現状を聞きおわった次咲くんは、ちっとも満足そ

うじゃなかった。
　あれほどイジメっ子たちの不幸を望んでいたというのに。
　悪魔の……人間を不幸にする力がこれほどまでとは。
　アーラはパタンとメモ帳を閉じると、
「さて、残るは垣内だな。やつの未来ももう決まっている。後はなるようになるのを待つだけだ」
　ブレザーのポケットにしまいこんだ。
　垣内くんには……一体どんな未来が待ち受けているのだろう。
　3人のあまりに悲惨な現状から想像すると、垣内くんも似たような運命を辿るんだろうな。
　なんだかこわくなってきた。
「ねぇ、次咲くん！　3人は不幸になったんだし、垣内くんは許してあげたらどうかなぁ？」
　もうこれ以上見ていられないよ。
　幸いなことに、まだ垣内くんは不幸になってはいないのだから。
　いや、なりかけているか？
　クラスメートたちから煙たがられはじめたのは、不幸への第1ステージだよね。
　次咲くんは眉間にしわを寄せたまま、
「そうだよね……わかった。大悪魔様、垣内のことはこのままにしておいてもらえませんか？」
　私の提案に悩むことなく首を縦に振った。

次咲くんはきっと後悔している。
　悪魔と契約したばかりに、3人の人生をめちゃくちゃにしてしまったのだから。
　いくらひどくキツイイジメの代償といえど、3人の状況は次咲くんが望んでいた以上の結果だったのだろう。
「それはムリだな。俺が少し手を加えたことで、アイツの未来はもう変わってしまったんだよ。いまさらどうにもならない」
「そんなぁ……」
　がくんと首を垂らした次咲くんは、今にも泣きそうになっていた。
　いまさらどうにもならない、ということは。
　垣内くんには不幸になる道しか用意されていないということだ。
　アーラはうなだれる次咲くんの肩をたたき、
「お前が俺と契約を結ばなければ、垣内は佐々原たちと共に高校を卒業し、やがて就職。家庭を持つ……そんな平凡かつ幸せな未来だったんだぞ」
　罪悪感に押しつぶされそうな次咲くんに、追いうちをかけるような言葉を囁いた。
「あぁぁ……わぁぁぁぁぁぁぁっ！」
「あっ、次咲くん！」
　次咲くんは突如として悲鳴にも似た声を上げると、学校に向かって全力疾走した。
　追いかけようと思ったけど、そのあまりの猛スピードに

追いつくのはムリそうだ。
　後を追うことを断念し、
「アーラ……。どうしてあんなことを」
　走りさる次咲くんの背中を、無表情で眺めているアーラを見あげた。
「俺は事実を言ったまでだ」
「でも……次咲くんは後悔していたんだよ。イジメの復讐をしたことを、後悔していたんだよ？」
　アーラは深いため息を漏らすと、やけにマジメな顔を向けてきた。
「人を不幸にするということは、そういうことだ。人生を変えてしまうということ。まぁ対象者を殺さなかっただけ、感謝してもらいたいくらいだ」
　私を冷然と見おろす瞳に、浅はかだなと言われているような気がした。
　悪魔と契約を結ぶ。
　それがどういうことなのか、私たちはなにもわかっていなかったということだね。
　悪魔を召喚する人は、叶えてほしい願いがあるから。
　幸せになりたいから。
　次咲くんだってそうだ。
　イジメっ子たちを不幸にして、自分が幸せになるつもりだった。
　でも……願いが叶ったって、次咲くんは幸せなんかじゃないだろうな。

後悔の念にかられ、涙を流す姿はけっして幸せじゃなさそうだった。
「イジメの復讐なんてしなくても、因果応報は必ずある。なんらかの形でやつらには不幸が訪れるんだよ。俺は何千年にもわたり、そんな人間どもを見てきたんだ」
　そうつぶやいたアーラはまるで、契約は無駄だったと言わんばかりだった。
　顔をしかめながら次咲くんの背中を見つめる姿は、まるで哀れんでいるようにも見えた。
　教室に入ると、机に顔を伏せる次咲くんを見つけた。
　小刻みに肩が震えている。
　きっと泣いているんだろうな。
　なんて言葉をかければいいのか……。
　悩んでいると、扉がまうしろで勢いよくスライドした。
「わぁっ！」
　び、びっくりしたぁっ！
　誰？
　こんなに乱暴な開け方をするのはっ。
　文句は言えないけれど、危ないですよくらいは言わなきゃ。
　ムッと頬を膨らませ振り返ったはいいけど、背後に立つ人物を見てすぐに顔をそむけた。
　ふてぶてしい目つきで教室を見渡していたのは、明らかに不機嫌な垣内くんだったのだから。
「オラッ、ぼーっと突ったてんじゃねーよブス」

「ぎゃあっ！　す、すみませんっ！」
　慌てて壁に背中をつけると、垣内くんは舌打ちをしながら入ってきた。
　すると賑やかな笑い声が響いていた室内は一瞬にして静まり返り、
　代わりに、あちらこちらからヒソヒソと話し声が聞こえはじめた。
　うわぁ……。
　わかりやすいまでに垣内くんを邪魔者扱いしてるよぉ。
　こんな態度をとられると、垣内くんじゃなくても憤慨だよ。
　予想どおり……。
　垣内くんは机を蹴りとばして声を荒げた。
「なんなんだよテメェら！　文句があんならかかって来いよコラァ！」
　垣内くんの怒号がピリピリとした室内に響いた。
　ひぇぇ……。
　またこの展開になっちゃうの？
　早く担任が来てくれないかと願っていると、
「出た出た。また暴力だよ」
　誰かが挑発するようにつぶやいた。
　するとまたあちらこちらから、垣内くんを非難する声が飛びかいはじめた。
「なにかあるとすぐ暴力だよね」
「もうアンタなんかこわくないし」

「ひとりがさみしいなら仲間でもなんでも呼べば？　俺たち、全員で闘うから」
　ひとりが立ちあがると、周りにいた男女もいっせいに席を立った。
「あっ、ああああああのっ。喧嘩は……よくないよ。ねっ？ねっ？」
　一触即発の垣内くんとクラスメートたちを、交互に見つめてもなんの反応も返ってこない。
　うぅ、まったく相手にされてないんだけど。
　もうどうしたらいいのよ……。
　頭を抱えた瞬間、またうしろの扉がスライドした。
「あっ、黒羽くんおはよう！」
「うん、おはよう皆」
　爽やかに微笑むアーラの周りに、あっという間に人だかりができた。
　相変わらずすごい人気だなぁ。
　もはや、どっかのアイドルかって疑うレベルで。
「チッ……気に入らねぇ」
　垣内くんはチヤホヤともてはやされるアーラを横目ににらみながら、舌打ちとともに低くつぶやいた。
　そうも思うのはムリもない気がする。
　今やクラスメートに嫌われている垣内くん。
　そんな彼にとって、好かれ愛されているアーラは目障りで仕方がないんだろうな。
　垣内くんは憎悪と嫉妬にまみれた眼差しをアーラへ向

け、カバンを思い切り投げつけた。
「きゃあああっ！」
「うわぁっ、なんだなんだ!?」
　バッグはまっ直ぐに人混みを突きぬけ、音を立てながら壁にぶつかった。
「いきなりなんてことするんだよ、垣内くん。危ないじゃないか」
　叫びながらクラスメートたちが離れる中、アーラだけは違った。
「ものは粗末にしたらいけないんだよ？」
　そうニヤリと微笑みながら……。
　無惨に転がったスクールバッグを拾いあげた。
「テメェバカにしてんのか？　あ？」
　垣内くんは闘志を剥きだしにしながら、シャツの襟もとにつかみかかった。
　それと同時に、クラスメートたちがいっせいにアーラから離れた。
　あわわわわ……。
　また校庭での一件みたいに、アーラを殴るんじゃないの？
　公衆の面前でそれはマズイよぉ、垣内くん。
「バカになんてするわけがないじゃないか？　俺は君がどれだけ小型犬のように吠えようが、興味なんてないからね」
「んだとテメェ！　それをバカにしてるっつーんだよぉおっ！」

「わぁぁぁあ！　垣内くんダメだよ！」
　垣内くんが拳を振りあげた瞬間、とっさに制止を求めたけどすでに遅かったみたいだ。
　教室中に男女の悲鳴が響きわたった。
　アーラが殴られちゃう！
　振りおろされた拳に思わず目を覆った。
「うわっ……んだよコイツ」
　ん……なにその反応は？
　指と指の隙間からふたりを確認すると……。
　なんとアーラが、鼻先スレスレで垣内くんの鉄拳を止めていた。
　なんか、この光景デジャヴだなぁ……。
「テメェこの野郎っ……。離せよ！」
　しかしアーラは薄ら笑いを浮かべるだけで、つかんだ手首を離す気配はなさそうだ。
　もしかしてこれって……。
　アーラが田村くんに変化した時、佐々原くんを殴ったパターンと同じだ。
　ってことはもしや…垣内くんに攻撃を加える気なんじゃ!?
「あっ、アーラ、ダメっ……！」
　不敵に微笑む姿に嫌な予感がした。
　"黒羽くん"と呼ばなければいけないことも忘れ、悲鳴が止まない教室に声を響かせた。
　アーラは垣内くんの膝蹴りがヒットするよりも早く、脇

腹に素早く拳を突きあげた。
「ぐはぁっ……！」
　垣内くんは唸り声を上げ、痛みのあまりにうずくまってしまった。
　教室の四方八方から悲鳴が上がり、クラスメートたちはパニック状態だ。
　あの爽やかかつ優しい黒羽くんが、人を殴るなんて。
　クラスメートたちも我が目を疑っているようだった。
　アーラはうずくまっている垣内くんに合わせてしゃがみこむと、
「殺すぞ」
　恐ろしく冷たい目で、低く無機質な声でささやいた。
　垣内くんは悪魔の禍々しい気を感じとったのか、
「ひっ……」
　さっきまでの威勢はどこへやら、情けない声を上げて後退りした。
　壁まで下がるとくるりと身を翻し、
「ひぃぃぃっ！　ばっ、化け物ぉぉおぉっ！」
　泣き叫びながらバタバタ逃げだしてしまった。
　そしてクラスメートたちも、悪魔の殺気を敏感に感じとったようで……、
　教室内の空気は凍りついていた。
　アーラ……。
　クラスメートたちが見ている中で、どうしてあんなことを？

誰もが、あのマジメな黒羽くんがなんで？　って不審な目を向けているよ。
「なんか……黒羽くん、様子がおかしかったよね？」
「うん、すごくこわかったよね……」
　アーラまで教室を出ていってしまった後、しばらく“黒羽くん”の話題でもちきりだった。
　きっともう彼らの目には、
“爽やかで優しい黒羽くん”
　はいなくなってしまったのかもしれない。
「実は……黒羽くんってヤバイ人なんじゃない？」
　そんな声が絶えず聞こえていたから。

　あれ以来、垣内くんが教室に戻ってくることはなかった。
　っていうか、戻る勇気がないんだろうな。
　アーラは本気で怒っていた。
　私も幾度となく怒らせてしまったけど、あれほど冷たい目は見たことがない。
　垣内くんもアーラの素性を知らないといえど、なにかしらのヤバイ雰囲気を感じとったことはまちがいないだろう。
　じゃなきゃあんな逃げ方しないよ。
　彼のような悪名高い不良が。
　それよりも、どさくさに紛れてアーラって呼んじゃったよね。
　こわいなぁ……絶対に怒られるだろうなぁ。

ドキドキしながら自室の扉を開けた。
「ハッ！　アーラ！」
　アーラがいませんようにという願いも虚しく、ベッドの上に見なれた姿があった。
「騒々しいやつだな。静かに入れねぇのかよ」
「あぁ……すみません」
　これは……明らかに不機嫌だよね？
　クラスメートたちの前で"アーラ"と呼んだことを咎められる前に、先手を取って謝ったほうが得策か……。
「あの……。ごめんなさい、アーラって呼んじゃった」
　ドキドキしながら頭を下げたものの、
「いいよべつに」
　その意外なまでにアッサリとした反応に、ついつい間抜けな声が漏れた。
「へ……？」
　あれほど、外ではその名を口にするなって言っていたのに？
「もう契約は果たされたからな。明日、俺は魔界に帰る」
「えっ？」
　契約は果たされたって……。
　垣内くんはもう、不幸になったってこと？
　逮捕される佐々原くん。
　下半身が麻痺したままの田村くん。
　両親に捨てられる園山くん。
　そして、クラスメートたちからただ嫌われただけの垣内

くん。

　不幸極まりない３人と比較すると、垣内くんだけずいぶんと軽いなぁ。

　なぜ垣内くんだけ、その程度で終わらせたんだろう？

　そんな疑問に首を傾げていると、アーラはまた黒いメモ帳を取りだした。

「垣内はこの後すぐ退学する。そして俺にやられたことが原因で、喧嘩が強いというイメージが消えてなくなり、そこから垣内の人生は変わっていくんだ」

　たしかに……あれほど威勢よくケンカを仕掛けたのに。

　あの逃げ方は相当カッコ悪かったとは思うけど。

　強くてこわい存在だった垣内くんが、まさかあんなにへっぴり腰だったなんて。

　そう思ったのはきっと私だけじゃないはず。

　まぁそうなる気持ちはわかるけどね。

　だってあのアーラが怒ったんだから、こわいに決まってる。

　彼の正体を知らないのに、つい"化け物"だって口走ってしまうほど。

「お前のおしゃべりな友だちが、逃げ帰った垣内のウワサを広めるんだよ」

「あぁ……紗千かぁ」

　で、校内に留まらず他校にも広がるってことか。

　垣内くんは他校にも不良仲間がいるってウワサもあるくらいだから、顔の広さは相当のものだろう。

そして垣内はバカにされる立場に降格し、人が変わってしまう。
　やがて精神的に崩壊した垣内は、様々な犯罪に手を染めはじめる。
　アーラはその後も垣内くんの未来を語り続けていたけれど、こわくなってきて耳を塞いだ。
「で、最終的に麻薬にまで手を出し、佐々原のように逮捕されるってオチだ」
　うん……やっぱり垣内くんだけ軽いなんてことはなかったね。
　こんな不幸のどん底に向かう未来なんて、聞かなければよかったよ。
「明日、魔界に行くぞ」
「えっ？　明日……！？」
　そんな…。
　そろそろ魔界行きだなぁなんて思ってはいたけど、いきなり明日だなんて。
　まだまだ、心の準備ができてないよ。
　アーラのそばにいたい気持ちもあるけれど、やっぱりまだお母さんや紗千と一緒にいたいもん。
　クラスのみんなに嫌われてたって、イジメられて辛くたって悲しくたって我慢する。
　やっぱり行きたくないよ。
　もう少しだけ時間がほしいと懇願したけど、首を横に振られてしまった。

「魔界に行きたいなら、俺が帰るタイミングじゃなきゃ行けないんだよ」
「そっかぁ……」
　じゃあ、覚悟を決めるしかないんだね。
　ひとりぼっちで幽霊になんてなりたくない。
　魔界でアーラと一緒にいるためには、みんなとお別れするしかないんだ。本当はお別れなんかしたくないけど生きのびる選択肢がないのならそうするしかないんだ。
「明日の正子。校庭にて魔界の扉を開く。けっして遅れるんじゃねぇぞ」
「わかった。かならず行くよ」
　じゃあ明日が、学校に行ける最後の日ってことか。
　クラスメートたちに会うのも、紗千に会うのも。
　次咲くんに、会うのも。

悪魔が流した涙

　直接さようならなんて言えそうになかったから、手紙を書くことにした。
　まず、次咲くん。
　手紙だなんてちょっと照れくさいけど、直接言うのはもっと照れくさいから書きました。
　私、イジメられている次咲くんをいつも横目で見ていて……助けようなんて気持ちはこれっぽっちもなかった。
　私まで巻きこまれたくない、ずっとそう思ってて……見て見ぬふりをしていたんだ。
　ごめんなさい。
　あの時、私が飛びこんでいれば、もしかしたらイジメはなくなったのかもしれない。
　クラスメートに相談していれば、ほかの誰かも一緒に次咲くんを助けてくれたのかもしれない。
　次咲くんがずっと苦しめられてきたのは、私が見て見ぬふりをしたせいだよ。
　だから、次咲くんが悪魔に助けを求めてしまったのは私のせい。
　私がそうさせてしまったんだよ。
　もう、自分を責めないでね。
　次咲くんは辛くて苦しくて、誰でもいいから助けてほしいと思っていたんだね。

そして、私を何度も助けてくれてありがとう。
隣にいてくれてありがとう。
次咲くんと友だちになれてよかったよ。

そして、紗千。
いきなり手紙だなんて、びっくりさせてしまってごめんなさい。
紗千に、どうしても伝えたいことがあって書きました。
ずっとずっと言いたくて、でも言えなかったこと。
それは、黒羽くんはアーラという名の悪魔だってこと。
信じられないかもしれないし、頭がおかしいって思われるかもしれないけど本当なの。
だから私は、柏崎さんや麻里子ちゃん、垣内くんが危害を加えられないように……。
陰で悪魔から遠ざけようとしていました。
そのせいで、柏崎さんや麻里子ちゃんには恋路を邪魔したって思われて嫌われてしまったけど……。
最終的に、守ることができたから満足だよ。
私は今日の正子すぎに、アーラと魔界に行きます。
だから紗千が私に代わって、柏崎さんと麻里子ちゃんの誤解を解いてほしいな。
紗千、かくし事をしてしまってごめんね。
最後にまた笑って話したかったな。
ありがとう。
私はずっとずっと紗千が大好きだよ。

これまで紗千と作ってきた様々な思い出が駆けめぐり、涙で前が見えなくなってきた。
　ペンを走らせることもできなくなって、声を殺して机に顔を伏せた。
「ずいぶんと夜更ししてんなぁと思ったら……。なにをしている？　なんでいきなり泣くんだよ？」
「だって……みんなにもう会えないんだもん」
　アーラは人間の別れを惜しむ感情が、理解できないような表情だった。
　疑問に首を傾げながら、なにやら難しそうに眉をひそめていた。
　テーブルランプに照らされる手紙に背を向けると、涙を拭いて立ちあがった。
　そしてベッドに座るアーラの前に立つと、
「大丈夫、ちゃんとお別れするから」
　ふたたび溢れだしそうな涙をこらえ、無理やりに笑顔を作った。
「アーラも、今までありがとう。私をここまで生かしておいてくれて」
「……礼なんていらねぇ、やめろ」
「そして、これからもよろしくね。魔界のことたくさん教えてね」
　アーラは返事すらせず、そっぽを向くとふたたび寝ころがってしまった。

昨夜は一睡もしなかった。
　それなのにまったく眠気がこないのは、今日が人間界にいられる最後の日だから。
「おはよう、奏。見てみて、目玉焼き作ろうとしたらね……ほらぁ！」
　リビングに降りると、エプロン姿のお母さんがフライパン片手に駆けよってきた。
「わぁ、スゴーイっ！　黄身が３つもあるなんて、初めて見たよ！」
「でしょう？　お母さんもよ！　今日は絶対にいいことがあるわね♪」
　ハイテンションで小躍りなんてしながら、キッチンに立つお母さんの姿を見るのも今日で最後か。
「そうだね！　絶対に……いいことがあるよ！」
　こらえきれず、溢れでてきた涙をごまかすためにアクビをするふりをした。
　そしてお母さんの目を盗みながら、お母さんの仕事用のバッグのポケットに手紙を忍ばせた。
　お母さん。
　最後まで直接伝えられなかったけど……。
　私を育ててくれてありがとう。
　生まれ変わったら、またお母さんの子どもになりたい。
　ありがとう。

「……はぁ」

なにやってんだろう……私。
今日で最後の学校だっていうのに。
登校時間はとっくにすぎているのに、土手にひとりで座っていた。
　緑の絨毯を敷きつめているかのようなやわらかい草に覆われる斜面や広場。菜の花やスミレがあちこちで咲きみだれていて、散歩を楽しむ人の姿が見える。川の水は土手より遥かに低く、きらきらと光を反射してせせらいでいる。そばでは、水遊びをする小さな子どもたちの賑やかな声が響いていたり……。辛いことや悲しいことがあるたびに、ここへ元気をもらいにきていた。
　だって、こんなに美しい景色を見ることはもうないんだもんね。
　ただ美しいだけじゃなくて、アーラと並んで座ったり、紗千とたくさんおしゃべりもした。思い出のつまった場所でもある。
　忘れないように、この目にしっかりと焼きつけておかなきゃ。
「あはは……。また涙が出てきちゃったよ」
　どれだけ泣けば涙は枯れるんだろう。
「って……泣いてる場合じゃないよね」
　そろそろ学校に行かなきゃ。
　みんなに……みんなに会いにいかなきゃ。
「……よしっ！　行っくぞーっっ！」
　両頬をバシンとたたくと、人目もはばからず気合いの

入った声を張りあげた。
　もう泣かないっ！
　最後くらいは笑って過ごさなきゃっ。
　悲しい思い出で終わらないように。
　教室のドアをスライドさせると、普段と変わらない賑やかな笑い声が聞こえてきた。
　誰もおはようだなんて言ってこない。
　遅刻だね、どうしたの？　すら言ってこない。
　唯一言ってきてくれたのは、
「おはよう、奏ちゃん」
　微妙に眼鏡がズレている次咲くんだけだ。
　うん、いつもの朝だ。
　なんだかホッとした。
「あ、次咲くんあのね。私、手紙を書いてきたんだ」
「え？　手紙？」
　カバンからピンク色で赤いハート柄の封筒を２通取りだすと、それを次咲くんに手渡した。
　次咲くんは封筒をいろんな角度で眺めながら、
「なんで手紙？　なんで２通も？」
　さっそく中身を取りだそうと、キラキラした星のシールに指をかけた。
「今はダメっ！　放課後になってから読んでくれる？　それと、もう一通は紗千に渡してくれないかな……？」
「僕が？　それは……いいけど」
　あぁ、よかった安心した。

紗千に自分で渡せばよかったんだけど、やっぱりそんな勇気はないから。
「ありがとう、次咲くん」
「え？　うん？」
　やっぱり、次咲くんと友だちになれてよかったよ。
　特別なことをするわけでもなく。
　いつもと変わらず授業を受け、昼食を次咲くんと食べ。
　めずらしく嫌がらせも受けることなく、穏やかなまま1日が終わった。
　あっという間だったなぁ……。
　いつもはうんと長く感じていたのに、もうそんな時間!?って驚いてしまうくらい。
「奏ちゃん。一緒に帰ろうよ」
「うん、帰ろう次咲くん」
　赤々と輝く夕日に目をやりながら、土手を並んで歩いた。
「あのね、奏ちゃん」
「なぁに？」
　夕日から次咲くんに視線を移すと、少しさみしそうともとれる表情で笑っていた。
「今夜、校庭に魔法陣を描きにいくんだ。ついに大悪魔様がお帰りになるよ」
「うん、知ってる。昨夜アーラに聞いたから」
　次咲くんがなにを言いたいのかすぐにわかった。
　きっと、私も一緒に魔界に行くんじゃないか。
　それを心配しているのだろう。

不安げな表情の次咲くんの肩をたたき、
「そんな顔しないでよ！　絶対にまた会えるって！」
　明るく笑ってみせた。
「そう……だよね！」
　次咲くんは今にもこぼれ落ちそうな涙を慌ててぬぐうと、ぎこちなく笑い返してくれた。
「奏ちゃんが悪魔になっちゃったら……僕、また魔法陣を描くよ！　そして奏ちゃんと契約をする！」
　……次咲くん。
　また涙が溢れだしそうになってる。
「うん…ありがとう」
　それでも無理やり笑おうとする姿を見ていたら……。
　私まで泣きそうになってくるよ。
「ずっとずっと人間界にいてほしい、ってお願いするから」
　奏ちゃんが帰ってこられる場所を僕が作るんだ。
　僕がかならず連れもどすから！
　次咲くんのそんな優しく温かい言葉に、我慢していた涙がこぼれ落ちた。
「うんっ。待ってる、絶対絶対待ってるからね」
「約束するよ、奏ちゃんっ……！　絶対に、絶対！」
　強く噛んだ唇を震わせながら、涙を流した次咲くんを私は忘れない。
　私を連れもどすと言ってくれたことも。
　絶対に忘れないからね。

そう……すべては校庭から始まったんだよね。
　早くも、時刻はもうすぐ深夜０時を迎えようとしていた。
　辺りが薄暗くなるまで次咲くんと話して、帰宅してからはお母さんと話して。お母さんはまだ手紙には気づいていないみたいだったけど、ちゃんと読んでくれるかな。
　いつもと変わらない時間。それもまたあっという間に感じた。
「あっ、奏ちゃん」
　暗がりの中で校門をよじ登り、校庭まで走るとすでに次咲くんがいた。
「次咲くん！　早いね、もう来てたんだ？」
　木の棒で一生懸命に魔法陣を描き、アーラを魔界に帰す準備をしているようだった。
　そうそう……。
　以前は魔法陣のどまん中に、スーパーで買った肉を置いたんだっけ？
「今回は……なにそれ？」
　大きな魔法陣を描きおえた次咲くんは、なにやら紙袋を中心に並べはじめた。
「これ？　僕の宝物だよ。大好きなアニメのＤＶＤだよ」
「ＤＶＤ……？」
　なんでこんな萌え萌え系アニメのＤＶＤなんて置いてんの？
　まさかアーラにあげようとか思ってる？
　いや、絶対に見ないでしょ。

「これは契約の代償だよ。ほら、僕の大切なものをもらうって大悪魔様が言っていたでしょ？」
「あぁ……なるほど。それでこれを」
「……はぁ。僕の宝物なのに」
　紙袋から丁寧にDVDを取りだす次咲くんの横顔は、心なしか悲しそうだった。
　また頑張って買えばいいじゃん、なんて思ったけど……。
　あえてなにも言わないでいた。
「よぉ。お前ら、ちゃんと遅れずに来たんだな」
　ん……この声は？
　どこからともなくアーラの声が聞こえたかと思ったら、空でも飛んでいたのか頭上から降りてきた。
　アーラは翼を出現させたまま、
「ほぉ、もう準備はできてるみたいだな」
　ちらりと魔法陣に目をやった。
「……はい。ちゃんと、大切なものも持ってきました」
「じゃあ、さっそく始めるとするか」
　いよいよ……、
　魔界に行く時がやってきたのか。
　アーラは魔法陣のまん中に立つ次咲くんを、円の外から眺めながら片手を高々と空にかざした。
「わわっ……！」
　すると突然、目が眩んでしまうほどの閃光が空を走った。
「なっ……あれはっ？」

なにが……起こったの？
　さっきの光は雷なんかじゃなくて、アーラが魔界につながるゲートを開いたってこと？
　にわかには信じられないんだけど。
　空にぽっかりと、大きな穴が開いているんだもん。
　あれが……魔界につながっているんだよね？
　次咲くんも空に開いた穴を見つめながら、顔を強張らせていた。
「これが契約の代償です。僕の大切なものです！」
　DVDを両手に抱えながら、叫んだその声が震えていた。
　アーラは翼をはためかせながら、
「違うだろ。お前の大切なものはソレじゃないはずだ」
　次咲くんが魔法陣の外に置きなおしたソレを、けして受けとろうとはしなかった。
　どういうこと……？
　だって、次咲くんが一番大切にしていた宝物なんでしょ？
　次咲くんも同様に、意味がわからないと言わんばかりの目を向けていた。
「自分でもわからないみたいだから教えてやる。お前が最も大切に思っているのは、二十日奏だよ」
　わ、私……？
「えっ、なにそれ？　どういうこと？」
　契約が終わりアーラが魔界に帰るその瞬間まで、無駄口は挟まないと決めていたのに。

そう聞かずにはいられなかった。
「いや……あの……その」
　次咲くんは右へ左へと目を泳がせ、焦ったように口ごもりはじめた。
「お前は奏が好きなんだろ」
「えぇっ!?」
　ちょっ、なにこの急展開!?
　っていうか、これって告白ってやつだよね？
　いや……本人から聞いたわけじゃないんだけどさ。
　次咲くんをちらりと見ると、遠目から見てもわかるほどに赤面していた。
「……そうだよ。僕は奏ちゃんが好きだ。だからこの先もずっと……隣にいてほしかったんだ」
「……次咲くん」
　ただ照れているだけだと思っていたのに、顔がまっ赤になるほど涙をこらえていたんだね。
「大悪魔様！　お願いします！　奏ちゃんをどうか……どうか連れていかないでください！」
　次咲くんが魔法陣の中で土下座をした瞬間、涙がいっきに溢れだした。
　アーラは深くため息をつくと、なにも答えることなく次咲くんから視線を外した。
　そしてアーラと目が合った。
「待たせたな、次はお前の番だ」
　……鮮やかなまでの無視とくれば、次咲くんの願いは拒

否ってことだよね。
　やっぱり私は、魔界に行かなきゃならないんだね。
「奏ちゃんっ！」
　次咲くんが泣きながら叫んでいる。
「大丈夫だよ、次咲くん」
　大丈夫。
　こわくなんてない。
　もうとっくに覚悟はできているんだ。
　皆とお別れだってちゃんとしてきた。
　いつでも魔界に行く心構えはできている。
　アーラが目の前に立った。
　手を伸ばせば届くほどの距離で。
　そして私はこれから、アーラに手を引かれて魔界に行くんだ。
　すると突然、
「……えっ？」
　アーラに抱きしめられた。
「ちょっ、アーラ!?　痛いよ……どうしたの？」
　腕をたたいてみたり背中をたたいてみたり、それとなく離してほしい意思表示をしてみても……。
　アーラは手の力をこめるばかりだった。
　そして彼らしくない消えいりそうな声で、
「やっぱり……お前は魔界に連れていけない」
　そう囁いた。
「なっ……なんで？　私、ちゃんとマジメに働くから！

なんでもする！　召使いでも構わないっ！　ねぇ、だから
お願い。魔界に行けば、私を秘書にしてくれるって言った
じゃない！」
　じゃあ私はひとりで幽霊にならなきゃいけないの？
　誰ひとりとして知り合いがいない、暗い世界に行かな
きゃいけないの？
　そんなの嫌だ！
　嫌だ、嫌だ私はアーラのそばにいたい。
「違う、そうじゃない。俺はお前をどうしても殺すことが
できないんだよ」
「……え？」
　涙で濡れた顔を上げると、間近で目が合った。
　アーラもまた、切なげに眉を下げていた。
「いつの日からか、お前を傷つけたくないって思うように
なった。俺が守ってやりたいって、そう思うようになった
んだよ」
「え？　アーラ……？」
　あのイジワルで、なにかにつけてすぐ殺すだなんて脅し
てきたアーラが？
　私の悲しむ顔を見て笑っていたアーラが？
　ウソだ……ねぇ、ウソなんでしょ？
　私をからかってるんでしょ？
　じゃなきゃ変だよ……。
　こんなアーラは、アーラらしくないよ。
「お前は人間界にいるべきだ」

「アーラ……どうして?」
　ねぇ、なんでそんなことを言うの?
「だからお前を連れて行けないっつってんだろ」
「だって……!　だってそれじゃあアーラが!」
　契約者以外の人間に正体を知られたら、その人間を殺さなければいけない。
　それが魔界の絶対のルールなんでしょ?
「俺はどうなってもいい」
「よくないっ……!　よくないよっ!」
　私を殺さなきゃ、アーラが罰を受けてしまうんでしょ?
「この俺がせっかく見のがしてやるって言ってんだろ。素直に喜べよ」
「やだ!　やだ!　やだよ、やだやだ!」
　泣きながらアーラの胸をたたいた。
　そんなの、素直に喜べるわけないじゃん。
　私の代わりにアーラが罰を受けることになるなんて。
　喜べるわけないじゃない。
「奏ちゃん……」
　次咲くんに呼ばれた気がしたけど、
「私っ……アーラが好きなんだよぉ」
　もうそれどころじゃなかった。
「アーラは本当は優しい悪魔なんだって思いはじめた時から……好きだったよ」
　好きなんて言ったって……。
　アーラにはわからないかもしれない。

でも、伝わらなくたって言わなきゃ後悔すると思ったんだ。
　背中にぎゅっと手を回した。
　アーラもまた、同じように強く抱き返してくれた。
「泣くんじゃねーよ。鼻水がつくだろうが」
「泣くよっ！　そりゃあ泣くに決まってるよぉ」
　きっともう会えない。
　アーラに触れられるのも、声を聞けるのもこれが最後なんだ。
　そんな気がするから。
「お前に……ひとつ謝らないといけないことがある」
「うん……なに？」
「最初はお前を、どうにかして魔界に連れ帰ろうと思ってたんだ」
　言葉巧みに誘導して、お前が魔界に行きたいと言った時。
　正直、俺の思惑どおりだと思った。
　いつになく穏やかな口調で、ときおりため息を混じらせながら……。
　ところどころで言葉を詰まらせながら、ぽつりぽつり話しはじめた。
「たんに殺すだけじゃつまらない。それならお前を魔界に落とし、俺の手足にしてやろうと思ってたんだよ。だからイジメられて弱った心につけこんだ。そばにいるとか、味方だとか言って安心させて……騙していたんだ。」
　でも、お前とかかわっていくうちに変わってきた。

なぜコイツは、自らを犠牲にしてまで人を助けようとするのだろう。悪魔である俺でさえ助けようとするのだろう。
　そう思うようになって……だんだんと興味が湧いてきた。
　そう耳もとで囁く声が震えているような気がして、胸に埋めていた顔を上げてみた。
　なんとなく……アーラの青く澄んだ瞳が潤んでいるように見えた。
「あげくには悪魔の俺を守るとか言いだすし。その必要がないことは何度も説明したのに。本気でバカじゃねぇのコイツって思った」
　でも、イジメっ子までも必死で助けようとする姿に感化されたんだろうな。
　イジメられていて辛いはずなのに、それでも誰かを思いやる姿にな。
　気づけばもう辛い顔、悲しい顔を見たくないって思うようになっていた。ひとりでいることが辛いのなら、ウソも偽りもなく、俺がそばにいてやろうと思った。
　アーラの話を聞いていると、涙が止まらなくなってきた。
「それは……私も同じだよ、アーラ」
　だって……それが好きってことじゃんか。
　守りたいとか、元気にしてあげたいとか……その相手を大切に想う気持ちが好きってことじゃんか。
「すまなかったな。お前は生きろ。俺はもうお前を守ってやれないけど、強く生きていけ」

お前は無鉄砲すぎるから心配だけど。
　なんてアーラは笑っているけど、私の肩にひと粒の雫が落ちたことを見のがさなかった。
「大好きだよ、アーラ」
　アーラの声も。
　匂いも、体温も。
　なにもかもが好きだと思うようになっていたの。
「さっき聞いたから知ってるっての。何度も言うな」
「ずっと一緒にいたかった。騙すつもりだったとしても、そばにいるって言ってくれて、本当に支えになったしうれしかった」
　離れたくない。
　だから私もこわいけど、魔界に行こうと思ったの。
「俺がいなくても、お前にはクラスメートや翔太がいる。ほら、校門のほうを見てみろよ」
「校門……？」
　アーラに促されるままに校門に目をやると、
「奏ーっ！　ちょっと、この手紙どういうことなのよ！」
　紗千が数人の男女を引きつれて、駆けよってくる。
「え？　紗千……どうしてここに？」
　たしか手紙には、校庭で最後を迎えることは書いていなかったはず。
　もしかして……次咲くんが？
　次咲くんに視線を向けると、涙をぬぐいながら何度も何度も、それもとびきり明るい笑顔でうなずいていた。

「じゃあ、邪魔が入る前に俺はさっさと帰る。お前は早く帰って寝ろよ」
「ま……待ってよアーラ！　まだ行かないでよ！」
　離れようとするアーラの胸にしがみついた。
　絶対に離さない。
　離したらもう二度と会えないんだ。
「……お前みたいな人間には初めて会ったよ。悪魔である俺を守ろうとしてくれたのも、俺のために涙を流してくれたのも。ありがとうな」
「やだ……そんな、アーラらしくないこと言わないでよ。これじゃあ……本当にもう会えないみたいじゃんかぁっ」
　まだ私、お別れなんてできないよ。
　したくないよ！
「好きだ」
「うん……うん、私もだよぉ」
　涙でぐしゃぐしゃになった顔を上げると、軽く触れるような優しいキスが落ちてきた。
「ん……」
　それは時間にするとほんの一瞬だったけど、私にはとても長い時間に思えた。
　触れたと思ったらすぐに離れ、
「じゃあな」
　アーラは朗らかな、見たこともないような優しい顔をしていた。
　そして翼を羽ばたかせ、巨大な穴に吸いこまれるように、

一瞬にして姿を消した。
「やだっ！　アーラっ！　アーラ、行かないで！」
「奏ちゃん！　ダメだよ、行ったらダメだ！」
　今すぐにでもアーラを連れもどしたいのに。
「やだ！　次咲くん離してよ。アーラがっ……アーラが！」
　いつの間にか魔法陣を飛びだしていた次咲くんが、行かせてくれなかった。
　両腕をつかむ手を振りほどこうにもできない。
　いくら華奢といえど、次咲くんだって男だ。
　腕力で敵うはずもなく、泣きさけぶことしかできなかった。
「奏ちゃん！　あの穴に入ったらもう戻れなくなるんだよ」
「いいの。だって次咲くんがまた、私を連れもどしてくれるんでしょ！　助けなきゃ、助けなきゃ！」
　空に開いた穴がだんだん小さくなっていく。
　今ならまだ間に合うんだ。
　近くにいけばきっと、私も吸いこまれるはず。
　アーラの手をつかむことができるはず。
「なんのために大悪魔様が、奏ちゃんの身代わりになったと思ってるんだ！」
　次咲くんの言葉にハッとした。
　その瞬間全身の力が抜け、ずるずると膝から崩れおちてしまった。
「大悪魔様なら大丈夫だよ。強い力を持った悪魔なんだから……」

「うん……。そうだね」
　そうだよね……。
　悪魔は不死身のはず。
　だったらきっと……魔界で元気に過ごしているよね？
　いつかまた、会えるよね？

悪魔が奏でる狂詩曲

「奏ーっ！　目覚まし時計が鳴ってるよ。早く起きなさーいっ」
　けたたましいアラームの音と、階段下から響くお母さんの声に飛びおきた。
　耳もとで騒ぐ目覚まし時計をたたき、上半身をハッと起こした。
　……いつの間にか朝になっていた。
　どうやって帰ってきたのか、よく思い出せないけれど。
　カーテンの隙間から漏れる光が、今は朝だってことを証明していた。
「早く降りてきなさい！　朝ごはん、できあがってるわよ」
「わかった、今から降りるーっ！」
　そっか。
　昨夜は、悪魔が空に浮いていただなんて騒ぎたてるクラスメートになんの説明もせず……。
　逃げるように帰ってきてしまったんだっけ。
「奏ーっ？　なにやってるのーっ!?」
「あ、はーいっ！　降りるよ、降りまーすっ！」
　アーラがいなくなってしまった。
　それ以外は、なにも変わらない平凡な１日が始まった。
「ねぇ、奏。今朝、バッグから手紙が出てきたんだけど」
　重たい瞼を擦りながらリビングに降りると、お母さんは

仕事用のカバンに私が忍ばせた手紙を片手に話しかけてきた。
「あぁ……それは、えっとぉ……」
　うわぁ……最悪。
　なんでもっと早く回収しなかったんだろう。
　魔界に行くとばかり思ってたから、今まで育ててくれた感謝を手紙にびっしりと書いたんだけど……。
　結局行かないことになってしまったいまや、ただたんに恥ずかしいだけだ。
　っていうか、このタイミングでソレを出す？
　もっと見つけにくい場所に入れておけばよかった。
「生まれかわっても、またお母さんの子になりたい、だなんて。そんなことを言ってもお小遣いは増やさないわよ！」
「もう、わかってるよぉ。いいから早くしまって！」
　……でも。
　昨夜アーラが身代わりになってくれたから、今の平凡な朝があるんだよね。
　アーラが守ってくれたんだもんね。
「あれ？　なに？　なんか目が潤んでない？」
「うっ、潤んでない！　もう学校に行く準備しなきゃ！ご馳走様っ」
「えっ？　全然食べてないじゃない！」
　皿の上で湯気を立てるオムレツを残し、涙がこぼれおちるより早く自分の部屋へと階段を駆けあがった。

「おはよう、奏ちゃん」
　川を横目に土手を歩いていると、背後から明るい声が響いた。
「おはよう、次咲くん」
　振り返ると、そこにはなんの代わり映えもしない笑顔の次咲くんがいた。
　次咲くんはやわらかく微笑むと、
「今日は雲ひとつない快晴だね」
　ごく自然に隣を歩きはじめた。
　アーラのことについていっさい触れないのは、私を気遣っているから？
「うん……。そうだね、いい天気」
　そういえば、以前にアーラと一緒にこの道を歩いた時。
　同じように、雲ひとつない快晴な日があったんだ。
　その時アーラは首を傾げながら、
『あのもふもふした白いものがない。どこに帰った？　やつらの住処はどこにある？』
　なんて真顔で言っていたから、なんだかソレがおもしろくって。
　笑ったら怒られるかな？
　そう思って必死に笑いをこらえたことがあったっけ。
　雲は生き物じゃないんだよって教えたら、
『魔界には似たような生き物がいるんだよ』
　そんなことを言っていたのを思い出した。
　どんな生き物だよって突っこみたくなったけど、

それも言わなかったんだっけ。
「奏ちゃん？　今、大悪魔様のことを考えてるでしょ？」
「えっ？」
　なんでわかるの？
　すかさずそう聞き返した。
　次咲くんは眉を八の字に下げ、悲しそうに笑った。
「僕も、ずっと奏ちゃんを見ていたからね」
「次咲くん……」
　そうだ……。
　昨夜、アーラが言っていたんだっけ。
　次咲くんは、私のことを一番大切に思ってくれていたんだって。
　次咲くん本人も、好きだって言ってくれたんだよね。
「ありがとう。気持ちがうれしいよ」
　でも、その気持ちに応えることはできない。
　あえてそれは口にしなかった。
　というかできなかった。
　ますます悲しませてしまうと思ったから。
　私はアーラが好き。
　この先にどんな人と出会っても、きっと彼のことだけは忘れられない。
　そう思うくらい……好きなんだ。
「本当に……大悪魔様には大切なものを奪われちゃったなぁ」
　笑いながら頭をかくその姿は、私には強がっているよう

に見えた。
　ごめんなさい。
　そして、私なんかのことを好きになってくれてありがとう。
「奏ちゃん、どうしたの？」
　教室の前までくると、ドアノブに手を掛けたところで足が止まった。
「あ、うん……。なんか、緊張しちゃってね」
　紗千や……クラスメートたちに見られてしまったんだよね。
　翼をはためかせるアーラを。
　そして、紗千には手紙でアーラの存在を伝えた。
　みんな、どんな目で私を見るのだろう。
　想像するとだんだんこわくなってきて、足が動かなくなってしまった。
「大丈夫だよ、奏ちゃん。大悪魔様に代わって、僕が君を守ってみせる」
「うん……！　ありがとう、次咲くん」
　次咲くんに背中を押され、震える手でドアをスライドさせた。
「あっ、おはよう奏！」
「二十日さん、おはよー」
　あちらこちらから聞こえる、そんな明るい声。
　あちらこちらから見える、明るい笑顔。
　クラスメートたちの変化に戸惑っていると……。

紗千がすぐに駆けよってきた。
「奏っ……ごめんなさい！」
　次咲くんに託した手紙を片手に、深々と頭を下げてきた。
「え？　えっ……？」
　なにが……どうなっているの？
「昨日、次咲にとにかく校庭に来てくれって土下座で頼まれたの」
　次咲くんが？
　驚いて振り返ると、本当のことだよとばかりにうなずく彼と目が合った。
「……びっくりしたよ。まさか、黒羽くんが悪魔だっただなんて」
「あ……うん。ごめんなさい、ずっと隠してて」
　紗千と私の間に隠しごとはなし。
　それが、幼い頃からの約束だったのに。
「謝るのは私のほうだよ。奏はずっと、みんなを守ろうとしてくれてたんだね」
　久しぶりに見た……紗千の優しい目にみるみる視界がぼやけてきた。
「ごめんなさい、二十日さん。私、二十日さんに邪魔されたとばかり思ってた……」
「柏崎さんまで……」
　大粒の涙をぬぐいながら頭を下げた柏崎さんにつられて、我慢していた涙が溢れだした。
「私も……たくさん傷つけてごめん。翼くんが悪魔だなん

て驚いたよ」
「麻里子ちゃん……」
　飛びかう謝罪の言葉に、涙が止まらなくなった。
　またこんな日がくるなんて思ってもいなかったから。
「ねぇ、奏。黒羽くんの話、もっと詳しく聞かせてよ」
　ブレザーのポケットから、ハンカチを差しだしてきた紗千の目もまた潤んでいた。
「うん……わかった。なにから話せばいいのかなぁ」
「二十日さん、まず涙を拭いて、拭いてっ」
「そうだよ、翼くんの話はそれからでいいから」
　クラスメートたちの中心に立ち、聞かれるがままにアーラのことを話した。
　アーラと過ごした日々は、そんなに長くはなかったけど……。
　私にとってはすごく長く感じられた。
　いろんなことがあったよね。
　たくさん怒らせちゃったよね。
　その度に殺すって言われて、こわくてこわくてたまらない時もあった。
　早く魔界に帰ってほしい。
　毎日のようにそう思っていたよ。
　アーラと出会わなければよかった。
　何度そう思ったかわからないよ。
　でもね、
　今では出会えてよかったって思ってる。

アーラがいたからこそ、つながった絆がある。
　アーラがいたからこそ、気づけた想いがある。
　ねぇ、私の声……届いてる？

「奏ちゃん、あのさ」
　放課後を迎え、次咲くんと並んで校庭を歩いた。
「なぁに？」
　今日の次咲くんは上機嫌だったな。
　登校してから下校を迎えた今まで、ずっと笑顔だったもん。
　次咲くんが……クラスメートたちと笑いながら会話をしている光景なんて……。
　私が知る限り、見たことがなかったから。
　次咲くんの願いもまた……私と同じだったってことだよね。
「田村のさ……お見舞いに行ってみようかと思うんだ」
「えっ？　本当に？」
　どういう風の吹き回し？
　あれだけ殴られたり、蹴られたりしていたのに？
「……会うのは少しこわいけど。僕は、僕なりに罪を償っていくよ」
　罪っていうのは……アーラと契約を結び、田村くんや佐々原くんを不幸にしてしまったことかな。
「大悪魔様が魔界にお帰りになられる日に教えてくれたんだ。一度変えてしまった未来は、本人の力では変えること

はできないけれど、まわりにいる人たちの力でなら変えることもできるんだって」
「えっ……そうなの!?　よかったぁ……」
「うん。佐々原や、園山の面会にも行ってみる。手紙も出してみるよ。明るい未来を僕が取りもどしてみせる！」
「次咲くん……」
　やっぱり、彼らを不幸にさせてしまったことをずっと後悔していたんだね。
「なら、私も一緒に行くよ。私も一緒に佐々原くんたちの未来を変えるよ！」
「えっ？　奏ちゃんも？　……いいの？」
「他人事じゃないじゃん。当たり前だよ」
　次咲くんはほんのりと頬を赤らめて、ありがとうとつぶやいた。
　照れているのか、はたまた夕日に赤く染められているせいなのかはわからないけれど。
「あっ、次咲くん。そういえば、これ、ずっと借りてたよね」
　昨夜ふと思い出して持ってきたんだ。
　マンガ本にまみれて眠っていた『悪魔の本』を。
「すっかり忘れてたよ。でもそれは……奏ちゃんにあげるね」
「私に？」
　もう読まないし……正直に言うといらないんだけど。
　突き返そうかと思ったけど、やっぱりバッグにしまった。

コレがあれば、アーラと過ごした日々を思い出せるから。
　何年と時を経ても、忘れないでいられるような気がした。
「そうそう……。その本に書いてあったんだけどさ、魔界と人間界はいつもどこかでつながっているんだってね」
「そうなの？」
「うん。僕たちが知り得ない、遠い場所でね。だから奏ちゃんと大悪魔様は、いつもつながっているんだよ」
　そっか……。
　だったら私の声も、ちゃんと届いているのかな？
　アーラ。
　ありがとう。
　私、あなたのこと……、
　ずっとずっと忘れないからね。

Fin.

書き下ろし番外編

「えっ？　なんだって？」

　春休みのとあるお昼時。

　次咲くんは目を見開き、レトロな雰囲気を醸しだしている喫茶店に声を響かせた。

「しーっ！　声が大きいよ、次咲くん！」

　アーラが魔界に戻ってからはや２年の月日が流れ、私たちは大学２年生の19歳になっていた。

　口もとに人差し指を当てて注意すると、次咲くんはハッとしたように声量を抑えた。

「ごめんごめん……。奏ちゃん、もう悪魔の召喚術はやったらダメだって言ったじゃん」

「どうしても……あきらめきれないんだもん」

　アーラが私の前からいなくなってからの２年間。

　彼のことを思い出さない日はなかった。

『お前は生きろ。俺はもうお前を守ってやれないけど、強く生きていけ』

　アーラは強い口調で、かつ悲しげな眼差しで私にそう告げた。

　自らの命が危うくなるとわかっていながら、私を守る選択を取ったんだ。

　会えるものならもう一度会いたい。

　私を救ったことで罰を受けているのなら、今すぐにでも助けてあげたい。

　その思いをどうしてもぬぐい去ることができなくて、次咲くんに止められながらもやってしまったのだ。

ふたたび、アーラを呼びもどす悪魔の召喚術を。
「もちろん奏ちゃんの気持ちはわかるけどね……。でも、悪魔の召喚術はやっぱり危険だから」
「それはわかってるんだけどね……」
　アーラを呼びもどすと決めてから、止められても止められても、幾度となく挑戦し続けてきた。
　それなのに、悪魔の召喚術は失敗続きだ。
「大悪魔様を呼びもどすつもりが、うっかりほかの悪魔を召喚してしまったらどうするの？」
　次咲くんの瞳はやけに真剣だ。
　もう何度こう問いかけられたかわからない。
「それでも……このまま放っておくなんてできないよ」
　その度に私は首を横に振った。
　どんな危険があろうとも、アーラを助けたい。
　その思いは消えないから。
　だってアーラは苦しんでいるかもしれない。
　辛く悲しい思いをしているかもしれない。
　そう思うと、いてもたってもいられなくなるんだ。
「僕は奏ちゃんが心配なんだ。お願いだからもう、危ないことに首を突っこまないでよ」
「次咲くん……」
　それでも、涙目になりながら懇願されてしまうと……。
　いくらアーラのためとはいえ、これ以上の召喚術はやらないほうがいいのかな……。
　今にも泣き出しそうな次咲くんを見て、ちくりと胸が痛

む。
「奏ちゃん、お願いだからもう止めてくれよ。悪魔がいかに怖ろしい力を秘めているか……誰よりも知ってるでしょ?」
　私が悪魔の召喚術を試す度に、次咲くんに止められる。
　それはきっと、私を心配してくれているからなんだよね……。
「……わかったよ、次咲くん。あと1回だけ試したい。それでもダメだったら、アーラを呼びもどすのはもうあきらめる」
　本当は、アーラを呼びもどすことをあきらめたくはない。
　でも、これ以上次咲くんに心配をかけるわけにはいかないと思った。
　それに、今まで300回以上にわたり試した召喚術は、すべて失敗に終わっている。
　それが意味することは、悪魔を呼びだすという奇跡は、2度も起きないということじゃないか?
　次咲くんが召喚術を成功させられたのなら、私にもできると思っていたのに……。
　やっぱりあきらめたくはないけど、あきらめるしかなさそうだ。
「わかった。なら僕も今夜、高校の校庭に行くよ」
「うん、わかった……」
　アーラ。

やっぱり私には貴方を助けることはできないのかな……。

　喫茶店を出た頃には、あたりはすっかり暗くなっていた。
「じゃあね、奏ちゃん。また後で……校庭で会おう」
「うん、わかった次咲くん。家まで送ってくれてありがとう」
　次咲くんの背中を見送ったあと、すぐに２階にある自分の部屋へと階段をかけあがった。
　そしてベッドに倒れこんだ。
「アーラ……ごめんね。私、なんの役にも立てなかったみたい」
　パーカーのポケットから、おもむろに１枚の羽根を取りだす。
　これはアーラが私の部屋で翼を広げた時……無数に散らばったうちの１枚。
　カラスに似た黒く艶やかな羽根は、色鮮やかな訳でもないのに、とても魅力を感じてしまって。
　吸いよせられるように手に取り、大切に机の中へしまいこんでいたのだ。
「助けるって決めたのに……。私のせいで、アーラは苦しんでいるの……？」
　ほかに１色も混ざらない、純黒の羽根に語りかけたってアーラには届かないのに。
　わかっていながらも、彼の一部だった羽根に話しかけずにはいられなかった。

「奏ーっ、夕飯食べないの？　ハンバーグできてるよ」
「あ、うん！　食べるーっ！」
　階段下から響くお母さんの声に飛びおきた。
　ふたたびパーカーのポケットに羽根をしまうと、ハンバーグの匂いをたどるように駆けおりた。

　自分の部屋にあるテレビから、ふと時計に視線をずらす。
　針は23時半を指していた。
　そろそろ校庭に行く時間だ。
　もしかしたら次咲くんが待っているかもしれない。
　隣の部屋で眠っているお母さんを起こさないように、音をたてず玄関ドアを閉めた。
「奏ちゃん、大丈夫？　降りられる？」
　施錠された門をよじ登っていると、背後から次咲くんの声がする。
「あ、ごめん、次咲くん。ありがとう」
　あとから来た次咲くんに、背中を押してもらい、なんとか校庭に足をつけることができた。
　幾度となく悪魔の召喚術を行ってきた、高校の校庭に来ることはこれで最後。
　そう思うと……なんだか急にさみしくなってきた。
「……じゃあ始めようか？」
　次咲くんの問いかけにうなずくと、付近に落ちていた木の枝を拾いあげた。
　魔法陣も300回以上描いていると、もうかなり手慣れた

もんだ。
　時刻はもうすぐ深夜０時だという、少ない明かりでも、スムーズに描けるようになっていた。
「あれ……生け贄は用意しなかったの？」
　今回もキレイな魔法陣が描けたなぁ、なんてほれぼれと眺めていると……。
　もしかしてこれで終わりなの？　と、次咲くんが問いかけてきた。
　悪魔の召喚術を行う時は、スーパーで買った生肉を用意することが鉄則。
　次咲くんがアーラを召喚した時もそうだった。
　でも今回はあえてなにも持ってきていなかった。
「うん。でも、いつもとは違うものを用意してきたんだ」
　その、いつもとは違うものっていうのはコレ。
　パーカーのポケットからあるものを取りだすと、次咲くんがマヌケな声を上げた。
「……カラスの羽根？」
「違うよ、これはアーラの羽根！」
　まぁ、そう思うのも無理はない程カラスの羽根と酷似しているけど。
「今回はこの羽根を、魔法陣の中心に置こうと思うんだよね」
「へぇ……なるほど。その羽根が大悪魔様のものなら、少なからず魔力を秘めているかもしれないもんね」
「うん。もしかしたらね……お互いに共鳴しあうってこと

もありえるのかなって思ってさ。この羽根が、アーラを呼びもどしてくれたり……なんてね。どうかな？」
「いいんじゃない？　じゃあ僕は、付近の木陰で見守っているからね」
　そう言って大木へ駆けていく次咲くんの腕を、とっさにつかまえた。
「いいよ、ここまでで。危ないから次咲くんはもう帰ってて」
　アーラではない、別の悪魔を呼んでしまう可能性があると言ったのは次咲くんだ。
　本当にそうなってしまえば……2年前の私のようになるかもしれないと思った。
『知ってたか？　召喚術を行った人間と、悪魔が契約を交わす儀式を見た者は……死ななくちゃいけねぇってこと』
　あの日、耳もとで囁かれた言葉にどれほど恐怖を感じたことか。
　2年の月日が流れても、まだまだ色褪せたりしないほど深く、深く染みついている。
「今度は次咲くんが、命を狙われるかもしれないんだよ！」
「それでも僕は帰らないよ。奏ちゃんだって危険なんだから、なにかあったら僕が守るから」
「ダメだよ、次咲くん！」
「僕は奏ちゃんを守りたいんだよ！　大悪魔様に代わって、僕が君を守る！」
　断固として帰らないと言いはる次咲くんが気になって仕方がないけど……。

「わかったよ……じゃあ、やるね」
　その強い反発に根負けし、儀式を行うことにした。
　正直……300回以上も失敗を繰り返しておいて、いまさら成功するような気もしないし。
　暗がりの中で、魔法陣のまん中に1枚の黒い羽根を置く。
　そして端に立ち、息をのみ様子を見守る。
　それからしばらく眺めてみても、少しの変化があるわけでもなく、なにかが起こりそうな気配はやっぱりなさそうだ。
「やっぱり失敗かぁ……」
　アーラの羽根を使った、最後の儀式なのに。
　なんとなくわかってはいたけど、改めて現実を目の当たりにするとため息しか出なかった。
　その直後のことだった。
　闇夜を切りさくかのような、眩い閃光が空へ縦一線に走った。
「うわっ！　なっ、ななな二ッ!?」
　目が眩むほどのこの青白い光は……。
　稲光にも似ているけど、これは雷じゃなさそうだ。
「かっ……奏ちゃーんっ！　大丈夫ーっ!?」
　遠く離れた大木の陰から、次咲くんが顔をのぞかせている。
　こちらに向かって走りだそうとする彼を、慌てて制止した。
「駄目っ、次咲くん！　危ないからそこを離れないでっ！」

２年前にも似たようなことがあったんだ。
　ちょうど同じくらいの時刻で、この高校の校庭で。
　そう、アーラが現れた時のように。
　２年前のあの日もまた……これから雷雨になるかも、だなんて空を見あげていた。
「まさか……悪魔の召喚術が成功した……？」
　静けさが漂う中で感じる、ビリビリとしたこの空気。
　やっぱりまちがいない、悪魔の召喚術に成功したんだ！
　そして波が引くように光が消えたかと思えば、宙で翼をはためかせる人影が見えた。
　それと同時に上空から響いてきたのは、
「誰かと思えば……。よぉ、久しぶりだな。奏」
　低くやわらかな、聞きおぼえのある愛しい声だった。
「アー……ラ？」
　漆黒の髪、海の底を思わせる青い瞳、背が高くてすらりとした体型。
　そして背中に生えている、大きくて黒い翼。
「またお前に会う日がくるとはな」
　まちがいない……。
　彼がアーラだと確信した瞬間、抱きしめたい衝動を抑えることができなかった。
「アーラっ……！　会いたかったっ！　ずっとずっと……会いたかった！」
　地上に足をつけ、少し離れた場所からまっすぐに私を見すえている、アーラの元へと駆けだした。

躊躇なくその胸に飛びこむと、アーラは驚いたような声を上げながらも、すぐに背中に手を回してくれた。
「ごめんね……ごめんね！　私のせいでっ！　大丈夫？　怪我とかしてない?!」
　気づけば涙が止まらなくなっていた。
　だって……会いたくて会いたくて、仕方がなかったアーラが私の目の前にいるんだもん。
　やっと会えたんだもん。
「そんなに泣くなよ。心配いらねぇよ、ちょっと閉じこめられてただけだ」
「閉じこめられていただなんて……そんなっ、辛かったよね？　苦しかったよね、ごめんね。本当にごめんっ……私が儀式をのぞいたりなんかしたからっ」
「べつにいいんだよ。俺が望んだことだ。お前が無事だったんならそれでいい。もう何も言うな」
　胸に埋めていた顔を上げると、悪魔ということを忘れてしまうほど、優しい眼差しが向けられていた。
「それで……お前の願いは何だ？」
「えっ？　私の……願い？」
「俺を呼びだしたってことは、叶えてほしい願いがあるからだろ？」
　そっか、悪魔の召喚術が成功したってことは、契約を結べることを忘れていた。
　願い……だなんて言われても、それを目的に儀式を行なったわけではないし……。

とくにこうなりたいとか、こうしてほしいっていうこともない。
　お金持ち？
　いや……私は人並み以上の生活は望まない。
　誰もがうらやむ美貌？
　いや……それは私にはもったいない。
　違う……そんなことよりも私は……。
「アーラと一緒にいたい。もう私の前から……いなくならないでほしい」
　この人間界で、彼とともに生きていきたい。
　もう二度と離れ離れになんてなりたくない。
「……そんなことでいいのかよ？」
　アーラは驚いたように聞き返してきた。
「そんなこと、なんかじゃないよ。私はずっとずっと、アーラがいなくなったその瞬間からそう願い続けていたんだから」
　もしふたたび出会うことができたのなら、次こそはなにがあっても離れないと。
　だって私は、契約を交わしたいから悪魔の召喚術を行なったわけじゃない。
　願いごとなんてどうでもいい。
　アーラに会いたいから、魔法陣を描いたんだ。
「相応の対価が払えるのなら……叶えてやるよ」
「……なに？　私が持っているものならなんだって差しだすよ」

ごくりと唾を飲みこんだ。
　いつになく真剣な瞳に射抜かれ、顔が強張るほどの緊張が走る。
　対価……か。
　願いを叶えてもらう代わりに、差しださなければいけないものがあるんだってことも忘れていた。
　でも言われたとおりにできれば、アーラと一緒にいられるんだもんね。
　それならばどんな要求だってのめる。
「私、覚悟はちゃんとできているから」
　アーラはそうかと小さくつぶやき、大きく息をつき、ふっと口もとを緩ませた。
「なら、お前も……ずっと俺のそばにいろよ」
「えっ……？」
　支払わなければならない対価が、アーラとずっと一緒にいること？
　それって……どういうことなの？
「俺も会いたいと思ってたんだよ、奏。お前のことだけを想いながら、お前がいない２年間を過ごしていたんだ」
「え……ウソ？　アーラが私に会いたいなんて？　信じられないよ……もしかして、夢じゃないよね？」
　アーラがまた、アーラらしくないことを言っているんだもん。
　私に会いたいと思っていたなんて……そんな、耳を疑うような発言をするんだもん。

「なら、夢じゃねぇってことを証明してやるよ」
「え……ちょ、なにをっ?」
　あごを持ちあげられ目が合ったかと思えば、強引に唇が重ねられた。
　深く甘く、どこか懐かしく愛しいキスに、肩の力がどんどん抜けていく。
　やっと会えた。
　やっと声を聞けた。
　やっと触れられた。
　爆発したかのように、さまざまな感情が涙となって溢れでる。
「あ……あの〜。お取りこみ中のところすみません。僕の存在……忘れてない?」
「うわぁぁっ!　ちょっ、びっくりするじゃん!」
　木の陰から聞こえてきた声に驚き、慌ててアーラから距離をとった。
　そうだった……次咲くんがいたことをうっかり忘れていただなんて。
　それなのに抱きついたりキスしたりって……いまさらながらに恥ずかしくなってきた。
「なんだよ将太。いいところなんだから邪魔してんじゃねーよ」
　チッと鋭い舌打ちをしたアーラは、さも不機嫌そうだった。
　獲物を狙う虎のような瞳でにらまれた次咲くんは、びく

りと身体を震わせた。
　それでも、こわがりながらも次咲くんは、アーラから目をそらさなかった。
　彼にしては、見たこともないくらい強気だ。
「そっ、そそそりゃあ邪魔しますよ！　だって僕も奏ちゃんが好きなんだから！」
「それは宣戦布告ととらえていいんだな？」
「もっ……もちろんですともぉ！」
　あははは……次咲くん、声が裏返っちゃってるじゃんか。
　ってゆうか、足がガクガク震えてるよ。
「奏ちゃんを想う気持ちだったら、僕だって負けませんよ！　大悪魔様っ！」
　ありがとう、次咲くん。
　いつも私を想ってくれて、そして力になってくれて。
　でも私はやっぱり……。
「ほぉ～……言ってくれるねぇ。しばらく会わないうちに、お前もずいぶんと強くなったじゃねーか」
「だっ……大悪魔様には負けませんっ！」
「次咲くん……。その気持ちはすごくうれしいんだけど、そろそろやめたほうが……」
　黙って傍観しているつもりだったけど、アーラの目が笑っていないことに気がついた。
　それをこっそり耳打ちしてあげると、次咲くんはみるみる顔を青くさせ、脱兎の如く駆けだした。
「将太、テメェ逃さねぇぞコノヤロー！」

「ひぃぃぃーっ、すみましぇんっ!」
　どんどん小さくなっていくふたりの背中を見つめていると、思わず笑みがこぼれた。
　次咲くんの驚くまでにすばやい逃げ足が、おかしかったわけじゃない。
　追いかけながらも、けして危害を加えたりはしない、アーラの優しさに心を温められたからでもない。
　またこの３人で過ごせる日がくるなんて。
　夢にまで見ていた、アーラとまた過ごせる日がくるなんて。
「ちょっとーっ!　待ってよ、アーラ!　次咲くんっ!」
　そして私は、足を止め振り返ってくれたふたりに向かって走りだす。
　幸せを噛みしめながら、立ちどまることなくまっすぐに。
「相変わらずトロいやつだな、奏は」
「あはは……ごめんね、アーラ」
　私はやっぱり……アーラが好き。
　彼が自由きままな悪魔であっても、その想いはきっと色褪せることはないだろう。
「まぁ、そういうところが好きなんだけどな」
「へへ……私も大好きだよ、アーラ」
　もう絶対に、アーラの手を離したりはしないよ。

　　　　　　　　　　　　　　　　　　　　　　　Fin.

著者あとがき

はじめまして、＊菜乃花＊です。この度は『悪魔くんとナイショで同居しています』をお手に取ってくださり、本当にありがとうございます。

この作品はただ普通の恋愛ではなく、一風変わった、かつ感動できるお話を書きたいという思いから、約１年もの歳月をかけて生まれました。
今作は悪魔を主とした恋愛物語ですが、空を舞ったり、変身したりと、ファンタジー要素を含み、とても書き甲斐のある作品でした。
冷酷無比なアーラが奏の純真無垢かつひたむきな優しさに心を打たれ、自らに芽生えはじめた恋心に戸惑う姿は、書いていて特に楽しかったです。

今作を通してお伝えしたかったのは、優しい心は、人の心を変えることがある、ということです。
これは作者の体験なのですが、過去にイジメられたことがありました。けっして弱音を吐かず、ふたたび仲良くなりたい一心で、優しく接し続けていました。そして、以前のような仲のよい関係をふたたび取り戻せた、ということがありました。
なにが言いたいのかというと、たとえ相手が悪魔のよう

に思えても、思いやりを持って接すれば伝わることもあるのではないかな、ということです。
　イジメられっ子である次咲くんの悲痛な叫びにも、目を留めていただけたらと思います。
　イジメられている側は、イジメる側が思っている以上に深く傷つき、辛く悲しい気持ちでいます。
　そして、他人を不幸に陥れた人には、与えた分以上の不幸が降りかかると私は思っています。
　目を通して頂いた読者の皆様に、この本を通じて少しでも響くものがあり、また周りの見方を変えるきっかけになれば幸いです。

　そして、最後まで読んでいただき感謝申し上げます。応援してくださる読者の皆様には、たくさんのパワーをいただきました。本当にありがとうございました！
　書籍化という機会を与えてくださいました、スターツ出版の皆様、担当の長井様。
　言葉にならないほど感謝しております。
　これからも、心に残る作品を書けるよう頑張ります！

2017年7月25日　＊菜乃花＊

この物語はフィクションです。
実在の人物、団体等とは一切関係がありません。

*菜乃花*先生への
ファンレターのあて先

〒104-0031
東京都中央区京橋1-3-1
八重洲口大栄ビル7F

スターツ出版(株) 書籍編集部 気付
*菜乃花*先生

悪魔くんとナイショで同居しています

2017年7月25日 初版第1刷発行

著　者	＊菜乃花＊
	©Nanohana 2017
発行人	松島滋
デザイン	黒門ビリー＆フラミンゴスタジオ
編　集	長井泉
編集協力	ミケハラ編集室
ＤＴＰ	朝日メディアインターナショナル株式会社
発行所	スターツ出版株式会社
	〒104-0031 東京都中央区京橋1-3-1　八重洲口大栄ビル7F
	ＴＥＬ 販売部03-6202-0386（ご注文等に関するお問い合わせ）
	http://starts-pub.jp/
印刷所	共同印刷株式会社

Printed in Japan

乱丁・落丁などの不良品はお取り替えいたします。上記販売部までお問い合わせください。
本書を無断で複写することは、著作権法により禁じられています。
定価はカバーに記載されています。

ISBN 978-4-8137-0288-7　C0193

ケータイ小説文庫　2017年7月発売

『南くんの彼女（熱烈希望!!）』∞yumi＊・著

高2の佑麻は同じクラスの南くんのことが大好きで、毎日、佑麻なりに「好き」を伝えるけど、超クール男子の南くんはそっけない態度ばかり。でも、わかりにくいけど優しかったり、嫉妬してきたりするじれ甘な南くんに佑麻はドキドキさせられて!?　野いちご大賞りぼん賞受賞の甘々ラブ♥
ISBN978-4-8137-0287-0
定価：本体590円+税

ピンクレーベル

『俺様王子とKissから始めます。』SEA・著

高2の莉乙は、「イケメン俺様王子」の翼に片思い中。自分の存在をアピールする莉乙は翼を呼び出すけど、勢い余って自分からキス！　これをきっかけに莉乙は翼に弱みを握られ振り回されるようになるが、2人は距離を縮めていく。だけど翼には好きな人がいて…。キスから始まる恋の行方は!?
ISBN978-4-8137-0289-4
定価：本体590円+税

ピンクレーベル

『きみに、好きと言える日まで。』ゆいっと・著

高校生のまひろは、校庭でハイジャンプを跳んでいた男子にひとめぼれする。彼がクラスメイトの耀太であることが発覚するが、彼は過去のトラウマから、ハイジャンを辞めてしまっていた。まひろのために再び跳びはじめるが、大会当日に事故にあってしまい…。すれ違いの切なさに号泣の感動作！
ISBN978-4-8137-0290-0
定価：本体590円+税

ブルーレーベル

『世界から音が消えても、泣きたくなるほどキミが好きで。』涙鳴・著

高2の愛音は耳が聞こえない。ある日、太陽みたいに笑う少年・善と出会い、「そばにいたい」と言われるが、過去の過ちから自分が幸せになることは許されないと思い詰める。善もまた重い過去を背負っていて…。人気作家・涙鳴が初の書き下ろしで贈る、心に傷を負った二人の感動の再生物語！
ISBN978-4-8137-0291-7
定価：本体640円+税

ブルーレーベル

書店店頭にご希望の本がない場合は、
書店にてご注文いただけます。